琉球建国記

矢野　隆

集英社文庫

目次

第一章　石塊　9
第二章　按司　149
第三章　動乱　237
解説　澤田瞳子　413

主要登場人物

氷《ひょう》　角《かく》……………………赤の仲間
赤《あか》……………屋慶名《やけな》の無頼漢の頭目
朱《しゅ》舛《せん》…………………………赤の仲間
白《はく》先《せん》…………………………赤の仲間
加那《かなー》（阿麻和利《あまわり》）……茂知附の臣下
茂《も》知《ち》附《づき》…………………勝連按司《かつれんあじ》
真牛《まうし》（護佐丸《ごさまる》）………中城《なかぐすく》の主
芳徳《ほうとく》………………浜川の漁師の頭目
真呉《まぐう》…………………………………武人

尚《しょう》泰《たい》久《きゅう》……………後の琉球国王
金丸《かなまる》……………………尚泰久の側近
大城《うふぐしく》…………………………武人
耳目《じもく》……………………………金丸の手下
百度踏揚《ももとふみあがり》……尚泰久の娘。真牛の孫娘
星歌《ふしうた》……………………………巫女《ゆた》

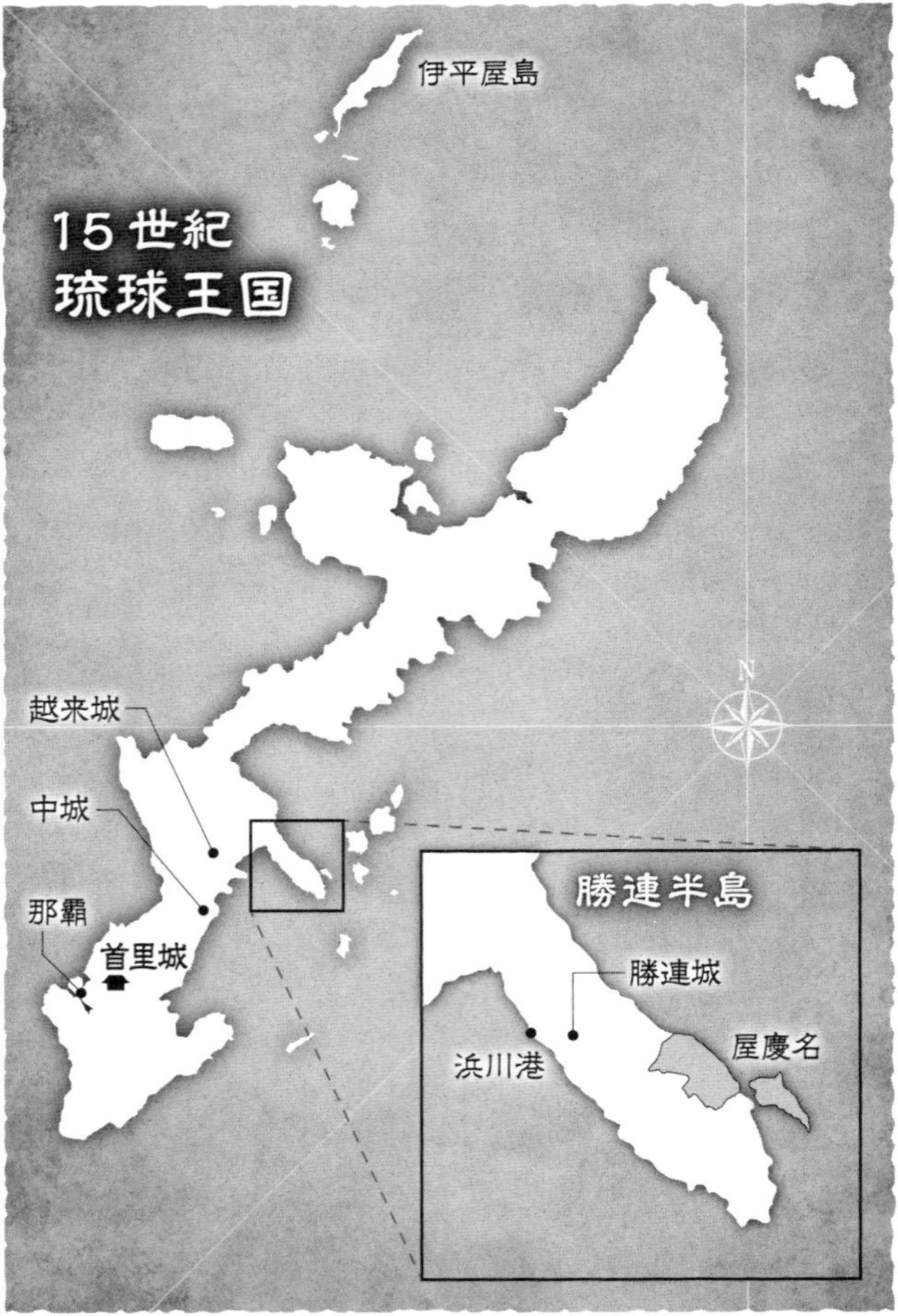

15世紀
琉球王国
伊平屋島
越来城
中城
那覇
首里城
勝連半島
勝連城
浜川港
屋慶名
N

琉球建国記

第一章　石塊《いしくれ》

どこから湧いてきたのか。

まだ熱の残る仲間の骸《むくろ》を這《は》いまわる蠅《はえ》を、氷角《ひょうかく》は見つめていた。張りつめた気が、容赦なく肌を刺す。しかし氷角の心には、細波《さざなみ》ひとつ立たない。

「殺《や》りやがった」

誰かがつぶやいた。

仲間たちが目の前の男の行動に驚いている。まさか殺すとは思わなかった。皆の引きつった顔にそう書いてある。刀や斧《おの》、棒を持った者もいる。が、それを男にむけようとする者は一人もいない。

大きな男だった。荒くれ者揃《ぞろ》いの氷角の仲間たちの只中《ただなか》にあって、男より背丈の高い者は数えるくらい。年若くまだまだ肉が付ききらず細身である氷角には、羨ましいくらいの筋骨の逞《たくま》しさである。その堂々とした体軀《たいく》にも、男たちは圧倒されていた。

取り囲む輪のなかで、一人だけ座っている男が笑っていた。その肩にしなだれかかっている女が、骸の無残な傷痕を見つめて青ざめている。最前までは仲間の誰よりも悪《あ》しざまに男を罵っていたくせに、そんな威勢はどこかに吹き飛んでしまっている。

「こんなことをして、ただで帰れると思っちゃいねぇよな」

女の肩を抱きながら笑う男が言った。

屋慶名赤《やけなあか》。それが男の名だ。異名である。〝屋慶名生まれの赤〟程度の意味だ。微笑をたたえる額に、大きな紅色の痣《あざ》があった。これが異名の元になっている。かたわらの女よりも端整な顔をした、赤の長い睫毛《まつげ》に覆われた目が、先刻から男を捉えて放さない。

「もとより覚悟のうえだ」

輪の中央に立つ男が、赤を見つめて言った。足元に転がる骸を斬った刀を、右手にぶら下げたまま。鍔《つば》のあたりから一気に反りかえった刀身は、大和《やまと》の刀特有のものだ。

「加那《かなー》とか言ったか」

赤が問う。男は無言のままうなずいただけで答えない。真一文字に結ばれた唇が、紫に染まっているのは力んでいるせいなのか。それとも生来そういう色をしているのか、今日初めてこの男を目にした氷角には判然としない。ただ加那と呼ばれたこの男が、恐れや怯《おび》えを抱いてこの場に立っていないことだけはわかった。

震えているのは加那の足元で腰を抜かしている細身の役人のほうである。屋慶名を基盤にして勝連《かつれん》半島中に顔が利く赤のことを、役人は最初から恐れていた。主《あるじ》からの言伝《ことづて》を語れば、それで務めは終わりだと思っていたのだ。しかしその目算は、供として連れてきた加那が赤の仲間を斬った瞬間、もろくも崩れてしまった。

赤が女を不意に突き離す。倒れた女を見もせずに、赤は腰かけていた暗灰色の珊瑚《さんご》を両手で突いて腰を浮かせ、地に足をつけた。蒼《あお》い月明かりに照らされたその顔は女よりもなお白く、額の痣が毒々しいほどに赤く見える。

「お前、自分がしでかしたことの意味が、わかってんだろうな」

「そのつもりだ」

加那が答える。太い声だった。さんざん荒くれ者を見てきた氷角でさえ息を呑《の》むほどの、見事な体軀である。躰《からだ》の上に乗っている顔が太い。張った顎の骨に鷲《わし》のように突き出た鼻。丸々とした目の上にある眉毛までもが、黒くて太かった。

なかでも、目を引くのが腕の太さである。紺地の地味な衣の肩が異様なまでに盛りあがり、そこから伸びる腕がやっとのことで袖に納まっていた。

背は六尺に少し足りないくらいである。赤と比べると、わずかに加那のほうが大きい。

「俺がひとこと言えば、お前はそいつと同じことになる」

赤が顎を突きだし、加那の足元に転がる骸を示す。

目の前に立った赤を加那が見つめる。太い眉の下で輝く目に恐れはない。足元の役人は小便を漏らしたようで、骸から流れる血の横に黒い染みを作っていた。

「見事な腕だ」

骸に視線を落とし赤がつぶやく。

加那の面前に立って挑発の言葉を吐いた仲間は、瞬《まばた》きすら許されず一刀のもとに命を絶たれた。恐らくなにが起こったのかすら、わからなかったはずだ。

「お前は勘違いをしている」

加那の言葉を聞いた赤の細い眉が、小さく上下した。かまわず加那は続ける。

「俺たちは按司《あじ》の使いとしてここに来ている。その俺たちに無礼を働くということは、勝連按司、茂知附《もちづき》への無礼。お前たちは民だ。民を治めるのが按司の務め。序列を曲げることは許されん」

「真っ直《ます》ぐだな」

加那から視線を逸《そ》らし、赤が顔を伏せた。笑っている。加那とのやり取りを、楽しんでいるようだ。

仲間たちは赤の合図を待っている。氷角も同じだ。行けという言葉とともに加那に飛び掛かるつもりである。

「殺される覚悟はできてんだろうな」

「覚悟がなければここにはいない」

赤がもういちど加那を見て、今度は声を上げて笑った。

「茂知附の所にも骨のある奴《やつ》がいるようだ」

言った赤が背をむけた。行けという言葉を待っていられなかった。氷角は腰の刀を抜き放ち地を蹴る。

「待てっ！」

赤が叫んだ。氷角に負けじと仲間たちが、加那へ駆け寄る。しかし氷角ほど深く間合いを詰めた者はいない。加那の刀が、頭一つ高い場所から氷角にむけられている。切っ先から放たれる気が、鼻の頭に触れてむず痒《がゆ》い。

「なにやってんだ氷角っ！」

赤の怒号が氷角の背を叩《たた》く。肩越しに見た赤は笑っていた。

退《ひ》きながら刀を鞘《さや》に収める。

目にもまぶしい朱染の衣をなびかせて、赤が先ほどまで座っていた珊瑚へとむかう。そしてふたたび加那と正対すると、腰を撥《は》ねあげて座った。

「何度来られても、城に行くつもりはない」

赤の声は平静そのもの。屋慶名はおろか勝連半島中の女たちを蕩《とろ》けさせる赤の美声である。心地よい甲高さで、場に響く。

「あんな奴に仕えるつもりはねぇ」

「それでは示しがつかん」

「そんなもの、俺にはどうでもいいことだ」

「死ぬことになるぞ」

「やってみろよ」

赤の声は揺れない。気負いもない。売られた喧嘩《けんか》は買う。そんな決意が声に滲《にじ》んでいる。

「ならば俺はここでお前を斬らねばならん」

「死ぬぞ」

「もとより覚悟のうえだと言ったはずだ」

加那の言葉を聞いた赤が、初めて感情をあらわにした。眉間に寄せた皺《しわ》に満ちるのは、怒りではなく憐憫《れんびん》である。

「茂知附は命を投げだしてまで仕えるような男か。お前がここで死んでも、奴が悲しむことはない。もし俺と刺しちがえて死んだとしても、邪魔者が死んだことを喜ぶだけだ。そんな男のために死ぬのが、お前の覚悟だというのか」

「違う」

加那の言葉に、赤の表情がいっそう曇る。

「俺は按司の使いとしてここにいる。お前を勝連城へと連れてゆくのが俺の務めだ。それを果たさねば、俺は城に戻れぬ。それだけのことだ」

「それがお前の覚悟か」

加那は力強くうなずく。

氷角は胸の鼓動が激しくなっているのを感じていた。

いったい何者なのだこの男は。

目頭に熱を感じながら、己《おの》が心に問うた。もちろん答えは返ってこない。もし答えがあるのなら、それは目の前の加那のこれからの行動にある。

「ああ、くそっ」

己の頭を乱暴に掻《か》きむしり、赤が叫んだ。

「こいつはここで殺しとかなきゃなんねぇ。が、殺すには惜しい。俺はどうしてえんだ」

誰に問うでもなくつぶやく。額の痣が鮮やかな紅色になっている。

「朱舛《しゅせん》」

名を呼ばれた男が一歩踏みだす。仲間のなかで一番躰が大きい。面長で左右の目が離れている。普段から口数が少なくつねに虚《うつ》ろだが、喧嘩だけはめっぽう強い。

「おい加那」

珊瑚に座る赤の手が、ぶら下げられたままの刀を指さした。

「その物騒なもんを収めろ。お前もだ朱絣」

朱絣は手に持つ棒を一度見て、左右に目をむけ戸惑う。赤の意を察した仲間が近寄り、奪うようにして棒を取った。加那は刀身についた血を己の衣でぬぐい、言われるままに鞘に収める。

「お前の覚悟、本物かどうか試さしてもらおうじゃねぇか。考えるのはそれからだ」

「兄貴」

皆の視線を受けて慌てる朱絣が、泣きそうな顔で赤を見た。

「お前はいつものようにやればいい」

「殺しちまってもいいのか」

「どうする」

赤が加那に問う。加那は腰を抜かして震える連れに目を落とし、穏やかな口調で語りかける。

「これから先のことは、私が自分の了見でやったこと。もし私がここで死んだとしても、この者たちにはなんの罪もない。それを按司様に伝えていただきたい」

涙目をした役人の顔が上下に揺れ、這うようにして加那から離れる。むさくるしい男たちの群れの外まで転がると、小役人は息をひそめてふたたび震えだした。

「生きるか死ぬか、お前に任せる」

朱舛の背中越しに、赤が加那に言った。加那は赤を見ようともしない。

六尺あまりの加那よりも、朱舛は体付きも背丈もひと回り大きく見えた。しかし腕の太さは、加那のほうが勝っている。

「殺しちまったら勘弁な」

汗で湿った顎をかき、朱舛が語りかける。加那は口許《くちもと》に微笑をたたえたまま、それを聞いた。

嫌な予感がする。

氷角は赤を見た。気が逸《はや》っているせいか、珊瑚に座った躰が前にかたむいている。氷角は思わず口を開いた。

「兄貴」

「黙れ」

二人に目をむけたまま、赤が毅然《きぜん》と言い放つ。組んだ腕に突き刺さる指が、朱色の衣に深い皺を刻んでいる。

「朱舛もわかっている」

言葉を継ぐと、それきり赤は口をつぐんだ。

「にらみあって、せえので始める喧嘩ってのも格好悪いが……」

後れ毛だらけの髪の間に指を入れて、朱舛が頭を掻く。手を上下に動かすたびに、垢《あか》なのか虫なのか判然としない物が宙に舞う。

二人の間に満ちた気が周囲に溶けだし、氷角は不快な蒸し暑さを感じていた。喉が渇き、ぎらつく陽光に目が眩《くら》みそうになる。

朱舛が欠伸《あくび》をした。

加那が吹き飛ぶ。

突っ立っていただけのはずの朱舛が、いつの間にか拳を握っていた。輪を作る男たちの足元まで飛んだ加那が、地に大の字になる。

倒れたまま動かない加那に朱舛が声をかける。

「おい、大丈夫か」

「油断するな」

冷徹な赤の声が、緩んでいた朱舛の顔を引き締める。

巨体が駆けた。

加那の足先まで来ると同時に、朱舛の右足が持ちあがる。気づけば加那の股の間に左足が触れていた。

寝転がったままの頭めがけて朱舛が足を振りおろす。乾いた音が轟《とどろ》く。肉が砕けた湿った音ではない。硬い物を打つ音だ。

避けた。

氷角は喜んでいる自分に驚く。

加那が起きあがって朱舛と対峙《たいじ》する。

まだ体勢を整えきれていない加那の顎を、拳が打つ。

倒れない。

仰《の》け反《ぞ》った躰を起こすのと同時に、朱舛を殴る。一度ではない。続けて二度。普段からつぶれている朱舛の鼻から血飛沫《ちしぶき》が舞った。しかしさすがに倒れはしない。

「負けるなよっ、わかってんだろうなっ！」

赤が叫ぶ。朱舛の唇が丸くなった。肉厚な襞《ひだ》からのぞく食いしばった黄色い歯の隙間から、血の混じった唾をほとばしらせ、全身の力を乗せた一撃を放つ。

加那がよろけた。膝が激しく数度ぶれる。

それでも加那は倒れない。いったいなにがこの男をここまでさせるのか。酒色にふける按司のためではないことはあきらかだ。おそらく朱舛への殺意でもない。

意地である。

一人の男として、一匹の獣として、加那は敵と相対しているのだ。すでに数十度、殴りあっている。加那も朱舛もぼろぼろだ。顔は倍に膨れ、相手の顔が見えているのかさえ怪しい。このまま続けていれば、どちらかが死ぬ。

「赤の兄貴っ、このままじゃ死んじまうっ！」

気づいた時には、すでに叫んだ後だった。氷角は自分の口から飛びだした言葉を聞いて、己が声を吐いたのだと気づいた。

「どっちが」

「そりゃあ……」

殴りあう二人をにらんだまま、赤は氷角に問う。

「あの男が死ぬのはかまわねぇだろ」

答えられない。戸惑う氷角を、冴《さ》えた瞳が捉える。

「お前もそうか……」

赤が立ちあがり、珊瑚から飛び降りた。ゆっくりと歩むその先には、殴りあう二人の姿がある。ふたつの拳が虚空で交錯し、相手の顔へと辿《たど》り着く刹那、薄くて白い掌《てのひら》に包まれた。

赤だ。

「もういい」

すでに二人は考えることすら忘れているようだった。止められたことさえわからないうちに、躰だけがぴたりと動かなくなる。

激しく上下する加那の肩に、赤が触れた。

「お前の覚悟はわかった」

加那は答えない。ぜえぜえとかすれた息を吐きながら、腫れあがった瞼《まぶた》の奥にある瞳で朱舛を見つめている。

「下がれ朱舛」

ぶよぶよになった血塗《ちまみ》れの顔でうなずいた朱舛は、ふらつく足で加那に背をむけた。

「待て」

加那のか細い声。

「もう終わったんだ」

按司の使いに語りかけた赤の声に、親愛の情のようなものが滲んでいるのを氷角は聞き逃さなかった。

「氷角」

言葉を失っている氷角に、赤の声が飛ぶ。

「こいつと一緒に城に行け」

赤の真意が理解できない。

加那の肩を一度優しく叩くと、赤が氷角へと足をむける。たがいの躰が触れあうほどの距離まで来たとき、不意に赤の顔が耳元に寄せられた。

「つねにあいつから離れるな。そして命を守ってやれ」

理解など必要ないとばかりに氷角に背をむけた赤が、珊瑚へと歩を進める。

戦い終えた按司の使いは、ふらつく躰を二本の足で支えながら赤を見つめていた。その姿に、得体のしれない神々しさを感じる。

骸に群がる蝿はもう数えきれないほどだった。虫に目が行き、氷角はやっと加那の呪縛から解かれた。風に潮の香りが混じっている。遠くで潮騒《しおさい》が聞こえていた。波は何事もなかったように、寄せては返す。

海の気配を色濃く湛《たた》えた風が、熱くなった躰に心地よかった。

だらだらと続く登り坂のむこうに岩の塊があった。小高い丘の上に横たわるようにして転がる巨大な岩石。目を凝らしてみると、それはひとつではなく、無数の岩を積みあげて造られた物だった。岩の上に館が建てられている。ただ単に人が住むだけのものとは思えない、巨大な建物だ。

「勝連城《かつれんぐすく》だ」

隣を歩く加那が言った。氷角は城を見あげたまま、うなずく。

「見るのは初めてではないのだろう」

遠くから見たことはあるが、ここまで近づいたことはない。半島東部の屋慶名からも見えるから、大きいとは思っていたが、実際に間近で見ると迫力が違う。

「あそこに住まわれているのが茂知附様だ」

そう言った加那は、城のなかでもひときわ高い場所に建つ館を指さした。館のあたりの石垣の下は、切りたった崖になっている。

登れぬことはないが命懸けだ。

「お前、この城を攻めることを考えただろ」

言われた氷角は加那のことを見た。加那が天を見あげて笑う。

「お前は素直だな」

まるで友人に語りかけるかのごとき気安さである。

知り合って七日。

加那の家で寝食をともにしたことで、この男のことがわかり始めていた。

茂知附から与えられたという家は、城の西北の御段坂《うだんさか》を下ったところにある。その一帯には城に仕える者たちの住まいが集まっており、加那の家もそのひとつだ。一人で暮らしているという。加那はこれでも広いくらいだと言っていたが、ひと間だけの小さな穴屋《あなやー》だ。掘立ての土間に竹で編まれた床が設《しつら》えられた竹茅葺《たけかやぶき》の小屋である。

屋慶名から戻った加那と氷角は、この床に並んで寝た。自分は土間でよいと言ったが、二人で寝るだけの広さは十分にあるという加那の言葉にけっきょく甘えることになった。

自分の手下だと思って使っていいと言って、赤は氷角を加那に差し出した。加那と氷角は、主従の関係となったといっても過言ではない。しかし加那はそう思っていないらしく、赤から預かった客人であると言って譲らない。

「赤からはなにも聞いてないのか」

城へとつづく坂を歩きながら、加那が問う。

「俺はただ、加那様の命を守れとだけ」

「加那でいい」

太い声が言い切る。

「でも」

「お前は大事な客人だ。様を付けられるような間柄ではない」

「それじゃあ俺が赤の兄貴に叱られます」

「叱られる前に俺が赤に言ってやる」

まるで古くからの付き合いのように、赤のことを語る。朱舛との喧嘩を終えた加那はその夜、屋慶名に泊まり、朝まで赤と飲み明かした。その席で絆《きずな》を深めたのかもしれないが、それでも氷角は、いささか気安すぎると思っている。酒宴の席に、もう一人の使いの姿はなかった。どうやらあの日のうちに勝連城へと逃げ帰ったらしい。

喧嘩の傷が癒えきらない加那の顔には、まだ痣が残っている。皮膚の下で血が溜《た》まって青くなっている頬を、加那が指先でさすった。

「この顔を見たら、茂知附様は驚かれるであろうな」

立ち止まった加那が顔を近づけて来る。あまりに急な動きに、思わず噴きだしてしまった。

「なにがおかしい」

「い、いや」

顔を背け、加那が歩きだす。

「赤がお前に何も伝えていないのは、城に来るつもりはないということだろう」

氷角には赤の真意はわからない。十以上も歳《とし》が違う。それだけでなく赤には、常人には計り知れないところがある。普通の大人たちが見ている場所とは違う、どこか遠い何かを夢想しているようなところがあった。赤のそういうところに、仲間たちは惹《ひ》かれている。

加那にも赤に通じるものがあると感じていた。いまも城を見据えて隣を歩いているが、その視線は遥《はる》か彼方《かなた》へ注がれている。見ているものを共有したくて、氷角は加那の視線を追った。巨大な館のむこうに広がる蒼天《そうてん》が、視界を覆う。加那が見ているのは、あの空なのだろうか。違う。もっと先にあるなにかだ。

加那と同じものを見ていないと思うことが、少しだけ悔しかった。

「茂知附様の前では、問われたことに素直に答えればいい。あとは俺がなんとかする」

加那の言葉を聞くと、すべてが大丈夫なように思えた。

「お前か、赤の使いという者は」

装飾に彩られた階《きざはし》のむこうに豪奢《ごうしゃ》な椅子が設えられている。その背板にどっぷりと躰を預け、脂ぎった男は吐き捨てるように言った。脇に控える男どもの顔には、氷角に対する侮蔑の色がありありと浮かんでいる。

椅子に座ったこの初老の男が茂知附なのであろう。食うだけ食って肥えに肥えたこの男が、勝連半島の長《おさ》なのだ。赤も氷角も、そして加那すらも、この男に従う民に過ぎない。歩くことすらままならないほど、躰は脂に覆われ、張り出た腹は肘かけよりも上にあり、首は肉に埋もれている。

饐《す》えた汗の臭いが離れていても届くような気がし、頭をさげるふりをして思わず顔を背けた。

「加那よ」

茂知附が臣の名を呼んだ。

「その顔はどうした」

「あれは、赤の手下の一人が……」

臣の末席にあった男が唐突に声を吐いた。加那とともに屋慶名に来た役人である。

「儂《わし》は加那に聞いておる」

不機嫌をあらわにして、茂知附がにらみつけると、男は顔を伏せて黙った。

「何があった。遠慮はいらん、申してみよ」

「屋慶名からの帰り道、飼っている牛が暴れておると難儀している百姓に出くわしまして、その牛と戯れましてございます。そのせいで、このような有様となりました」

先刻の役人の言葉など最初からなかったかのように、加那は堂々と嘘《うそ》を述べた。

肉に押し潰されて細くなった茂知附の目が見開かれる。

「勝ったか」

「痛み分けといったところでありましょうか。しかし牛はなんとか落ち着きました」

「それはよかったの」

言った茂知附が手を叩いて笑った。頬の肉がふるふると揺れている。豚だ。しかしあれだけ脂が多いと、煮ても焼いても食えない。

「赤の使いとか申す、その方」

ひとしきり笑った茂知附が、ふたたび冷淡な目つきを取り戻し、氷角を見た。

「名はなんと申す」

「氷角にござります」

茂知附が眉をひそめた。疑っている。そんな主の姿を見て、加那が助け舟を出した。

「氷の角と書きまして、氷角にござります」

「なに、氷じゃとな。そんなもの、お前は見たことがあるのか」

茂知附が氷角に問う。しかし氷角は、己の名であるというのに、氷というものを見たことがない。琉球《りゅうきゅう》の熱さでは氷など自然に出来るものではなかった。

「いいえ」

「見たこともなきものを名乗るとは滑稽じゃな」

赤がつけてくれた名だ。気に入っている。

「真名は？」

そんなものは思いだしたくもない。

「この者は赤の使いにござります。それ故、異名であろうと氷角こそが、この者の名」

「お前がそう言うのなら、それでもよい」

別段気を悪くした風でもなく、茂知附は納得した。

「して氷角とやら。赤はこの城に来る気があるのか」

「わかりません」

場がざわめいた。茂知附の薄い眉がひくついているのが、離れていてもわかる。

「お前は赤の使いとしてここにいるのだろう。わからぬでは務まらぬぞ」

加那には素直に答えればよいと言われている。だから正直に述べたままでだ。

「わからないものはわからない。たとえそれが親とも兄とも慕っている人のことでもです」

これ見よがしに茂知附が溜息《ためいき》を吐《つ》いた。

「見ればまだ年端もいかぬ子供ではないか。お前のような者を使いにするとは、赤という男も名前ばかりが大きゅうなった下郎のようだな」

「それは違います」

加那が割って入った。

茂知附が息を呑む。明らかに按司は、加那に気圧《けお》されている。

「赤はひとかどの人物であります。この氷角を使いに寄越《よこ》したことを、前進であるとは考えられませぬか。これまで幾度登城を促しても答えなかった赤が、今回は使者を立てたのでございます。我らと事を構えるつもりはないという証《あかし》とは、取れませぬか」

囁《ささや》きあう家臣たちを見遣《みや》る茂知附の目があまりにも厭《いや》らしくて、氷角は背筋を這いあがって来る悪寒に震えた。家臣たちがうなずきながら、納得の意を示すと、勝連按司は鼻から息の塊をひとつ吐き出してから脂に包まれた頭を大きく上下させた。

「まぁよい。お前の言うことも一理ある。今日は加那に免じて許してやろう。が、お前にはしてもらわなければならぬことがある」

気味の悪い目で足先から脳天まで舐《な》めるように見られた。斬りたいという衝動が鎌首をもたげたが、加那のことを思い必死に封じる。

「氷角とやら、お前がなんとしても説き伏せて、赤をこの場に連れて参れ」

「それは約束できませぬ」

「できるかどうかを聞いているのではない。やれと言うておるのだ」

体型を存分に利用した茂知附の圧が、氷角を押す。荒くれ者たちの陽の圧とは違う陰湿な力が、全身を汚してゆく。

「やれ」

答えることができない。赤の決断は赤のものだ。氷角がどうこうできるものではない。自分が頭をさげたからといって赤が城へ来ることはない。それに、こんな男のために頭をさげるつもりもなかった。

「できねば赤とその一党は皆殺しじゃ。のう加那よ」

みずからの権力が盤石であることを疑わない高慢な薄ら笑いが、茂知附の口許に張りついている。

近くで鈍い音がした。加那だ。食いしばった歯の隙間から、軋《きし》むような音が聞こえる。

「もう一度」

加那が怒りを押し殺しながら按司に語りかける。

「私を屋慶名に差しむけてはいただけませぬか」

「お前が頼めばどうにかなるか」

「わかりませぬ」

「その言葉は聞き飽きたわ」

肘かけを叩き、茂知附が立ちあがった。主のいきなりの激昂《げっこう》に、家臣たちがいっせいに顔を伏せる。

「よいか加那よ。お前が行くというのであれば、今度こそ是が非でも連れてこい。この勝連で気儘《きまま》な振る舞いをいたすのは、この儂が許さぬと申せ。今度も命に従わぬというのであれば皆殺しじゃとしかと申し伝えよ」

「承知いたしました」


土間の中央に掘られた窪《くぼ》みのなかで、紅の焔《ほのお》が揺れていた。

焔を挟んだむこうに座る加那は、黙ったまま淡々と酒を舐めている。屋慶名へ使いに行った褒美として茂知附からもらったという酒は、白く澄んでいた。明《みん》の国の酒だそうだが、吞まない氷角にとっては、どこの物だろうとどうでもよい。

かなりの間こうしている。加那の家に二人きり、たがいに語る言葉が見つからない。

赤を連れてくることがいかに困難なことかは、氷角が一番よくわかっている。

「加那様」

不安が口からこぼれだした。

「加那でいいと言っただろ」

口に含んだ酒を喉に流しこんでから、加那が笑う。微《かす》かな明かりに照らされ朱色になった顔が、血に染まっているように見え、氷角はたまらず目を逸らした。

「どうした」

加那の顔を見ることができない。

「もし赤の兄貴が城に来ないと言ったら、今度こそ」

「俺は赤を殺さない」

「でも」

「その時は俺の命と引き換えに、赤に頼むつもりだ」

この男はどうしてそこまでして、赤を城に迎えようとするのか。加那は按司に仕える身で、赤は屋慶名を根城にした荒くれ者の頭目である。茂知附に従わぬというのなら、滅ぼしてしかるべきである。命を懸けて庇《かば》う理由などどこにもない。

「あの男は民に慕われている。赤が殺されたと知れば、民は按司を恨むだろう。逆に赤が城に仕えることになれば、民は按司を見直す。なにがあっても、赤のような男を死なせてはならんのだ」

加那の言葉には、茂知附に対する若干の悪意が籠っていた。

「赤には人にはない才がある。それをこのままにしておくのは惜しい」

「おいっ」

外から声がする。聞き慣れた声に、氷角は思わず立ちあがっていた。加那も同じことを思ったようで、二人して家から飛び出す。

「赤……」

つぶやく加那に誘われ闇に目を凝らした。

扉のない穴屋の、門《じょー》のむこうに庭《なー》が広がっている。その真ん中。仄《ほの》かに降り注ぐ月の光に照らされた赤が、通りと庭を仕切る壁《ひんぷん》の前に佇《たたず》んでいる。

隣には女が立っていた。氷角の仲間だ。名前は白先《はくせん》。剣を使わせるとこの女の右に出る者はいない。そのため赤は遠出の際、かならず白先を護衛につける。目鼻の造作は氷角から見ても人並み以上に美しいと思えるのだが、心を面に表さぬから情を掻き立てられない。無言のまま赤の背後に付き添っている姿は、彼に恨みを抱いて死んでいった女の魂がまとわりついているようにさえ思えた。

「あんたのことだから、もう死んでんじゃねぇかと心配したぜ」

躰を左右に振って舞うようにして歩きながら赤が言った。月光の下で舞う姿は女子《おなご》のように流麗で、加那と氷角は二人して息を呑み立ち尽くす。

「どうしてここに」

氷角は呆然《ぼうぜん》と問うた。二人が心底望んでいた赤が、いまここにいることが信じられずにいる。赤は子分のほうを見もせずに、加那の前に立って空を見あげた。微笑《ほほえ》む顔を月明かりが照らし、赤の白い顔を蒼《あお》く染めている。

「本当は最初から俺が来てもよかったんだが、少し考える時が欲しかった。あんたが俺を庇って死にやしねぇかと、そればっかりが心配でよ。気づいたら来ちまってた」

赤の前に立つ加那も月を見あげる。

「赤、俺は」

「仕えるよ」

「恩にきる」

「勘違いするな」

赤が加那を見た。

「俺はあの按司に仕える気はない。俺が命を預けるのは」

細く尖《とが》った白い拳が加那の褐色の腕を打つ。

「お前だ」

「赤」

「勝連がこのまま行くとは、お前も思っていないんだろ。だから俺は、お前に賭ける」

「俺はただの役人だぞ」

「今はな」

＊

耳ざわりなほどの大声をあげて、大男が棒を突きだした。腹をしたたかに突かれた相手が、石畳の床に転がる。

「何人目だ」

かたわらで椅子に座る主が問う。金丸《かなまる》は顔を寄せて薄い唇をそっと開いた。

「五人目でございます」

「名はなんと言ったか」

「大城《うふぐしく》。町の者らは男の力を恐れ、頭に〝鬼《うに》〟をつけて呼んでおるそうです」

「鬼大城《うにうふぐしく》か」

あらわになった半身を汗で濡《ぬ》らした鬼大城が、棒を片手に主を見つめている。白目がやけに黄色くて、その中央に浮かぶ小さな瞳が獣のようにぎらついていた。

「まだやるか」

主が問う。鬼大城はがさつな性分を隠そうともせず、骨ばった顎を勢いよく上下させた。

「では次の者」

家臣たちの輪のなかから新たに一人躍りでた。下人ごときにいいようにされてなるものかと、顔に気迫がみなぎっている。

ひと突きで勝負は決した。

たしかに強い。

鬼大城が相対しているのは、武勇を買われて城に仕える者たちばかり。戦になれば、主を守る精鋭である。それがいともたやすく倒されてゆく。

「これまでなにをさせておったのだ」

「馬の世話を」

「勿体《もったい》ないな」

主のこのひとことで、鬼大城の出世は決まったようなものだ。

「まだやるか」

鬼大城がうなずく。

「このままではお主たちの面目は丸潰れだぞ。此奴《こやつ》に一矢報いる者はおらぬのか」

家臣たちに告げながらも、主の目は鬼大城を捉えている。

家臣たちも黙ってはいられない。血相を変えた男たちが我先にと手を挙げ、吠《ほ》える。

己に浴びせかけられる怒号のなかで、鬼大城は一人黙然と相手を待ち続けていた。

「お主」

主が髭面《ひげづら》の家臣を指さす。ひときわ大声を張りあげていた男だ。

主は父と自分自身をつねに比べている。琉球を一代で統一した父とは違い、武のほうはまったくである己を後ろめたく思っている。劣っているという想《おも》いが、武勇の士への憧憬を抱かせているのだが、英雄王の子であるという自尊心が邪魔をして歪《いびつ》な形で表に顕《あらわ》れる。

そのあたりが金丸には理解できない。

金丸も武の道に疎い。いや、生来興味がない。そもそもそういう風に躰が出来ていなかった。人よりも背丈は低く、どれだけ食べても肉が付かない。だから、自分の躰を使って誰かを屈服させようという考えが、幼い頃からないのだ。

人をひれ伏せさせるのは頭である。策である。奸智《かんち》である。

武を誇る者の気がしれない。己は愚か者であると喧伝しているようなものではないか。だから、筋骨隆々な者を羨んだことが、金丸には一度もない。

広間の中央で鬼大城と先刻の髭面が見合っている。鬼大城が頭ひとつ大きい。というよりこの場の誰よりも、鬼大城は大きい。

棒の先端を鬼大城の鳩尾《みぞおち》あたりにむけながら、髭面が足の爪先で間合いをはかる。

鬼大城は棒を構えたまま動かない。動いたのは髭面のほう。真っ直ぐに突く。髭面の棒を、鬼大城が思いっきり叩いた。髭面がたまらず棒を落とした。

鬼大城は素早い。

叩き落とした動きのまま、棒を突きだす。石畳に数度背中をこすって転がった髭面が、うつ伏せに倒れて動かなくなった。力なく開いた口からは、黄色の泡が流れだしている。

主が立ちあがった。家臣たちが片膝立ちになり頭をさげた。鬼大城もそれに倣う。

「今日からその男は、お主たちの仲間だ」

誰一人声を発しない。が、頭を垂れる男たちの発する不穏な気が、金丸の肌を刺す。

主が椅子を立ち、皆に背をむけた。去ってゆく主を、わずかに顔をあげて鬼大城が見送っていた。

「下郎が……」

誰にも聞こえぬ声でつぶやいてから、金丸は主の後を追った。


主の居室。金丸と主のほかには誰もいない。衆の前で座るような豪奢なものではない簡素な椅子に背をあずけ、痩身の主は虚空をにらんでいる。細身とはいうが、金丸よりずっと肉付きが良い。満足すぎるほどに食っていながら、無駄な脂を蓄えていないという意味において、主は細身であった。

重みに耐えかねた椅子のか細い悲鳴を無視しながら、主は見えないなにかに怨嗟《えんさ》の視線を投げていた。

「儂はいつまでここにおればよいのだ」

陰湿な声が問う。

「儂は尚巴志《しょうはし》の息子ぞ」

主の名は尚泰久《しょうたいきゅう》。尚巴志王の五男だ。父は琉球を一代で纏《まと》めあげた英雄である。

琉球はその昔、北の北山《ほくざん》、中部の中山《ちゅうざん》、南の南山《なんざん》という三国に分かれていた。佐敷《さしき》の按司であった尚巴志は、中山王を攻め滅ぼして父の思紹《ししょう》を王にすると、北山南山を次々と攻め滅ぼして百年もの長きにわたった戦乱の世を終息に導いた。そして、思紹の死後、中山王となったのである。

尚泰久はこの父の命によって、越来城《ごえくぐすく》の主に任じられた。

尚巴志王の死後、その血脈によって王位は継承され、首里《しゅり》の地にある現在の王は彼の兄で尚巴志王の次男、尚金福《しょうきんぷく》であった。

「越来は勝連への抑え。儂がおらねばならぬのはわかっておるのだ」

勝連は琉球の東に突き出た半島で、大和や明の船の逗留地《とうりゆうち》となっている。そのため、異国の万物が流れ込み、莫大《ばくだい》な富を生んでいる。

勝連按司は首里王に服属しながら、一定の独立を保障されていた。いわば金によって独立と安寧を買ったのである。

「このまま越来で年老いてゆけというのか」

これまで幾度も繰り返してきたやり取りにうんざりしながらも、金丸は毅然と答える。

「金福王は重き病にござります。御運が巡ってくる日が必ず参りましょう」

「兄が死んでも、志魯《しろ》がおる。布里《ふり》がおる」

志魯は金福の息子、布里は尚巴志王の三男で尚泰久のすぐ上の兄だ。金福が次男、布里が三男、そして泰久が四男である。長男は金福の前の王であったが、すでに他界していた。

「奴らがおる限り、儂に運が巡ってくることなどありはせぬ」

この男は王になりたがっている。その強欲さを、金丸は好ましく思う。

人はこうでなければならぬ。

欲があってこその獣。人もまた獣なのである。食い、寝て、抱く。それが生きるということ。どれだけ綺麗《きれい》な理屈で隠してみても、人は欲からは逃れられない。

欲こそが人を人たらしめていると金丸は信じて疑わない。だからこそ、欲望をあらわにする尚泰久が好ましい。英雄の息子である尚泰久が王を望む。それは金丸にとって、理にかなった情動である。

「志魯様が王となられるのは間違いありませぬ」

尚泰久を見つめる。鼻の穴を広げて怒りをあらわにしている英雄の息子は、武勇を誇った父とは似ても似つかぬ緩んだ体軀を椅子に預けながら言葉を待っていた。金丸は主の望み通り、言葉を投げかける。

「生来勝気な布里様が黙ってはおりますまい」

「兄は起《た》つか」

十中八九、布里は起つ。尚金福王が死ねば、国が乱れるのは間違いない。しかし今、短慮な尚泰久にすべてを話してしまえば、みずからもその乱に加わろうとするだろう。それは金丸の本意ではなかった。

「どちらが勝っても、王になるのは儂ではない。戦の勝者よ」

「いえ」

緩やかな肉に覆われた尚泰久の頰が、緊張で強張《こわば》った。金丸を見あげる目に、欲望の焰が燃えている。

「必ず勝敗が付くとも限りませぬ」

「共倒れか」

こういう勘だけは鋭い。

「たしかにそうだな」

荒い鼻息をひとつ吐き、尚泰久が腰をあげた。そしてゆっくりと机を回りこみ、金丸の面前に立つ。こうなると、尚泰久が金丸を見おろす格好になる。たがいの息が触れあうほどの距離。豪奢な黄の衣に炷《た》きしめられた香の匂いが、鼻腔《びこう》を容赦なく侵す。その甘ったるい匂いが、金丸はどうしても好きになれない。貧しい家に生まれ、民に疎まれ住処《すみか》を転々と変えてきた暮らしで染みついた貧しさが、こういう所であらわれる。顔を背けたいという想いを隠すように、顔面から感情を消し去った。

「もう少し静観することにしよう。意を決するのは兄が死んでからでも遅くはないな」

金丸は静かに頭を垂れた。

「お前は時々、なにを考えておるのかわからぬな」

笑みすら浮かべず頭を垂れたまま、金丸は辞去の許しの言葉を待った。

鬼大城の暴力と尚泰久の妄執を浴びせられ、金丸は不快な倦怠《けんたい》に包まれていた。重い躰を引きずるようにして、越来城に与えられた自室へと戻った。殺風景な部屋に入り、椅子に躰を預ける。机と椅子のみ。調度や器の類、茶器すらない。

机に肘をつき、組んだ手に顎を当て、先刻の尚泰久との会話を頭のなかで反芻《はんすう》していると、扉のむこうから己の名を呼ぶ声がした。

「入れ」

扉が音もなく開き、闇が部屋へと滑りこんだ。夕暮れの赤い光がわずかに射《さ》し込むだけで、薄暗い。部屋の暗さよりも濃い闇が、机を挟んで金丸と相対する位置に立った。

「見たか」

闇に問うた。人の形をした漆黒は、頭を上下させる。

「鬼大城……。使えると思うか」

「個の武としては抜きんでております。しかし、戦場での才は別物」

漆黒が答える。

「武を糧とする者は、その程度でちょうどよい。なまじ頭が回ると、よからぬ事をしでかす。中城《なかぐすく》の老いた牛のようにな」

真牛《まうし》。

中城の主である。中城は、越来城とともに勝連城に対する抑えとして首里王家にとって重要な城であった。

真牛は、尚巴志とともに琉球統一を成し遂げた男である。今帰仁城《なきじんぐすく》の戦いでの真牛の活躍は目覚ましく、この戦の勝利によって北山は滅亡へと至った。しかしそれも四十年ほど前のこと。すでに真牛は六十の坂を越えている。しかし老境に至った今でも、王朝内での影響力は健在であった。この国一の武人といえば、皆が真牛と答える。

「あの男。金福王が死んだ後、どう動くか」

「今のところは志魯、布里いずれも接触してはおりませぬ。尚泰久様は、真牛の娘婿。尚泰久様に仇《あだ》なすことはございますまい」

闇が言った。

名は耳目《じもく》。

尚泰久からもらった男だ。金丸の耳であり目である。

耳目の手下は国中に散らばり、首里王府や各地の按司たちの動向をつぶさに調べている。それらはこの耳目の元に集められ、金丸に届けられる。

「金福王はすでに床から起きあがることすら困難な有様。志魯はそれをよいことに、王になったかのように振る舞っておりまする。それを聞いた布里は、家臣たちが見ていることも構わず、怒りをあらわにして志魯への悪口を喚《わめ》き散らしたとのこと。二人の互いに対する恨みは、間違いないものかと」

狭い室内は闇に包まれている。耳目の気配だけが眼前にくぐもって、邪気を放っている。その邪《よこしま》な気配を見つめながら、金丸は問う。

「他には」

「屋慶名赤が勝連城に入り、茂知附と会ったようです」

「不確かだな」

「勝連半島は按司の支配が強固で、どうしても城内までは目が行き届きませぬ」

「お前らしくもない」

叱責ととらえたのか、邪気が声を失った。耳目の矜持《きょうじ》などどうでもいい。必要なのは事実だけだ。

「屋慶名赤といえば、勝連の悪童どもの頭目であったな」

肯定の声を闇が吐く。金丸は続けた。

「悪童どもの頭目が茂知附に会ったからといって、どうということもあるまい」

「茂知附のやりかたに勝連の民は苦しんでおります。按司への恨みを代弁する者と、私は見ておりました」

「赤が民を率いて按司を追い落とす。そう見ていたということか」

「はい」

琉球が統一されたといっても、未《いま》だ各地の按司の力は強い。もともと按司たちは、王朝が出来る前から土地を治めていたのだ。王家に服属した今となっても、心の底から承服した者などわずかである。そのなかでも勝連はことさら独立性が強く、王家の介入を拒み独自の支配をつづけている特別な土地である。

「赤が茂知附と会ったとなれば、勝連はしばらくは落ち着くことでしょう」

王家が騒がしい今、勝連が乱れてもらっては困る。赤とかいう男が按司に頭を垂れたというのなら、それは金丸にとって都合の良い報《しら》せであった。茂知附は悪評の多い按司である。茂知附の容赦ない搾取は、民を苦しめている。人は支配される生き物だ。強者の庇護《ひご》の元で生きることで民は安寧を得る。だが、過度な搾取は民の疲弊と不満を生む。

それなりの束縛ならば、甘んじて受け入れるくせにである。王家の介入が困難だからこそ、民の不満は茂知附が一身に受けている。遅かれ早かれ自滅すると、金丸は見ていた。

「首里が治まってから、勝連はゆっくりと考えようではないか」

「はい」

「御苦労だった」

邪な気が闇に溶けると、金丸は目を閉じ鼻から深く息を吸った。尚泰久の甘い香りがして、不快が舌打ちとなって口から漏れた。

*

遠くにある背中を、氷角は見つめている。

翁《おきな》である。

どう見ても六十は越えていた。なのにこの場に並ぶ軟弱な役人の誰よりも、その背中は精力に満ちていた。

上座から見おろしている茂知附の鼻が、ひくついている。自分では気づいていないのだろうが、己よりも二十近くも年嵩《としかさ》の老人に男として気圧されているのだ。豚を思わせる肥え太った茂知附とは比べるべくもなく老人の体は引き締まり、その背中からは若い氷角にすらありありと感じ取れるほどの覇気が放たれていた。

「よくぞまいられた」

緊張で上ずった声で、茂知附が言った。老人は頭を軽くさげてそれに応える。

「突然の推参、さぞや驚かれたであろうな」

かすれた声にはさすがに老いがうかがえる。

「いささか驚きはいたしましたが、真牛殿ならばいつでも歓迎いたしまする」

「誰でも歓迎するというわけではない、ということか」

「いやいや」

脂汗の滲む顔の前で大袈裟《おおげさ》に掌を振り、豚が笑みを浮かべた。誰が見ても作り笑いだとわかるような強張った顔つきに、この男の器の小ささが垣間《かいま》見える。

翁の名は真牛。

屋慶名の悪童だった氷角でさえ、その名は知っている。琉球統一を果たした尚巴志の右腕だった男だ。

「王の御病気はますます悪いと聞き及んでおりまする。そのような時に真牛様ともあろうお方が、このような所におられるとは」

陰湿な口調で茂知附が語る。真牛の背中は微動だにしない。

「それ故、ここにおる」

かすれているくせにやけにみずみずしい声が、茂知附を圧する。

「これを好機と、首里に弓引く按司がおらぬとも限らぬ。それ故、按司のなかでも随一の権勢を誇る茂知附殿とともに、そのような不心得者が現れた時の算段をいたそうと思うてな」

「そ、そのような愚か者が」

茂知附はさっきからしきりに肘かけの縁を指で撫《な》でている。その仕草が余計に器量を小さく見せているのだが、本人はまったく気づいていない。

広間の左右に並ぶ家臣たちも、伝説の武人を前にしてすっかり呑まれてしまっている。動じていないのは加那と、その隣に立つ赤くらいのものだった。

いや、もう一人。

茂知附の背後に気配を押し殺して立っている護衛だ。真呉《まぐう》という名であったと氷角は記憶している。

真呉は細い目を真牛にむけたまま、指一本動かさない。心を読み取れぬほどに、冷たい眼差《まなざ》しである。

「そのようなことを真牛殿が懸念なされるほどに、王の御加減は」

「詮索は無用。王が身罷《みまか》られたとしても、王統が途絶えるわけではない。首里は首里のまま、王家は王家のままである。按司もまた、按司のままじゃ」

「さ、さすがは琉球統一の功臣、真牛殿ですな。その揺るぎなき御心を、亡き尚巴志王も愛されたのでござりましょう」

茂知附の言葉を聞いて、赤が誰にも気づかれないほど小さく鼻で笑った。

「勝連はいかがかな」

真牛の問いに茂知附が小首を傾《かし》げた。

「悪しき謀《はかりごと》を巡らしておる輩《やから》がおる……。そんな噂《うわさ》を聞いたでな」

「だっ、誰がそのようなことを」

「あくまで噂よ」

茂知附が仰け反る。背板に背中を押しつけて、逃げださんばかりの格好だ。謀を巡らしているのが己であると白状しているようなものだ。あまりにも無様な姿に呆《あき》れたのか、赤が背後に立つ氷角を肩越しに見た。細めた目の奥に、人を莫迦《ばか》にする時に見られる嘲りがある。

「赤」

加那が囁く。赤は一度肩をすくめてから、ふたたび真牛へと顔をむけた。

「ここ勝連城から首里へ向かう途上には、我が中城がある。もし、不埒《ふらち》な企《たくら》みを画した者どもが兵を挙げたとしても、我が城より先に進むことはない」

「わ、儂に申されておるのか」

真牛は口の端を吊《つ》り上げるだけ。もし本当に、茂知附が首里に攻め上ろうと兵を挙げたとしても、とてもではないがこの老人には勝てない。男の器量で完全に負けていると、氷角は思う。

「儂は悪しき噂を聞いた故、確かめに来たまでのこと。どうやら按司殿は、中城にまで届いた噂を御存じなかったようじゃな。ならばこれからでもよい。早急に調べていただきたい。もし儂が申した噂が真実であったなら、手を打つのは早いほうがいい。儂の胸に留《とど》まっておるうちはよいが、これが首里に聞こえた時は、茂知附殿の御身が危うい」

「お、脅しておられるのか」

「先刻からなにを申されておるのか……」

これ見よがしに真牛が溜息を吐いた。そしてしっかりとした足取りで、茂知附へと数歩近づく。真呉が身を強張らせる。それを確認すると、屈強な老人は立ち止まった。右足の先は、すでに階の袂《たもと》まで届いている。駆け上れば茂知附に手が届く場所だ。

「うろたえなさるな。家臣たちが見ておる」

「だ、誰も」

「よいか茂知附殿」

上ずった按司の言葉を遮るように、真牛の重厚な声が広間に響く。

「勝連は、琉球のなかにあって王家の力の及びづらき地。それは其方《そちら》の先代たちが築き上げた支配によって得られし力じゃ」

「儂ら勝連按司は、代々尚王家に臣従を誓っておる。王家より按司を任され、この地を支配しておるだけのこと」

「それは本心からの御言葉か」

「儂に二心などないっ」

茂知附の家臣たちが、真牛を敵とみなし始めていた。英雄を畏怖する気配のなかに、殺気が芽吹いている。

「いま殺るか」

加那と氷角にしか届かぬ声で、赤がつぶやく。誰を殺るのか。真牛か、それとも。

「止《よ》せ」

加那がつぶやいた。赤はそのひとことで納得したように、小さくうなずく。

按司と英雄はしばしにらみあった。真牛が振り返る。確かな足取りで茂知附から離れながら、先刻まで己が立っていたあたりで止まると、顔だけを勝連按司にむけた。

「その言葉、お忘れなきよう」

茂知附は言葉を発する力さえ失っている。全身をぐったりと椅子に預け、去ってゆく背中を見つめていた。

広間を去ろうとする真牛の足が止まる。氷角の目の前。深い皺におおわれた年老いた顔が、加那へとむけられている。

「よき腕をしておる」

衣の上からでもわかる巨大な腕を見て、真牛が言った。熱を帯びた視線に動ずることなく、加那が口を開く。

「生まれた頃より足が動かず、幼き時に親に捨てられました。それ故、なにをするにも腕だけが頼り。気づいた時には、このようになっておりました」

「いまは足も動くか」

「はい」

真牛の乾いた唇が歪《ゆが》んだ。笑っているのだと気づくまで、氷角はしばしの時を要した。

「よき性根じゃ。もし勝連を離れるようなことがある時は、儂の城に来い」

加那は答えなかった。それを認めると、真牛はふたたび顔を前方にむけて歩き出す。老いた武人は、広間を出るまで一度も振り返らなかった。

茂知附の周囲に顔を青くした家臣が集い、声をひそめて囁きあっている。真牛の言っていた悪しき謀の首魁《しゆかい》が誰か、一目瞭然であった。嫌悪の眼差しを茂知附にむける氷角の耳に、赤の声が届く。

「中城の真牛、なかなかの男だ」

うなずく加那は、真牛が去っていった扉のほうを見つめて笑っていた。

闇夜に松明《たいまつ》の焔が揺らめいている。

ふたつ。

前後の明かりに挟まれるようにして、一頭の馬が細い路地を進んでいる。行く手にあるのは中城。あと少しで勝連按司の領分を出る。氷角は息をひそめて馬を追った。両脇には加那と赤がいる。

焔が揺れた。

悲鳴。

「動ずるな」

松明を手にして震える家臣を馬上から律する声は、昼間に聞いたものだ。一度聞いたら忘れない。かすれているくせに妙にみずみずしい声である。

馬上の真牛を、十数名の人影が取り囲んだ。

「やっぱり、やりやがった」

つぶやいた赤が首に巻いた布に手をやった。それを鼻を覆うところまで引き上げ、走りだす。加那も駆けだしている。遅れをとった氷角は、布で顔を隠して二人を追った。

「儂を真牛と知ったうえでの狼藉《ろうぜき》かっ」

従者から受け取った直剣を手にして、真牛が叫んだ。

十数名の人影は答えない。手に手に得物を持ちながら、三人を取り囲む。

「死ね下郎っ！」

赤が吼《ほ》えた。

背後から襲われた人影が、背中から血飛沫をあげて倒れる。

加那がべつの影の首を刎《は》ねた。二人の手際の良さに、男たちは声すら出せない。

「一人残らず始末しろ」

冷淡な口調で加那が言う。

氷角は刀を抜いて敵の正面に立った。黒い布で顔を包み、目だけがあらわになっている。手には湾曲した明国《みんこく》の刀があった。大和の刀のような力はないが、薄いから取り回しが容易で太刀筋が素早い。そのうえ振っている最中に刀身がしなるから、太刀筋が読みづらい。

敵は言葉にならない声を吐きながら、刀を振りあげた。氷角は一気に間合いを詰める。敵が乱暴に刀を振りおろす。間合いを逸らすように、半身だけ後方に退いた。切っ先が鼻先をかすめる。虚空を斬った敵が、首を差しだすようにして目の前に立っていた。尖らせた口先から呼気の塊を飛ばしつつ、氷角は真一文字に振りぬいた。敵の頭が宙を舞う。天高くあがった血飛沫を見る暇もなく、新たな敵に走った。

赤と加那はすでに五人ほど斬り捨てている。馬上の真牛も果敢に戦っていた。松明を持った家臣たちの姿は見当たらない。

「まだまだぁっ」

嬉々《きき》として戦う赤を、敵が恐れている。

こうなったら勝ちだ。相手の心を折ってしまえば、後はこちらのもの。生かすも殺すも、思いのままだ。相手の心をへし折ることにかけては、赤の右に出る者はいない。命懸けの戦いですら、赤にとっては遊戯と一緒。己が死ぬとは露も思っていない。死の恐怖を堪《こら》えながら戦っている最中、笑みを浮かべて刀を振り回す赤を目の当たりにしたら、誰だって心を折られる。

「絶対に討ち漏らすなよ」

「わかってるぞっ、と」

念を押すようにして言う加那の声に答えながら、赤が眼前の敵の腕を斬りおとした。そのまま返す刀で首を刈る。

大半は加那と赤が始末した。残った敵は三人。氷角は焦る。

三人が背中をむけて走りだした。

「逃がすか」

つぶやきながら駆ける。

「氷角っ」

赤の声が聞こえた。前を走る敵が思わず振り返る。その口許に卑屈な笑みがこびりついていた。なにをこの男は喜んでいるのか。思った時には、氷角もまた敵の視線を追うように振り返っていた。

いつの間にか違う敵が背後にいた。

肩口へと迫る明国の刀。

とてもではないが避けきれない。

氷角へ刀を振りおろそうとしていた敵の腹から真っ直ぐな両刃《もろは》の剣が飛び出す。前のめりに倒れる敵の背後に、剣を持たぬ馬上の真牛が見えた。剣を投げて救ってくれたのだ。

骸に抱きつかれる。その重さで振り返ることができない。背後にはさっきまで追っていた敵がいるはずだ。このまま背をむけていては危ない。

全身の力を失ってやけに重くなった骸を力任せに放りながら、氷角は勢いのまま振り返った。乱暴に躰を回転させたせいで、刀を持った腕が引っ張られる。

妙な手応え。回転を止めた氷角の目に飛び込んで来たのは、先刻まで追っていた敵の、首を失った骸だった。どうやらさっきの手応えは、首を斬ったものだったらしい。

「なんだ、今のは」

冷やかすような口調の赤の声が右方から聞こえた。視界に認めた赤の刀が、最後の一人を斬り伏せている。

「終わったな」

近寄ってきた加那が顔の黒い布を取った。氷角と赤も、同じように呼気で湿った布を剝ぎ取る。息苦しさが消え、生臭い血の匂いを存分にはらんだ気を腹中深くにみちびいた。

「見事な手並みじゃ」

言った真牛が、鞍《くら》から飛び降りた。

「真牛様ぁ」

松明を持った従者が、情けない声を吐きながら骸の山をおそるおそる踏み越える。その手に握られた松明の火は消えていない。焔の明かりに照らされた加那の顔を見た真牛が、声を上げた。

「その方は茂知附の」

「加那と申します」

言って加那は深く頭をさげた。

「一人残らず始末せよと言ったのも、これで腑《ふ》に落ちたわ」

真牛の言葉に赤が眉根を寄せる。ひときわ威勢良く戦っていた男の剣呑《けんのん》な気にも、真牛は一向に動じることなく微笑んだ。

「何故《なぜ》、儂を助けた」

「己の命運のためであります」

加那は意志をみなぎらせた声で答えた。

「ここで真牛様が殺されれば、首里王府は黙っておりますまい。これを口実に、勝連へと兵を差しむけることになるやもしれませぬ」

「そうなればお主の命運も途絶える。そういうことか」

「はい」

老いた武人が大笑した。

「茂知附は動くと思うか」

真牛が問う。加那はしばし黙考した後、言葉を選ぶようにしてゆっくりと答えた。

「真牛様はかまをかけたつもりでありましょうが、我が主は図星を突かれ恐れております。過剰なまでの真牛様への恐怖が蛮行を生みました」

「己が主の所業を蛮行というか」

「主の行いであろうと、愚かなものは愚か」

真牛の目が弓形になり、嬉《うれ》しそうに加那を見つめている。加那は続けた。

「今回の蛮行が失敗し、真牛様が中城に戻られたとあっては、主は動きますまい。尚金福王の病に付け込み、首里へと攻め上るにしても、行く手を阻む中城が主の一番の悩みの種でありました。ここで討ちそこね、勝連への備えを整えた中城を攻めるような勇気は、我が主にはございませぬ」

加那から目を逸らし、足元に転がる首のない骸を一度蹴ってから、真牛は数歩前に進んだ。目の前には加那が立っている。

「どうやら勝連城で本当に恐ろしい男は、茂知附ではないようだ」

真牛の拳が加那の胸を叩く。

「殺しておいたほうが、我が身のためか」

殺気の籠った視線を加那は黙ったまま受け止めていた。焼けつくような真牛の気が、氷角の全身を強張らせる。

「命を救ってくれた恩に報いよう。今宵《こよい》のことは忘れてやる」

真牛はもう一度、加那の胸を小突くと、背をむけて馬のほうへと歩む。颯爽《さつそう》と鞍に跨《またが》ると、一人しか帰って来なかった家臣を連れて中城へと続く闇に馬首をむけた。

「勝連の加那。覚えておこう」

言った真牛が馬腹を蹴る。目の前を去って行く琉球統一の英雄を、三人は顔を伏せたまま見送った。

純白の衣が緩やかに波打っている。

女が躰を左右に揺らすたび、一定の調子をきざむ歌声が強くなってゆく。女の口から発せられる重い歌声は、耳を伝って氷角の躰の芯まで揺らし始める。得体の知れない力に恐怖を覚えていた。それでも躰は、喜び勇むようにして女の歌に身を任せている。恐怖と歓喜のせめぎあいのなか、吐き気を覚え、喉の奥からあがってくる酸っぱさと戦っている。

女は木の枝を握り、それを振りながら歌っていた。言葉が途切れないから、なにを言っているのか聞き取れない。女が歌声を捧《ささ》げているのは、眼前にある祭壇だ。雑然と並べられた枝や皿、供え物らしき食べ物のひとつひとつに意味があるのだろうが、氷角にはよくわからない。枝は枝、皿は皿だ。

神などいない。それが氷角の考えだ。が、人々は神を信じている。御嶽《うたき》に拝所。先祖を祀《まつ》る心も篤《あつ》い。

氷角の親はとうの昔に死んでいる。崇《あが》めるような先祖もない。もし神がいるというのなら、両親はどうしてあれほど苦しんで死んだのか。

神を否定する心が、女の歌声に歓喜する躰を認めたくなくて、吐き気という形となって自分を苦しめている。

気に入らないことはそれだけではない。

女自身だ。神に仕えているくせに、艶《なま》めかしい気を全身にまとっている。二十そこそことという若さだから妖艶さにみずみずしさが混ざって、氷角を容赦なく挑発してくる。躰の芯が熱くなり、そこに吐き気も加わるから、どうにも堪《たま》らない。

　そしてこの匂いだ。

　祭壇の皿のなかで燃える香のような物から甘い匂いがまき散らされ、部屋中が生温《なまぬる》い匂いに満ちていた。長い間座っているから、鼻の奥まで甘さがこびりついて、息を吸うたびに腹の底に匂いが落ちてゆく。

　次第に自分が怒っているのか喜んでいるのか、わからなくなってくる。

　加那と赤の背中。そのむこうで歌いつづける女と、祭壇からあがる一筋の煙。すべてが緩やかにとろけて、斑模様《まだらもよう》の膜となる。

「氷角」

　生温い弛緩《しかん》に身を委ねていた氷角の耳に、冷たい声が触れた。赤だ。斑模様が消え、ふたたび三人の姿が像を結ぶ。

「大丈夫か」

　振り返った赤が、氷角の肩に触れながら問うている。うなずきだけを返し、女のほうを見た。いつの間にか歌うのを止《や》め、こちらをむいている。

「では」

　長い睫毛に覆われた瞳を伏せ、女が言った。

「なにが見えました」

　赤が問う。

　女は顔を加那にむけ、神妙な面持ちで見つめた。細い頬が透けるほどに白い。たおやかな唇の上には筋の通った小ぶりで涼やかな鼻。気高い意志を感じさせる細い眉の下にある瞳は、珊瑚に覆われた紺碧《こんぺき》の海を思わせる。

「城が見えました」

　加那は黙したまま女の言葉を聞いている。隣に座る赤は、わずかに身を乗りだしながら女を凝視していた。女好きの赤だが、さすがに神女には興趣をそそられないらしい。いや、この女が持つ気高さが、そのような気を起こすことを阻んでいるのかもしれない。

「多くの民が集《つど》っています。そして一段高い場所に立っているあなた」

　女が加那をじっと見つめている。その鋭い眼光が、氷角の芯を熱くさせた。口中に溜まった唾を、皆に悟られないようにそっと呑みこむ。

「あなたは人を統べるお方」

「俺は勝連の小役人だ」

「それは一時。あるべき姿とは異なるもの」

　赤が笑っている。あらかじめ女に金を渡し、そう言うように仕むけたのだろう。女は赤に命じられたように語っているだけで、己の意志ではないのだ。ならば己の苦しみはいったいなんだったのだろうか。あれほど吐き気に悩まされ、懊悩《おうのう》したことが莫迦らしく思える。最初から決まっていた筋書きだったのなら面倒な手順など踏まず、ここに来てすぐに加那に言って聞かせればよかったのにと思う。

「どうだ」

赤が加那に問う。加那は紫色の唇をへの字に曲げて赤をにらむ。その瞳に猜疑《さいぎ》の色が浮かんでいる。どうやら加那も、氷角と同じ思いを抱いたらしい。

「行くぞ」

加那が立ちあがった。赤も腰をあげる。

「女」

加那が女を見おろす。女は感情のない凍った顔で、屈強な体躯を見あげる。

「名はなんという」

「皆には星歌《ふしうた》と呼ばれております。あとはただ御嶽の巫女《ゆた》と」

女の唇の端が吊りあがり、笑みをかたどる。みずからを星歌と名乗ったこの女には、言い知れぬ近寄り難さがあった。

この女を穢《けが》したい。

十八年生きて来て未だ女を知らない氷角の心に、邪な衝動が湧きおこる。それを隠すようにわざと顔を硬くしながら、加那と赤を追った。部屋を出る間際、もう一度振り返って星歌を見る。

男を煽《あお》る視線。

喉が鳴った。


乾いた凪にまだ実をつけぬ青々とした稲の葉が揺れている。やけに軽快な足取りで歩く赤の後ろを氷角は歩いていた。星歌の家では姿が見えなかった白先が、いつの間にか赤の隣にいる。三人から少し離れるようにして加那が先を行く。

陽《ひ》は西に傾き、宵闇があたりを包み始めている。稲の葉が放つ青い匂いが、盛夏の夜に心地良く満ちていた。実りの気配を胸いっぱいに吸い込み、星歌が放っていた甘い匂いを洗い流そうと試みる。しかし鼻の奥までこびりついたそれは、簡単に消え去ってはくれない。草の清々《すがすが》しさのなかに淫靡《いんび》な甘さが混じるたび、脳裏に艶めかしい躰がよみがえってきてなんとも腹立たしい。

「おい赤」

行く手に顔をむけたまま、加那が言った。赤は軽やかに歩きながら言葉を待つ。

「あれはいったいなんの真似《まね》だ」

「どうかしたか」

「あの女のことだ」

加那は振りむかない。赤は動じない。なにを怒っているのかと問うように、白先を見ながら肩をすくめている。

「いくら出した」

「なんのことだ」

「あの女にいくら払ったのかと聞いている」

「あんたがそんなに怒るほど高くはないぜ」

「まだとぼけるか」

加那が振り返った。眉根に刻まれた深い皺が、宵闇よりも濃く浮かびあがっている。

「巫女にあんなことを語らせ、俺をその気にさせたつもりだろうが、そうはいかん」

「だからなんのことだって聞いてんだろ」

大股で赤に歩みよると、加那は襟を取った。握りしめた襟を巻きこむようにして、赤を間近に寄せる。ごつごつとした巌《いわお》のごとき加那の顔と、女と見紛《みまが》うほどに端整な赤の顔が、鼻先が触れるほどに近づく。

「お前は、俺になにをさせるつもりだ」

「離せよ」

襟をつかむ手に掌を乗せ、力ずくで加那の腕を引き剝がす。そのまま互いににらみあう。

氷角は張りつめた気に息を呑んだ。赤の隣に立つ白先は、加那に殺気を放ちながら、腰の柄《つか》に手を添えている。

「莫迦力が」

喉を擦《さす》り、赤が吐き捨てた。

「お前を見てくれと頼んだだけだ。屋慶名ではあの女が一番だ。間違いなく見える」

巫女のなかにも、真贋《しんがん》があるのだろう。氷角は神を信じない。見えないものは見えないのだ。神は見えない。

「なにか言ってくれと頼んだわけじゃねぇ」

「だったら」

「あの女には本当にお前の姿が見えたんだ」

言いきる赤に、加那が言葉を失う。

「俺が初めてお前に会った時に感じたのと、今日あの女が語ったことは同じだった」

加那は黙って聞いている。

「勘違いするなよ」

今度は赤のほうが間合いを詰めた。

「俺はお前のためにあの女の所に行ったんじゃない。俺のためだ」

「だったら何故」

「俺の見立て通りの男なのか確かめたかった」

加那の胸を拳が打つ。後ろに仰け反った加那と、退いた赤の間合いが離れる。すかさず赤が背をむけ、稲田へと目をやった。

「お前も自分でわかってるんじゃねぇのか」

立ち塞がるようにして立った白先を見つめ、加那が黙っている。

「自分が小役人で終わるような器ではないことを。あんな愚か者に仕えて一生を終えることが、どれだけ耐え難いことかを。こんな暮らしは長くは続かない。どこかで変わる。それをお前は恐れている」

「恐れだと」

「あぁ、恐れている」

赤はふたたび加那を見た。白先が静かに退き、二人を遮るものはなくなった。

「恐れているから、あんな女の戯言《ざれごと》に怒るんだ。俺が小細工を弄したとして、それのなにが悪い。お前が自分の器を認めてさえいれば、あの女の言葉を素直に受け入れ、胸を張れたはずだ。それができないということは、お前は自分の野心を恐れている。小役人では収まりきれない己の器を恐れているんだ」

赤が間合いを詰め、加那を殴った。巨体が激しく揺れる。倒れずに堪えた加那が傾いた上体を起こすと、ふたたび赤の拳が頰を打った。今度は堪え切れず、地に尻をつく。

「俺はお前に賭けたんだ。だからこそ城へおもむき、あの糞《くそ》みてぇな男に仕えている。あいつがやっていることを、お前は本当に知っているのか。こうして育った稲も、実をつければすべてあの男に奪われる。百姓たちは残ったわずかな米を一粒一粒拾い集めるようにして必死に食いつなぐんだ。命懸けで海に出た男たちが得た品々も、ぎりぎりまであの男は奪ってゆく。当然、港に碇《いかり》を下ろした船が治める税もすべて奴の物だ。勝連で生まれるすべての富は、あの男のためにある。真牛の威《おど》しに怯え、愚かさを家臣どもに見透かされ、毎日酒と女に溺れるようなあんな奴のために、勝連の民は汗水を垂らして働いているんだ。お前はそれをおかしいと思わねぇのか」

赤が両手で襟首をつかんで、加那の頭をはげしく揺らしている。声が震えているのは泣いているからだろう。

「お前は俺から逃げなかった。朱舛と命を懸けて戦ったお前は、信じるに足る男だ」

赤が嗚咽《おえつ》する。硬く目を閉じ、白先が顔を背けた。ここまで激情をあらわにする赤を、氷角は初めて見た。

「お前ならやれる。お前なら。だから俺は」

「もういい」

加那が襟をつかむ手に触れる。優しく引き離すようにして、うなだれる赤を立ちあがらせ、みずからも立ちあがった。

「俺はこれまで一人で生きてきた。だから、友がどういうものなのかも知らん。お前の気持ちは痛いほど伝わった。そこまで俺のことを考えてくれていると、思ってもみなかった」

言った加那が頭をさげる。

赤は黙っていた。加那は頭をさげたまま動かない。目を背けた白先のやわらかな丸みを帯びた頰が、薄暮のなかに浮かんで見える。

「俺もこのままではいけないと思っている。が、どうすればよいのかわからん」

「俺たちがいる」

言った赤が白先と氷角を見た。

「お前一人でわからねぇなら、皆で考えようじゃねぇか。お前が按司になるための道を」

赤が優しく語りかける。

「俺が按司に」

「お前なら民のための按司になれる」

氷角は背筋を震えが駆け上ってゆくのを感じた。加那なら茂知附を追い落とし、按司になれるはずだ。赤がいる。白先がいる。朱舛がいる。屋慶名の仲間がいる。

そして己も……。

赤が加那へ手を差し伸べた。分厚い掌が、それを包み込む。互いの手を強く握りしめ、二人は笑った。

「本当に俺はなにも仕込んでねぇんだぜ」

「もうわかった」

いつの間にか風は止んでいた。稲は静かに実りの時を待っている。


空色の水面が浜辺のほうから藍色に変わってゆく。眼前にひろがる海に、黒い粒が浮かんだり消えたりしている。目をこらした氷角の視界のなかで、粒は次第に像を結び、人の形を成してゆく。しなやかな躰。濡れた髪を掻きあげる両腕が、逞しいという形容すら陳腐なほどに太い。

海から顔をだして腹の底まで息を吸いこんだ加那が、氷角の視界から消えた。時折水面に姿をあらわす頭と二本の腕が、ぐんぐんと浜に近づいてくる。浅瀬に辿り着き、立ちあがった加那が、大股で浜を歩く。加那が腰帯に巻きついた衣を絞りながら笑顔を浮かべる。あらわになった首から下がる紐《ひも》に、小さな袋が結い付けられていた。常日頃から下げているようだが、氷角は初めてそれを見た。

夕暮れのなかに立つ雄々しき姿を、氷角は砂に腰を落ち着けたまま眺めている。

「城でこびりついた汗は、海で洗い流すにかぎる」

隣に座った加那が天を見あげる。すでに陽は西の空に消え、宵闇が東天を染めていた。紅と紺がせめぎあう空から目を逸らし、加那が海へと視線を投げる。

「こうして海を見ていると幼い頃を思いだす」

つぶやく加那の横顔を黙したまま眺めた。

「この足が」

加那が己の足を擦る。

「俺を一人にさせた」

「動かなかった」

つぶやいた氷角を見ずに、加那がうなずく。

「生まれた時から俺の足は動かなかったらしい。それを苦にした母は俺を捨てた」

改めて聞く加那の過去に、氷角は相槌《あいづち》を打つことすら忘れて耳を傾ける。

「北谷間切《ちゃたんまぎり》の屋良《やら》の浜にあった小さな洞窟《がま》に、俺は捨てられた」

夜と混じりあおうとしている濃紺の海を見つめたまま、加那は足を擦りつづける。

「父の顔は知らん。母は百姓だった。今にして思えば、足の利かない俺がいれば、母の一生はふいになっただろう。俺を食わせることに精いっぱいで、自分の幸せなど考えることすらできなかったはずだ」

己を捨てた母のことを想う声が、いつになく細い。こんなに気弱な口調で語ることもあるのかと、氷角は素直に驚いていた。

「だが子供の頃の俺は、自分を捨てた母のことを恨んだ。初めの数年は、母が食い物を届けてくれることもあったが、それもじきに途絶えた。最後に洞窟を訪れたのは、母の使いだという小綺麗な男だった。見るからに役人だとわかるそいつは、小さな袋を差しだすと、これが母にできる精いっぱいだと言った。それで母が嫁いだのだと悟った」

「役人が使いに来るなんて」

「母が嫁いだのは屋良の按司だったらしい」

「ならばどうして加那様を城に連れてかなかったんですか」

加那が氷角に顔をむけた。

「実は足の動かぬ子がいるなどと言えるわけがなかろう」

微笑む加那の頬が歪んでいる。

「袋のなかには金が入っていた」

足から手を放し、虚空に両手を差しだす。見えないなにかを掌に乗せるようにして、加那は続けた。

「それまで一度として見たことがないほどの金だった。そして俺は、母の心の声を聞いたんだ。これが最後。母はそう言ったんだ」

虚空を握りしめる。

「役人が去った後、俺は腕で浜を這い、袋を海へと投げ捨てた。その時初めて、動かなかった足の芯に力を感じた。どれだけ動けと念じても応えてくれなかった足が、震えた」

夕闇は去り、空は夜に攻め落とされていた。星々の光だけが、闇に抗《あらが》う心許《こころもと》ない軍勢である。氷角は明かりを求めるように月を探した。しかしどこにも見つからない。

「あの頃の俺を支えていたのは怒りと恨みだ。救ってくれる奴などどこにもいなかった。母を恨んだ。洞窟に転がる餓鬼を見て見ぬふりをする奴らを恨んだ。いや、この世のすべてを恨んでいた」

氷角も同じだ。誰も助けてくれなかった。骨と皮だけになった父と母。最後に二人を見たのは、たがいの躰を刃《やいば》で貫いた姿だ。動かなくなった痩せこけた両親が、いまでも夢に現れる。どうしてお前は生きているんだ、なぜ自分たちは死ななければいけなかったのかと、氷角を責める。

「金を捨てた日、俺は洞窟を出た。まだ満足に動かない足を引きずりながら、浜を這った。母から逃げるように、手を差し伸べてくれなかった者たちを遠ざけるように、俺は生まれた地を離れた」

隣にあった気配が揺れた。いつしか加那から目を背けていた自分に気づき、氷角はうなだれていた頭を持ちあげる。今では見事なまでに鍛えあげられた両足でしっかりと砂を踏み、加那が立ちあがっていた。

「俺はこうして生きている」

両腕を広げた加那は、天をつかもうとしていた。

「食える物は虫だろうが草だろうが口にし、見知らぬ土地を流れ流れ、俺はこうしてここにいる」

「足は」

「屋良を出たのがよかったんだ。母の情にすがっていた時には、まったく動かなかった足が、俺の生きたいという願いに応えるように、次第に力をみなぎらせていった。一度、力を得ると後はどんどん言うことを聞くようになった。そして今ではこうだ」

加那の右足が砂を乗せて宙に舞った。闇夜でもはっきりとわかる白色の靄《もや》が、風に運ばれ海へとむかい、消えてゆく。

「人というのは面白いものだ。じっと蹲《うずくま》って求めてばかりいても誰も振りむいてはくれないが、こちらから動けばちゃんと見てくれる」

見おろす瞳が輝いている。

「ある時、雨を凌《しの》ごうと忍びこんだ御嶽で蜘蛛《くも》の巣を見ていたんだ。お前は蜘蛛の巣の形を知ってるか」

当たり前だ。無数の円を繋《つな》ぐようにして、中心から縦糸が等しい間を保ちながら伸びている。そんな形を脳裏に思い浮かべる。

「あれを見ていてな、網を考えた。それを使って魚が獲《と》れないかとな。死ぬほど腹が減っていたから、そんなことを思ったんだろうな」

「獲れたのですか」

「面白いようにな」

加那が笑った。

「一人で食いきれないほどの魚が獲れてな。余ったら人に分けていた。そのうち野菜や米をもらうようになった。それが嬉しくて、俺は毎日、海に入って魚ばかりを獲っていた」

加那の腰帯から垂れる衣が、すっかり乾いている。

「網の作り方を教えてくれと言ってきた者もいた」

「教えたんですか」

加那が魚を獲るための大事な網だ。おいそれと教えることなどできぬはず。そんな氷角の思いに相反するように、加那は嬉しそうにうなずいた。

「どうして」

「俺は漁師になりたいわけではない。皆の腹が満ちればそれでいいだろ」

あっさりと言いきった加那に、氷角は呆気《あっけ》にとられる。おそらくこの場に赤がいたら、頭を左右に振りながら呆れただろう。お前の人のよさには驚かされると言って、肩をすくめる姿が目に浮かぶ。

「あなたはいったい何になりたいんですか」

正直な問いだった。加那が海を見つめて考えている。己の裡《うち》にある想いを氷角に伝えようと、必死に言葉を選んでいるようだった。

「今とは違う何者かだ」

「それは赤の兄貴が言ったような」

茂知附を殺して勝連の按司となる。

「いや、それも違う気がする」

そこで加那はもう一度座った。視線は海にむけられたまま。漆黒の水面に白い細波がたち、うねりながら迫ってくるのを、熱い眼差しで見つめている。

「赤には内緒だぞ」

そう前置きしてから、加那は語りだした。

「母に捨てられ洞窟で生きていた時から、俺はずっとなにかを求めてきたような気がする。それは赤と交わした約束を果たして手に入れる場所とも違う」

己自身に語りかけているようだった。

「俺がいるべき場所はここじゃない。その想いがずっとまとわりついてきた。そしてそれはいまも、そして赤との約束を果たしても、治まることはないだろうと思う」

「按司になっても治まらないと」

言葉にしてから氷角は、自分が言ったことの意味を理解して一人身震いした。琉球の国土を細かく分ける間切。その支配者が按司だ。加那の望みが按司ではないとすれば、それはどういうことを意味するのか。

按司の上。

王。

沈黙が闇に満ちる。二人の耳にとどくのは、海が砂を撫でる緩やかな囁きだけ。鼓動を思わせる波の調子に耳を傾けていると、言いようのない焦りが胸に湧いてくる。

加那の見ているものが途方もなさすぎて、理解の範疇《はんちゅう》を越えていた。それが自分の限界のような気がして、やけに悔しい。

いつの間にか星空と海の狭間から、大きな月が顔を出していた。

「網の作り方も勝連も、俺にとってはどうでもいいんだ」

魚獲りの網と按司を同列に語りながら、加那は笑っている。

「民から見れば勝連の按司は途方もない貴人かも知れない。だが琉球王にとっては、他の按司より少しだけ生意気な按司でしかない。そんな琉球の王も、海のむこうにある大国の王にとっては、ちっぽけな島の主だ。上には上がいる」

加那が首から下げられた袋から、小さな鈍色《にびいろ》の塊を取り出し、氷角の目の前に掲げた。銭のようでもある。しかし言いきれないのは、そこに刻まれているものが、氷角にはさっぱり理解できないからだった。真ん中にあるのが人の横顔だということはわかるが、その形がおかしい。どうやら男らしいのだが、鼻がやたら高く、目がやけに奥まっている。琉球には見かけない顔貌だ。男の横顔の周囲をぐるりと取り囲む角ばった文様は、文字のようなのだが、明国の漢字や大和の仮名とも違う、やけに単純なものだった。

「これは」

「明国の陸続き、西の果てにある国の銭だそうだ」

琉球しか知らない氷角には、明国より西の国といわれても、見当もつかなかった。

「明国は琉球よりも大きい。だが明国がある大陸は、それよりも大きいそうだ。明国の西には天まで届く山が連なっていて、そこを越えるとどこまで行っても砂だらけの国があるという。そういう場所を何日も何十日も何百日もかけて越えたところに、この銭を使う国がある」

「行ったことが」

「あるわけないだろ」

間髪容《い》れず加那が返す。

「勝連に流れ着いてすぐの頃、船人足をしていた仲間からもらった。その男から聞いた話だ」

親指と人差し指で銭を挟んで、月明かりにかざしながら加那がつぶやく。

「この銭を使う国は、ろおまというそうだ」

「ろおま」

なぜだかわからないが、躰が熱くなった。明国よりも遠く離れた場所に、見知らぬ国がある。勝連のことだけで頭がいっぱいになっている氷角には、途方もない話だった。

「行ってみたいか」

心を見透かしたように、加那が問う。しかし、氷角は素直にうなずくことができない。

「どうして俺なんかに、そんな話を」

「お前は俺に似ている。なんとなくそう思ったからだ」

「加那様」

「様はつけなくていいと何度も言った。が、それはもう諦めよう。様が相応《ふさわ》しい男に、俺がなればいいだけの話だ」

腹を空《す》かし頼る者もいなかった自分を拾ってくれたのは赤だ。しかしそんな赤にさえ感じたことのない想いを、氷角は加那に対して持ち始めていた。赤は恩人である。命を懸けるに値する男だ。が、加那は違う。

兄。

心に浮かんだ言葉を慌てて呑みこむ。口からだしてしまえば、想いが軽くなってしまいそうだったからだ。

「カクです」

氷角の囁きに、加那が首を傾げる。

「本当の名前はカクと申します」

赤にさえ教えたことのない名だ。過去とともに捨てた名だ。

「貧しい家だったのでもう誰もいません」

「そうか」

分厚い加那の掌が肩に触れた。

「いつか一緒に海へ出よう。沖に出れば、大和に行こうがろおまに行こうが思いのままだ。生まれや素性も関係ない」

言った加那が袋に銭を収め、首から紐を外した。そして、それを握りしめたまま、氷角へと突きだす。

「持っていてくれ」

「え」

「今日の約束の証だ」

拒むより先に手が袋に伸びていた。首に紐をかけた氷角を見て、加那が嬉しそうにうなずく。

加那との繋がりを得たことが嬉しくて、氷角は少しだけ笑った。

＊

尚金福王死す。

その報せを自室で受けた金丸は、耳目がいることも忘れて歓喜の声をあげた。これほど誰かの死を喜んだことはない。

これで道が開ける。

躍る心が身のこなしに表れてはいないかと、目を伏せて己の動きに気をくばりながら廊下を歩む。進む先にいるのは次代の王となる男。それを実現させるのが金丸の仕事である。文字通り、命懸けで果たさなければならない大業であった。

扉の脇に立つ警護の兵が、金丸を認めて頭をさげる。その一人に見覚えがあった。辞儀をしていた大城が、金丸に気づいて顔をあげる。己の鳩尾ほどしか背丈のない金丸を、瞳に宿る戸惑いの色を隠しもせずに見おろす。やけに黄色い白目と小さな瞳が、獣じみていて気味が悪い。

「無礼であろう」

言われた大城が深々と頭をさげた。閉ざされた扉を凝視したまま、金丸は大城に冷淡な声を浴びせかける。

「鬼大城。精進は怠るなよ」

「はっ」

愚直なまでに硬質な声が答えた。瞳だけで見おろしてから、閉ざされた扉を叩く。

「金丸にござりまする」

「入れ」

もう一度、大城を見てから重い扉を開いた。


「そうか、そうか、そうか」

卓に置いた拳を震わせて尚泰久がつぶやく。その目に怯えの色がある。欲深な王子は、あれほど疎ましく思っていた兄王が死んだというのに、怯えを抱いていた。

「どうする」

不安を悟られまいと、家臣の意見を聞いて考えをまとめるつもりだ。

「好機かと」

尚泰久が置かれている状況を端的に表す言葉を口にした。王子の顔が明るくなる。

「そうか好機か」

恐らく、言葉の真意までは理解できていない。分析する余裕など、この男にはない。

「しかし金丸よ」

瞳に光が満ちたのも束《つか》の間《ま》、尚泰久の顔がふたたび不安に曇る。

「首里には志魯と布里もいる」

尚泰久の不安はそこにある。金丸の好機という言葉に一瞬だけ浮上はしたが、この小心な王子の心には兄と甥《おい》が巣食っている。

灯火に羽虫が寄ってゆく。一直線に焔へとむかった虫は、小さな音をたてて爆《は》ぜた。

「あの二人がいる限り、儂が」

尚泰久がすがるような目をする。

「儂はどうすればよい」

金丸は口許に微笑を浮かべて、穏やかに語りかけた。

「泰久様のお心次第かと」

「儂の心次第だと」

声に怒りが滲んでいる。金丸が焦《じ》らしているると思いこんでいるのだ。実際は違う。こうしてゆっくりと話しているのは、尚泰久のためなのだ。段階を踏んでみずからの心を確認させせないと、この男は理解できない。

「泰久様はなにを望んでおられるのでしょう」

主は口籠る。すでに心のなかでは答えが出ているはずなのに、それを口にしないのは恐れているからだ。

「志魯様もしくは布里様、いずれかが王になるのを待ち、頭を垂れられまするか」

抗弁しようとする主を、強硬な声で遮った。

「それとも、お二人の間で起こる戦においていずれかに与《くみ》し、後の首里王府内での権力を盤石なものとするか」

尚泰久が頰を震わす。

わかっている。

彼が望む答えは意図して避けているのだ。

「お前は儂を愚弄するつもりか」

尚泰久の声に邪気が宿る。

「これまで幾度も儂の心は話してきたつもりだ。儂はお前のことを見こんでいる。お前ならばと信じ、なんでも聞かせてきた」

自分の口からは断じて言いたくないらしい。尚泰久の往生際の悪さを認めつつ、金丸はここでやっと顔をあげて主を見た。

「王になられまするか」

「当たり前だ」

尚泰久の邪な覇気に、金丸は恍惚《こうこつ》の笑みを浮かべる。

＊

なぜ己が選ばれたのか。

鬼大城は怒号と喊声《かんせい》に包まれながら、自問自答している。

眼前で繰り広げられている惨劇は、見るに堪えないものだった。首里城の方々から火の手があがり、女子供たちの悲鳴が聞こえてくる。戦う兵どもの声のほうが大きいのに、大城に聞こえるのは、弱者の声ばかりだった。

「このまま押せ、押すのじゃ……」

念じるような声がそばで聞こえる。布里だ。死んだ尚金福王の弟で、尚泰久の兄である。

大城は布里の救援という名目で、越来より兵を引き連れてきた。弟である尚泰久から遣わされた将である大城を、布里は丁重に扱った。大城は客将として、主だった家臣たちが集う幔幕《まんまく》の裡にいることを許された。

「ここまで攻めこまれれば、あの小生意気な志魯も泣きついてくるだろうて」

布里は甥の名を呼んでほくそ笑んだ。取り囲んでいる家臣たちが、追従の笑みを浮かべる。大城から見て骨のあるような者はいない。

尚金福が玉座についた時、布里は父から任されていた江洲城《いーじぐすく》を家臣に任せ、首里城へ入った。兄を補佐するという理由からだ。金福の息子である志魯との間の軋轢《あつれき》も、そうして起こった。

目の前で繰り広げられているのは、次代の王を決める戦である。

しかし、この場に王はいない。

そこまで考えた時、鎧《よろい》に覆われた大城の胸が大きく震えだした。もし金丸の言った通りに事が運べば、今日にも次代の王が決まる。しかもそれを己が目で見ることになるのだ。いや、この手が王を決めることになる。課せられた任の重さに押し潰されそうになりながら、大城は、すでに王になった気で笑う尚布里の横顔を見つめていた。

一人の兵が転げるようにして、家臣たちを押しのける。ここに集っているのは布里の重臣たちだ。ただの兵とは格が違う。汚れた腕で彼らを押し退ける雑兵は、礼を失していることなど思い至らず、一心不乱に布里を目指す。あまりにも鬼気迫る形相に、場の誰も咎《とが》めようとはしない。顔で地面をこするように、兵が布里の前に平伏した。

「志魯様ご自害っ！」

悲鳴にも似た声で男が叫ぶと、家臣たちがいっせいに声をあげた。

「みずから命を絶たれたか」

親愛なる者の死を悼むように布里がつぶやく。それを聞いた誰もが顔を歪め、涙をこらえるようにうなずいた。

芝居じみた布里たちの姿に、大城は苦笑をこらえる。志魯を死に追いやったのは、布里なのだ。みずからの犯した罪を受け止めず、まるで他人の所業であるかのように振舞う者たちに、大城は吐き気を覚える。

「今にして思えば」

布里がつぶやく。家臣たちは神妙な面持ちで耳を傾けた。

「志魯様は英明なお方であった。が、王の器ではなかった」

空々しい物言いである。

「布里様ぁっ」

先刻とは別の雑兵が叫びながら現れたのと、遠くから喊声があがったのはほぼ同時であった。血に飢えた兵たちの咆哮《ほうこう》と、勝ちで気を緩めた男たちの悲鳴が綯《な》い交ぜになったそれが聞こえてきたのは、首里城とは真逆の方角である。布里の陣所の背面だ。

駆けてきた男がひざまずく。

「どうした」

「て、敵襲にござりまする」

「将は」

「中城の真牛殿」

「なっ」

それが布里の最期の言葉となった。布里の首が宙を舞う。誰にも気づかれぬほどの神速の抜刀とともに、大城は高慢な男の首を躊躇《ちゅうちょ》なく刎ねた。

突然の出来事に布里の家臣たちが声を失う。大城は呆然と固まった伝令を、振りむきざま斬り捨てた。

「なにをっ」

名もしらぬ家臣の一人が叫ぶ。骸を飛び越え、その首を刈る。続けざまにもう一人斬ってから、刀を振って血を払い飛ばす。油を引いた刃から血がほとばしり、乾いた地面に紅の華を咲かせた。

「謀反人、布里、討ち取ったり」

腹から吼えた。

蛮勇であることすらわからずに、一人の若者が腰の刀を抜いて襲ってくる。大きく振りあげ斬り下ろそうとするが、大振りすぎて話にならない。正面から間合いを詰める。襲いくる刃《やいば》を下から乱暴に弾いた。両腕を高々と上げ、若者が無防備な半身をさらす。鎧ごと真っ二つに斬り捨てた。

「此奴のように主の後を追いたい奴はかかって参れっ！」

声で皆を圧する。

「すでに真牛様の兵が一帯を取り囲んでおる。逃げようとしても無駄だ。悪いようにはせん。俺の話を聞けっ」

「だ、騙《だま》されんぞ」

なおも威勢の良い言葉を吐く者がいる。見れば身につけた甲冑《かっちゅう》の重みにすら耐えきれていないような老人だった。

「なにか申されたか」

にらみつけて問う。

「は、初めから尚泰久殿はこれを望まれておったのじゃな。布里様と志魯を争わせ、漁夫の利をっ」

そこまで言った老人の頭が、宙を舞う。

「言いたいことはあるか」

布里の家臣たちを睥睨《へいげい》した。声を失っている。なかには涙を流しながら首を左右に振っている者までいた。主の死など忘れ、みずからの命を惜しんでいる。不甲斐《ふがい》ない男たちに対する怒りを腹の底に押し留め、金丸に言われた言葉を舌に乗せる。

「本来であれば、布里とともに乱を起こしたお主たちも同罪であるが、今は王家の安寧こそが急務。尚泰久様の元で身命を賭して働く覚悟があるならば、罪はいっさい問わぬ」

家臣たちの顔に生気が戻る。露骨すぎて、苦笑いを耐えることができなかった。すでに喊声は陣のそばまで近づいている。

勝敗は決していた。

「その方らが選ぶ道は、ひとつだと思うが」

言い終わらぬうちに、家臣たちがいっせいにひざまずいた。まるで己が王になったかのような光景に、大城は息を呑んだ。

「我らは」

低頭した家臣たちの先頭にあった老齢の男が声を吐いた。抜き放ったままの切っ先を皺枯れた顔にむけながら、大城は言葉を待つ。

「ひとえに王家の隆盛のみを思い、布里様に同心した次第。尚泰久様の遠大なる御志に気づけず軽挙に走ったこと、今になって思えば恥じいるのみにござります。事ここに至れば、我らが道はひとつ。これから後、我らの命は尚泰久王に捧げる所存にござります」

さげた頭をいっそう深く垂れる。それに倣い、皆が地に額をつけた。

いつしか喊声が止んでいる。じきに真牛も姿を現すだろう。尚泰久も今日中に越来城から駆けつける。

尚泰久がこの国の王となるのだ。

あの小さな男の策のもとに。

大城は背筋に寒い物を感じて震えた。金丸という男の感情のない髑髏《どくろ》のごとき顔を思いだし、首里へとむかう際の会話を思いだす。

「もし、布里が敗れるようなことがあったらどうなされるおつもりか」

「手は打ってある」

布里が志魯を自害に追いやった故に、己は生きている。みずからの勘がそう告げていた。金丸の打っていたもうひとつの手を考える時、大きな鉛の塊を呑んだような心地になる。志魯のもとにも、大城のような役目を持った男がいて、金丸に言われるままに動いていたのかもしれない。もしかしたら、その男はすでにこの世にいないのではないのか。そこまで至り、大城は考えるのを止めた。とにかく己は生きている。それで良いではないか。

あの小男に逆らってはいけない。余計なことは考えるな。

鬼大城はみずからを奮い立たせる。己は武人だ。政を考えるのは金丸のような男の務めである。一介の武人が回らぬ知恵を巡らせる必要などない。恐れようが崇めようが、命《めい》は命である。拒否することは許されない。

大城が目指すのは、琉球一の武人である。国一番の武人が仕えるのは、王以外にない。

布里が勝ったということは、己に運があったということだ。

ひざまずく男たちを見おろしながら、大城はそれでよいと心中で己に言い聞かせた。

＊

歪な熱気が、勝連城を満たしていた。

鎧を着こんだ男たちがうろついているのを、氷角は衣一枚で眺めている。

城内で話しあいが続いていた。松明が掲げられる刻限となっても、加那は姿を現さない。

むさくるしい男たちのなかに見慣れた顔を見つけた。あちらも氷角に気づいたようで、険しかった目が、視線が合うとゆるんだ。手を振りながら駆けてくる。

「まだまだ加那は出てこねぇぞ」

目の前に立った赤が言った。張りつめた場の空気とは相いれない、気の抜けた声である。

「なにがあったんです」

問うた氷角に、赤は肩をすくめてみせる。

「茂知附が女を斬った」

赤は顔を寄せたまま続ける。

「内間《うちま》に良い女がいると茂知附が誰かから聞いたらしい。それで早速、城に来いと命じたんだが、女のほうが何度もはぐらかした」

内間は勝連半島中部に位置し、茂知附が支配している領内の裡にある。

「女には惚《ほ》れて一緒になった漁師の男がいたそうだ。どれだけ言っても来るわけがねぇはずだ。業を煮やした茂知附の野郎は」

曲がりなりにも己の主である茂知附を、赤は〝野郎〟呼ばわりした。

「あの躰で馬に乗って、わざわざ内間まで女に会いに行ったそうだ」

そこで赤は、低い笑いをひとつ吐いた。

「首里では死んだ王の息子と弟が喧嘩してどちらもくたばっちまって、越来の弟が王に担ぎだされたってのに、勝連じゃあ按司の色恋沙汰で大騒ぎだ。どうしようもねぇな、ったく」

「茂知附様がその女を斬ったのですか」

あぁ、とだけ答えて赤がまた肩をすくめた。

「夫と一緒に勘弁してくれと頭をさげる女を前にして野郎は怒り狂ったらしい。見境なくしちまったあの莫迦は」

今度は〝莫迦〟呼ばわりである。

「二人とも斬っちまったんだとよ。それでこの騒ぎよ」

群れを成す兵に蔑むような視線をむけ、赤が溜息を吐く。

「あの太った躰でよくも大人二人を斬れたもんだ。夫も漁師してんだろ、どうして返り討ちにできなかったんだろうな」

「兄貴」

たしなめられた赤が、舌先を唇からはみだしながら子供のように笑う。

「夫婦を斬った茂知附は、我に返っちまったんだろうな。てめぇのやった事の重大さに気づいて、逃げるようにして城に戻った。それですぐに家臣どもを集めて、この騒ぎよ」

自業自得だ。恐らく赤もそう思っている。そして茂知附の怯える様を楽しんでいるのだ。心のなかで切り捨てた者に対して、この男は容赦がない。

「で、兄貴はなぜここに」

「加那がお前を呼んでこいとよ」

赤が悪戯《いたずら》な笑みを浮かべた。

「今、城んなかは大騒ぎだ。お前一人が紛れてたって誰も怪しまねぇ」

「だからって」

「なにが起こるかわからねぇ。だからお前を呼んでおけと加那が言ってんだよ」

いったいなにが起こるというのか。嫌な予感しかしない。

「加那様はなにを考えておられるのです」

「さあな。あいつも近頃、自分の行く末ってやつを考え始めている。だからこそ、お前を呼べと言ったんだ。くそっ、こんなことになるんなら白先も城に入れときゃよかったぜ」

つぶやく赤を尻目に、氷角は胸の鼓動を落ち着けるのに必死だった。


言葉の渦。

飛び交う怒号のすみで、氷角は息をひそめていた。いつもは冷淡な役人たちが、顔を紅潮させ喚きあっている。広間の上座、階の上に設えられた椅子に座った茂知附だけが、青ざめた表情でうつむいていた。氷角の隣に立つ加那は、紫色に染まった唇を真一文字に引きむすび、哀れな主を眺めている。

「内間の漁師どもは、こうしている間にも攻め入る算段をしているやも知れぬのです。こちらから攻め、機先を制するべきではありませぬか」

喧噪《けんそう》を貫いてひときわ大きな声が場に轟いた。明国製の綿甲に身を包んだ大男だ。顔の下半分が髭でおおわれた男は、役人たちに今にも斬りかからんばかりの勢いでがなり立てている。

「浜川《はまかわ》の芳徳《ほうとく》じゃねぇか」

加那のむこうに立つ赤がつぶやいた。氷角も聞いたことのある名だ。勝連半島の南西に位置する南風原《はえばる》にある港が浜川である。漁だけではなく、外つ国《と》の船も受け入れる大きな港だ。この浜川で漁師たちの頭目をしている男が芳徳である。屋慶名で悪童たちを束ねていた頃の赤を訪ねてきたこともあり、その時に氷角も顔を見ていた。

「内間の騒動を聞きつけて浜川から来たってのかよ。ずいぶん早えじゃねぇか」

「按司殿の危難の時に、城にいたのもなにかの縁。儂が先頭に立ち、攻め入りましょう」

芳徳の大きな声が広間にひびく。

「なんだ偶然かよ」

赤が鼻で笑う。芳徳の熱にほだされ同調する役人たちが、内間を攻めようと声をあげる。

「おい加那」

赤が隣に立つ加那に顔を寄せる。

「どんだけ内間の漁師どもの血の気が多くったって、按司の軍勢が相手じゃ、さすがに太刀打ちできねぇぞ。内間の民は皆殺しになっちまう。それでいいのかよ」

「そんなことは絶対にさせぬ」

加那が答えた。その視線の先にあるのは、うなだれた豚の姿である。場は戦へ傾こうとしていた。芳徳の勢いに抗することができる者は一人もいない。

「だいたいどっちが悪いのか、こいつらは本当にわかってんのか」

赤が蔑みの声を吐く。

その通りだ。もとはといえば、茂知附が内間の女に横恋慕したのが原因なのである。つつましくも幸福な家庭を営んでいた夫婦の家に土足であがりこみ、問答無用で斬り殺したことを、誰もが忘れてしまっているようだった。もし兵を挙げることになったとしても、心の底から刀を振るえない。なんの罪もない者たちを斬るような理不尽な刃を、氷角は持ち合わせていなかった。

「やるぞっ」

誰かが叫び、方々から同調の声があがる。

「こんな戦、俺はごめんだぜ」

赤がつぶやく。それを聞いた加那が、ゆるりと踏み出した。一歩一歩みずからの足取りを確かめるようにして、茂知附へとむかってゆく。血気に逸る男たちを丸太のような腕で掻きわけながら、ずんずんと歩を進めてゆく。

「行くぜ」

赤が追う。氷角も続く。加那が芳徳の前に立った。階まで数歩という所である。

「どうした加那」

皆の熱気にあてられたように頰を赤らめた茂知附が、階の上から問う。椅子の脇に立つ真呉は、冷たい視線を加那にむけている。黒糸で威された大和の鎧を着こんだ姿に、覇気が満ち満ちていた。朱舛よりも背は大きく、身に纏う気は加那よりも重厚で、その巌のごとき威容は皆を煽る芳徳よりも武人然としている。

「茂知附様はよろしいのでござりますか」

「下郎めが黙っておれっ！」

芳徳が吼える。加那は浜川の顔役をにらんだ。

「俺は茂知附様に問うておる」

芳徳の目が血走っていた。あまりにも露骨な嫌悪に、加那の背後に控える赤が顔を伏せて笑いをこらえている。

「貴様っ、なにがおかしい」

叱責された赤が顔をあげた。

「あ、赤っ！　き、貴様、ここでなにを」

「俺のほうが聞きたいぜ芳徳。浜川の漁師が、まるで勝連按司随一の家臣のように振舞ってんのはどういうこった」

悪びれもせず赤が問うと、芳徳は頰を朱に染めて口籠った。髭面が押し黙ったのを確認してから、加那が茂知附へと目をむける。

「茂知附様、お答えください」

按司は脂に埋もれた頬をこまかく震わせて、加那を見おろしている。目が潤んでいた。

みずからの行いを悔いている。そう思った。

「内間の漁師たちがなにをしたというのです」

「黙れ」

消えそうな声で、茂知附がつぶやく。加那は臆することなく続ける。

「このまま内間を攻めれば、勝連の民は茂知附様のことをどう思われましょう」

考える必要もないくらいに安易な問いだ。按司の兵が漁師を一人でも殺せば、民は黙っていない。下手をすれば大戦になる。

「茂知附様はわかっておられるはず」

「その辺で止めておけ」

芳徳が加那を圧する。

張りつめた空気が広間を包んでいた。

肉で盛りあがった加那の肩を、芳徳の浅黒い手がつかんだ。

「内間の民はこうしている間にも」

「離せ」

肩に置かれた手を加那が上からつかんだ。手の甲に太い筋が浮かぶ。芳徳の掌が軋む。浜川の漁師は、黄色い歯を食いしばった。

「俺は勝連按司の臣下。下郎呼ばわりされる身ではない」

芳徳の額に汗が滲む。振り解こうと腕を振るが、微動だにしない。

「わかったから放せっ」

「無礼を謝るのが先であろう」

「悪かった」

「俺が勝連按司の臣下だと言ったのが聞こえなかったか」

「御無礼、御容赦願いたい」

その言葉と同時に、加那が指を開く。腕を引き手首を振る芳徳の目に、加那に対する畏怖が宿っている。

「もうよい」

茂知附が力なくつぶやく。

「言いたいことはわかった。たしかにお前の申す通りじゃ。今、内間の民を追い詰めるのは得策ではない」

息を潜めて見守っていた家臣たちが、いっせいに囁きだす。安堵《あんど》の声、不満の言葉。さまざまな想いを言の葉に乗せる。しかし誰一人として加那や茂知附に直接意見を述べようとする者はいなかった。

「兵は出さぬ」

観念したように茂知附が言う。赤が小さく舌打ちをしたが、氷角だけにしか聞こえていなかった。

「では早急に謝罪の使者を」

「民に頭をさげろというのかっ」

加那の声を遮り、椅子から躰を浮かせて茂知附が叫ぶ。分厚い肉におおわれた瞼を目いっぱい開いて、加那をにらみつける。胸を張ったまま、加那はなにひとつ悪びれることなく続けた。

「非はこちらにありまする。死んだ漁師の肉親に詫《わ》びて初めて、和が保たれまする」

「儂は勝連の按司ぞっ。民に頭をさげるなぞ、なにがあってもできぬ」

「茂知附様っ」

加那が階に足を乗せる。

「控えよっ」

罵倒する声が広間に響く。赤があたりを見るが、誰が言ったのかわからない様子で、広間中を幾度も視線がめぐった。加那よりも立場が上の役人はいくらでもいる。茂知附の覚えがめでたいからといって直言を行う加那のことを、快く思っていない者も少なくない。顔のない家臣たちの目が、加那へと集中している。

「儂は頭をさげる気はない」

椅子に躰を預けた按司は、加那から目を逸らし堅く口を閉ざした。


御段坂を、加那の家にむかって降りてゆく。

前を行く加那と赤はひとことも発しない。氷角は二人の背中を眺めながら、城での出来事を思い返していた。

絶対に民には頭をさげぬと言った茂知附は、それ以上の評定を拒んだ。疲れたとだけ言い残して姿を消すと、家臣たちも三々五々広間を後にした。浜川の芳徳が去る間際に憎まれ口を吐いたが、それ以外に加那に詰め寄る者はいなかった。

勝連は岐路にある。

最悪の事態は免れたものの、内間の漁師たちの不満は解消されたわけではない。按司が謝罪の使者を出し、彼らの気持ちを少しでも晴らさなければ、両者の対立は深まるばかりだ。内間の漁師たちの怒りが勝連全土に伝播《でんぱ》し、最悪の事態になる。そんな行く末を夢想し、氷角は暗澹《あんたん》たる気持ちになる。

前を行く二人はどう考えているのだろうか。

「ありゃもう駄目だ」

氷角の心の声を聞いたように、赤がつぶやいた。だらだらと下っている斜面をだらだらと降りてゆく赤の爪先が、石塊《いしくれ》を蹴った。

「悪いことをしたら謝るなんてこたあ、餓鬼だって知ってるこった。あいつの親はそんなことも教えなかったのかよ」

赤は冗談めかして言っているが、その通りだ。茂知附の態度は按司という立場以前に、人として間違っていると氷角も思う。

「おい加那」

応えぬ友に赤が声をかけた。

「そろそろ本気で腹括《くく》らねぇと、俺たちが内間の漁師どもに寝首かかれちまうぞ」

「わかっている」

重く沈んだ加那の声に邪気が宿る。

「あのお方はやりすぎた」

＊

山をかこむようにして幾重にも張りめぐらされた城壁は、越来とは比べものにならないほど壮観であった。

金丸は首里城を一望できる石垣の上に立ち、王府というものはこういうものかと息を呑む。

本城に連なる無数の廓《くるわ》は、山を下るようにして平地まで続いている。どの屋根も瓦葺きで、壁や柱にいたるまで豪奢な材料がふんだんに使用されていた。

しかし、その華麗な建物は今、半数以上が灰と化している。金丸の背後にあったはずの本城も、礎石だけが残っているという有様であった。

志魯と布里の戦いによって被った被害は甚大である。尚泰久が王となったからといって、すべてが上手《うま》くいくわけではない。ふたつの勢力に分かれた王宮内の人材にも多少なりと被害が出た。尚泰久に従うならば罪はいっさい問わぬという触れを出してはいるが、生き残った役人のなかには咎めを恐れて戻ってこない者も少なからずいた。越来から金丸が選び引き連れて来た者たちでは埋まらぬ穴が、首里城の中央に開いてしまっている。

しかし金丸はそれほど悩んではいない。壊れてしまったのならば、一から作り直せば良い。

建物も制度も一緒だ。

絵図さえあれば、すぐに建て直すことができる。首里城の大半が燃え尽きたが、有能な官人たちの機転によって律法や、明や近隣諸国との関係文書などの多くが運びだされていた。

制度の絵図は残されている。

ならば己が建て直せばいい。

下手に首里の官人どもに旧制度を盾に首を突っ込まれるよりも、金丸が新たに作り直し、それを元にして官人どもを支配するほうがよほど効率がよい。そういう意味でも志魯と布里の乱は天の配材であったといえる。

山裾から吹きあげてくる風が、頬をなでた。妙に生暖かい気のなかに、骸の臭気がほのかに臭った。再建にむけて、城域の清掃を進めているが、いまもなお瓦礫《がれき》のなかに死骸が埋まっている。木材が焦げた臭いと、日数を経て腐り始めた骸の臭いが混ざり、鼻を刺す。目にしみるそれは、鼻から喉へと下って鳩尾あたりに達すると、抗することのできない吐き気となって喉へと戻ってくる。越来から来た頃は、吐き気に必死に耐えていた。しかし近頃は、飯を食った後でも城内を散策できるようになっている。

人は慣れる。貧しい暮らしにも、高貴な身分にもいつかはかならず慣れるのだ。人は支配し、支配される生き物だ。両者に差などない。生まれの違い、生き方の違いがあるだけだ。

故郷の伊是名島《いぜなじま》、そして国頭《くにがみ》、久志《くし》と、金丸は点々と住処を変えた。

土地の百姓たちと上手くいかない。

伊是名島に住んでいたころ、日照りの時に金丸の田だけが乾かないということがあった。周囲の田圃《たんぼ》はみな日照りで乾き、地はひび割れて稲は枯れているのに、金丸の田圃だけは稲が青々と茂っている。

簡単な話だ。

田のそばに湧水があったのである。その水を他に分け与えなかっただけなのだ。皆に水を分けてすべてを賄えるだけの水量ではなかった。米ができた金丸を皆は妬んだ。そして湧水の存在がばれた途端、島にいられなくなった。

国頭に流れても、やはり島の時のようないざこざになり、久志へと逃げ、そして久志でもやはり土地の者に嫌われた。

三度も衆に嫌われると、さすがに慣れる。満足な関係が築けぬから、ひもじい思いをする。貧しさと他者からの嫌悪に慣れれば、それはそれでどうということもなかった。

久志を離れ越来に辿り着き、そこで金丸は尚泰久に出会った。下男から始め、家臣たちの従者や給仕をやる赤頭《あくかべ》となり、尚泰久に気に入られて側近にまで上りつめた。

いまや琉球王の側近である。

「そろそろ飽いてきたな」

つぶやいた声が生臭い風に溶けて天へと舞いあがる。眼下に見える廓で焼け跡を片づけている雑兵たちが、突風に吹かれて女のような悲鳴をあげた。一人の男がよろけて倒れ、抱えていた木材を地面にばらまく。灼《や》けて炭と化した木があたりに散らばり、上役であろう者が男を怒鳴りつけている。立ちあがろうとする男を見おろしながら、金丸は腹の底に力をこめた。

「大丈夫か」

本城のほうから声が降ってきたことに驚いた男が、肩を大きく上下させながら金丸のほうを見た。立ちあがっていたはずの躰がふたたび地面に伏す。転がったままの瓦礫に頭を擦りつけるようにして辞儀をする。そのかたわらで上役らしき男もひれ伏した。

「怪我《けが》はないか」

男がひょこりと顔をあげる。

「ありませぬっ！」

悲鳴のように甲高い声で、男が答えた。

男は支配されていることになんの疑問も抱いていない。王のために生きることに喜びを感じてすらいる。金丸に声をかけられたことを恐れ多いと感じ、地に額を擦りつける。

縛られているからこそ民は穏やかな日々を送ることができるのだ。

王もまた、権威という見えない力に縛られることで心の安寧を得ている。

支配こそが人の真理。

そこに上下の別はない。そして金丸もまた、その真理の歯車のひとつなのだ。

「励め」

ふたたび男が頭をさげるのを確かめてから、廓に背をむけた。焼け落ちた本城のかたわらに、白木の屋敷が建てられている。八割ほど出来あがっているそれは、尚泰久の仮の住まいであった。住まいであり、ここで政も取り仕切る。

媒《すす》がこびりついたままの石垣を一歩一歩踏みしめるように降りてゆく。誰もが金丸の姿を認めると頭をさげる。王になった心地であった。が、そんな錯覚に酔うほど愚かではない。金丸は己の分を知っている。尚泰久の腹心。それが己だ。どれだけ位を高めようと、王がいる限り家臣は家臣。この国において第一の存在になることは決してない。己の政、己の国の有様を模索したところで、それはすべて王である尚泰久のものでしかないのだ。

絶対なる支配。

法と秩序によって導かれる国の姿を金丸は思い描き、一人悦に入る。

「その俺の物ぞ」

金丸が思い描く国の姿は、みずからの物にこそふさわしい。尚泰久のためではない。己のための国を心に秘し、金丸は仮の王宮へと足をむけた。

「おう、金丸。待っておったぞ」

跳ねるような声で尚泰久が言う。越来城とは比べものにならぬ広大な私室で、王は金丸を待っていた。急拵《きゅうごしら》えの王城とはいえ、それでもなかなかの物である。まだ乱が治まってひと月ほどしか経《た》っていないというのに、これほどの仕事をやってのけた大工たちの腕を、金丸は素直に評価している。

「さぁ座れ」

龍の彫刻に縁取られた机の前に置かれた朱塗りの椅子を、尚泰久が示す。一礼をしてから、静かに座った。

重さをかけてもわずかな軋みすらない。ほどよい柔らかさを保った座板が、躰を緩やかに受け止めている。王ともなると側近を座らせる椅子ひとつからして違う。これが国を統べる力なのか。金丸は熱烈な欲望を覚えた。

「慣れたか」

「自室にさえ、まともに帰れませぬ」

「少しは休め」

尚泰久は上機嫌に笑った。石畳に覆われた床に声が響いて、白い壁に吸いこまれてゆく。なにもかもが新しいから、王の笑い声までみずみずしく聞こえる。

「休めと言うてはみたものの、ここからが正念場じゃ。お主にはまだまだ苦労をかけるが頼んだぞ」

金丸は微笑む。それを見て尚泰久が屈託なく笑う。

こんなに無邪気に笑う男ではなかった。越来にいたころの尚泰久は、鬱屈を友とし生きていた。琉球統一の王の子に生まれながら、王にはなれぬ己の境遇を憐《あわ》れんで、毎日のように恨み言を垂れていたではないか。それが王になった途端、憑《つ》き物《もの》がすっかり落ちてしまったのか、子供のような笑みを浮かべるようになった。この男の欲望は、王になったことで果てたのだ。

甘い。

首里王府による琉球の支配はまだ完全ではないのだ。

「お主のおかげで我は王となった。どれだけ礼を言っても言いきれぬ」

「お止めくだされ」

「これより先はもう二度と頭をさげぬ。今だけじゃ、許せ」

言い終えた尚泰久が、頭をあげた。そして笑顔を取りもどし、穏やかな口調で語る。

「一日も早く首里城を再建し、明から冊封《さっぽう》の使者を迎えねばならぬ」

琉球は明へ朝貢をしている身だ。冊封の使者を迎え、明帝より王を名乗る許しを得て初めて、尚泰久は正式に琉球の王になれる。おそらくそれが、この男にとって自己の欲望を真の意味で完結せしめる最後の仕事なのだ。

声を抑え、王に告げる。

「やらねばならぬことは他にありまする」

惚《ほう》けたような尚泰久の顔が、思いつかぬと言っている。

「志魯も布里も死んだ。我以外に王を継げる者などどこにもおらぬ。冊封以上に大事なことなどなかろう」

王の了見の狭さに、金丸は失望を禁じ得ない。あれほど猜疑の塊であったはずなのに、一度王になってしまうとこれほど目が霞《かす》むものなのか。

「敵は家臣にあり」

金丸は冷徹に言いきった。殺気のこもった声に、王が唾を呑む。その鈍い音に、彼の小心が如実に顕れていた。ここで止まってもらっては困る。この男の代で片づけておくことはまだまだあるのだ。

「十五年ほどで四度の王の交代という事態を受け、按司たちの箍《たが》が緩んでおりまする」

「勝連か」

金丸は優しくうなずいてやる。

「勝連は代々按司の力が強き土地。故に彼《か》の地は、琉球のなかにあるもうひとつの国」

「攻め落とすか」

「それはもうひとつの障害を取り除いてからでもよろしいかと」

勝連以外のことなど尚泰久にはまったく考えが及ばないらしく、茫洋《ぼうよう》とした目つきで金丸を見つめている。

「そろそろ琉球統一の功臣に退いていただくべき時ではございませぬか」

「まさかお主は舅《しゅうと》殿を」

そこまで言って尚泰久は声を失った。王の舅とは中城の真牛のことだ。真牛の娘は尚泰久の妻である。その縁があるからこそ、今回の乱の詰めを真牛は引き受けたのだ。

「真牛殿が中城にある限り、按司たちの信望が王に集まることはありませぬ」

琉球統一の功臣という威光は、諸按司にとってなにものにも代えがたい尊崇の念を抱かせる。それはもはや憧憬を通りこし、信仰に近いものがあった。

「我に舅殿を誅《ちゅう》せと申すか」

「左様」

またも尚泰久が唾を呑む。

「しかし舅殿はもはや老齢。手を下さずとも、おのずから」

「否」

「なぜじゃ」

悲鳴にも似た声を吐き、尚泰久が目を逸らす。金丸は真っ直ぐに王を見つめ、みずからの考えを淡々と口にした。

「このまま真牛殿が死すれば、功績は残りまする。按司たちの想いは変わりませぬ」

「舅殿の功績を無にし、按司たちの目を我にむかせる。ということか」

「まずは首里を立て直し、泰久様の地歩を固め、冊封の使者を受けることが先決。真牛殿と勝連のことはその後でよいのです。しかし、王道の行く末に、避けて通れぬ障害があることを心に刻んでおいていただきたい」

尚泰久はうつむいて思い悩んでいる。金丸はそれ以上なにも語らず、言葉を待った。

「わかった」

それだけ言うと、尚泰久は問答を拒むように椅子から立ち、背をむける。金丸は辞去の言葉を吐き、すみやかに王の私室を後にした。

＊

視界をおおう闇がうねっている。

氷角は一人、空を見あげていた。雲に閉ざされた空に星はなく、夜はいつもより暗く感じられた。肌がべたつく湿気である。おそらく夜のうちに雨が降るだろう。

背後で女のか細い声が聞こえる。壁ひとつへだてたむこうから、唐突に聞こえてきた。

「お止めください」

また聞こえた。さっきのものよりも、わずかに強い声だ。が、拒絶の文言を吐きながらも、それほど拒んではいない。

声の主は星歌である。屋慶名にある彼女の屋敷の縁に座っていた。幾度目かの来訪。同行者はつねに決まっていた。

加那だ。

神を信じないと言った加那が、巫女である星歌の屋敷を訪れることに、最初は疑問を持っていた。が、すでにそんな疑問はなくなっている。加那は赤にも告げず、氷角だけを伴い星歌のもとを訪れる。そしてどうでもいい相談を持ちかけては、当たり障りのない託宣を得て帰るのだ。

これまでは。

しかし今日、初めて外で待てと命じられた。

惚れたのだ。

赤は気づいている節がある。加那と氷角が二人してどこかに行くのを不審に思っているようだった。

「まさか屋慶名じゃねぇだろうな」

一度、冗談めかして聞かれたことがある。その時は言葉を濁して取り繕ったが、勘のいい赤はなにかを悟ったかも知れない。

「星歌」

加那が巫女の名を呼ぶ。外で氷角が聞いていることなど、頭にないのかも知れない。目の前の闇に集中した。

星歌の言葉にならない声が聞こえてくる。最初は途切れ途切れだったが、徐々に間断なく聞こえるようになってきた。細かった声も、すこしずつ力強くなり、一定の調子を刻み始めている。

氷角は瞼を閉じてうつむいた。歯の隙間に唇をはさみ、強く嚙《か》み締める。血の味が口中に広がるのも構わずに力をこめた。

男の根はすでに張り裂けんばかりになっている。静まれと心に唱えつづけた。そんな氷角を嘲笑《あざわら》うように、星歌の声が激しくなってゆく。

庭の砂が鳴った。瞼を開く。人影だ。大きい。

「お前は」

氷角の声に応えるように、人影がゆっくりと近づいてくる。

大きい。

尋常ならざる大きさである。思いつく体付きの者は朱舛だったが、闇がはらむ物々しい気配は、朱舛のそれではなかった。

闇の濃淡が目鼻をかたどって人の顔となる。按司に付き従う男。名はたしか。

「真呉」

忘我のうちに男の名を呼んだ。答えもせずに、真呉が手にした刀をゆっくりと抜いた。

「なんのつもりだ」

すでに氷角は立ちあがっている。真呉は無言のまま、ゆっくりと間合いを詰めてくる。縁から飛び降り、氷角も刀を抜いた。

「加那様っ」

屋敷にむかって叫ぶ。とうぜん目は真呉にむけたままだ。氷角は切っ先を真呉の喉元にむけて構え、立ち止まった。敵は右手に刀をぶら下げたまま、悠然と間合いを詰めてくる。

「なにをする気だ」

真呉は答えない。無防備なまま足だけを前に運びつづける。すでに刃の間合いに入っていた。

舌打ちとともに氷角は飛びだした。

喉を突く。無造作にぶら下げられていた真呉の刀が、驚くほどの速さでせりあがり、刃を払った。凄《すさ》まじい力だ。払われただけで上体が、大きく仰け反ってしまった。

真呉の好機。しかし無防備な氷角を、真呉が襲うことはなかった。刀をふたたびぶら下げる位置に戻し、素早く背後に回りこむ。

「これ以上、刃向かわなければ、お前を傷つけるつもりはない」

真呉が縁に足をかけようとする。それと加那が障子戸を開くのはほぼ同時だった。

「なにがあったっ」

叫ぶ加那の眼前に真呉の姿。すでに真呉は加那にむけて刀を振りあげている。かたや加那は衣を着けたのみで、武器になるようなものは持っていない。

「加那様っ」

叫ぶ氷角の頬を、風が駆けぬけた。

人だ。

巨大な人影は氷角の脇をすり抜け、真呉の背中に突進した。不意打ちを食らった敵が、前のめりになるようにして転倒する。ちょうど、加那の足元に転がるような格好だ。

「ぬおぅ」

真呉の咆哮。巨大な人影が跳ね飛ばされる。

「莫迦力がよっ」

縁の下まで飛んだ影が口走った。

「朱弁か」

氷角は影の名を呼んだ。

「おうよっ」

答えたのはたしかに朱弁だった。声だけを返し、そのまま真呉にむかって突進する。

なにも持っていない。拳が朱舛の得物だ。

加那は縁に立ったまま真呉と相対している。その顔に恐れはまったくない。

「お前の相手は俺だろっ」

叫んだ朱舛が、真呉の襟首を背後からつかんだ。猛烈に引っ張られてさすがの真呉も後ろにわずかに仰け反った。そのままでは加那を斬ることはできない。

「蠅が」

加那を斬るのをあきらめ、真呉が振り返る。機敏な動作で襟をつかむ朱舛の手を外す。その動きからも、相当な鍛錬を積んでいることがわかる。

朱舛と相対する真呉の全身から、湯気のようなものが立ちあがっていた。この男は危険だ。朱舛一人に任せるわけにはいかない。

氷角は間合いを詰める。

にらみあう二人に割って入るように、太い首めがけて真一文字に刀を振った。

真呉の刀が右手だけで振りあげられる。

火花が散った。押しのけられたのは氷角のほう。真呉は振りあげた刃を、そのまま宙で反転させ、朱舛にむかって振りおろす。

「くそっ」

朱舛は刃から逃れず間合いを詰めた。頭を叩き割ろうとしていた真呉の刀が、手から離れた。

放ったのだ。

間合いを詰めて来た朱舛に対応するための行為である。氷角の予測を肯定するように、真呉が両の拳を握って構えた。そこに突進してきた朱舛が飛びこむ。

呼気を吐いた真呉が右の拳を突きだす。朱舛の顔面が派手な音とともに後ろに仰け反る。真呉が踏みこみながら左の拳を放つ。朱舛の顎がはげしく揺れた。

朱舛の猛牛のごとき両足が、膝からかくかくと震えだす。

しかし倒れない。

真呉は容赦がなかった。三発目の拳が朱舛の腹にめりこむ。そこで氷角は我に返った。

柄頭を腹に据え、躰ごと突く体勢をとりながら真呉にむかって走る。

四発目が朱舛の頬を打つ。

氷角の掲げた切っ先が、真呉の腹に触れる。殺気に満ちた目に射竦《いすく》められるのを、氷角は刹那の間に知覚した。次の瞬間には、躰が宙を舞っていた。

顎をしたたかに殴られたと思った時には飛んでいた。呆れるほどの怪力である。

背中から地面に叩きつけられて息が止まった。頭が痺《しび》れて、躰が思うように動かない。

なんとか顔だけをわずかにあげて、真呉のほうを見た。

朱舛が気を失っている。

「加那様っ」

真呉の前に加那が立っている。

加那をこんなところで殺させるわけにはいかない。必死に全身に力をこめる。しかし顎を打ち抜かれたせいで、指先まで痺れていた。

「か、加那様」

誰か助けてくれ。赤でも白先でもいい。朱舛がここに来たということは、二人がいてもおかしくはない。どちらでもいい。いや、偶然通りかかった誰かでもいい。とにかく加那を助けてもらいたかった。

「頼む」

真呉をにらむ氷角の目から涙が溢《あふ》れる。

「殺れよ」

加那が笑った。

「俺を殺せと命じられたのだろう。ならば自分の務めを果たせばよい」

加那と真呉の間に白い物が割って入った。

白い衣に身を包んだ星歌が、細い両腕を大きく広げながら加那を庇っている。

「この人はここでは死にません」

星歌が断言する。

「退《ど》いてもらおう」

真呉が言うが、星歌は動かない。

「やがてこの方は、貴方の主になりましょう。この方こそ、貴方が命を懸けてお守りするお方」

拳を振りあげたまま真呉が固まっている。

「あなたは自分自身でも気づいているはずです。誰に従うべきか。誰を倒すべきか」

「退け星歌」

加那が言うが、星歌は動こうとしない。加那の太い腕で躰を押されても、必死に真呉の前に立ちはだかりつづける。

「なぜ」

真呉が訥々《とつとつ》とした声をあげた。加那も星歌も黙って聞いている。

「なぜこれほど多くの者が、お前を命懸けで守ろうとするのだ」

真呉が倒れたままの朱舛を見た。それから頭だけを横にむけて、氷角に視線を投げる。そしてふたたび加那へと顔を戻した。

「お前は勝連の小役人。家臣を持てる立場ではない。では、ここにおる者たちはなんだ」

「友だ」

加那は迷わず答えた。

「彼らは俺の友だ。だから俺のことを命懸けで守ってくれる。俺も彼らのことを命懸けで守る。それだけのことだ」

「友か」

ゆっくりと真呉の拳が降りてゆく。そして加那に背をむけた。

「そんな甘ったれた考えをしていれば、俺が殺さずともじきにお前は死ぬことになる」

言って踏みだした真呉の巨体が、寝転がったままの氷角の脇を通り過ぎる。

「すまなかったな」

囁いた真呉の目には、穏やかで清々しい輝きがあった。悪い奴ではない。感情よりも深いところで、氷角はそう思った。


「そんなに強《つえ》ぇのか、あの男は」

眉間に皺を寄せた赤が問う。顎を腫らした朱舛が、申し訳なさそうにうなずいた。

「お前もやられたんだろ」

赤の目が氷角を見た。

「どうだった」

「一撃でした」

呆れたといった様子で赤が小さく笑った。

屋慶名にある赤の屋敷に集まっている。加那が襲われたのは数刻前のことだ。腰をおろし、朱舛と氷角は赤とむかいあっている。壁に背をあずけて白先が立っている。加那はすこし離れた所で、話を聞いていた。

「俺んとこの猛者二人を、軽くあしらうとは」

頭を左右に振って赤がつぶやく。

「こいつぁ白先でも危ねぇな」

その言葉に、白先が目を見開いた。長い睫毛の下に輝く憂いを帯びた瞳が、赤の背中を見つめている。

「おい加那」

背中をむけたまま赤が語りかけた。加那は赤の言葉を待っている。

「お前、星歌の屋敷でなにしてたんだ」

「抱いていた」

簡潔な加那の答えに、赤以外の皆がいっせいに声を失った。

「やっぱりお前、あの女に惚れていたか」

言った赤が氷角を見る。

「やっぱり屋慶名に行ってたんじゃねぇか」

ここまではっきり責められると、抗弁のしようがない。

「氷角には俺が内緒にしておけと言った」

赤が振り返って加那を見た。

「お前が知るとなにかと面倒だ」

「別にお前が誰と寝ようと、俺には関係ねぇよ」

赤がにやける。

「星歌を城のそばに住まわせるだとか、巫女をやめさせるだとか、夫婦になれだとか、いろいろとお前の言いそうなことを考えた。その結果、言わぬと決めた」

「あれこれ口だすことだけは間違いねぇな」

「だろ」

二人で笑いあう。

「問題は真呉だ」

赤の目が真剣味を帯びた。

「あいつは加那を殺しにきた」

鋭い視線が氷角を射る。うなずきだけで答えると、赤は深い溜息を吐いた。

「あの阿呆《あほう》のしわざに間違いねぇな」

茂知附のことである。

「この前の城でのお前の態度が、よほど腹に据えかねたのかね、あの阿呆は。それとも俺たちのやってることに勘づいちまったか」

「気づかれてはいないはずだ」

赤の言葉に加那が答えた。

「あのお方は誰よりも猜疑心が強い。もし俺たちが己を殺そうとしていることを知ったら、こんな回りくどい手は使わないはずだ。ありったけの兵を連れて、俺たちを捕らえ、衆の前で殺す。真呉だけをむかわせたということは、あのお方にも後ろ暗い気持ちがあるからだ」

「単純に、お前が邪魔だと思ったってことか」

加那がうなずくと、赤はいつものように鼻で笑い、肩をすくめた。

「それよりも」

加那が赤を見る。

「どうして屋慶名にいたんだ。俺たちを見張っていたというわけではあるまい」

「俺は仲間を疑うようなこたぁしねぇ」

赤が加那をにらむ。

「茂知附の近辺を探ってただけだ。そしたら真呉がひそかに城を出て、屋慶名へとむかっているというじゃねぇか。そこで朱舛に見張らせてたってわけだ。実は今日は俺も屋慶名に用事があってな。夜になって屋敷に戻ったら、お前たちが仲良く帰って来たってわけよ」

赤が加那、朱弁、氷角と順に見た。

「真呉が屋慶名のほうにむかったってところで、お前のことだろうとは思ってたがな」

「星歌と俺のことをいつから疑っていた」

「最初からだ」

加那が顔をしかめる。

「お前が星歌を見る目が、白先を見る時と違ってた」

白先が少しだけ不機嫌そうに、赤をにらむ。

「女に関しちゃ、お前はわかりやすいな」

赤が膝を叩いて笑う。加那はばつが悪そうに白先から顔を背けている。不器用な加那の行動にとまどうように、白先が不自然なくらいに顔をあげて天井をにらんでいた。

「まぁ、さっき言ったように俺は最初から屋慶名に来る気だったんだがな」

「何故だ」

「お前にも関係のある話だぜ」

赤の言葉に加那が首を傾げる。

「そろそろ来るころだろ」

天井を見あげたままの白先に、赤が問うた。白先はうなずき、今度は床に目を落としたまま固まった。

「誰が来るんだ」

「お前も会ったことがある奴だ。が、すこし驚く相手だ」

庭のほうで声がした。その大声に、氷角には聞き覚えがあった。

「まさか」

加那が赤をにらむ。

「そうだ、あの男だ」

赤が目配せをした。壁にあずけた背を浮かせ、白先がゆるやかに玄関へとむかう。

すこしの間、室内に沈黙が満ちた。

白先と男の話し声が聞こえてくる。氷角は聞き耳を立てるでもなく、自然とそれを聞いた。しばらくすると白先が部屋へと戻ってきた。

「お連れしました」

白先の背後から男が顔をだした。

「お前だけではなかったのか」

不審そうな顔で赤をにらむのは、浜川の芳徳だった。先日、女を斬った茂知附を加那が諌《いさ》めている最中、立ちはだかった男だ。内間に兵を送ることを大声で主張していたのを、氷角ははっきりと覚えている。

「座ってくれ」

赤が目の前の床を指し示す。彼とむかいあっていた氷角と朱舛は、すでに赤の後方にさがっている。加那はさっきと同じ所に座ったまま、芳徳を見つめていた。むきあう形で座った赤と芳徳の中間の位置である。上から見ると三人の座った場所が、ちょうど三角の頂点になっている。

「加那殿がおられるとは聞いてないぞ」

「この男がいるのは偶然だ。が、お前にとっても都合が良かったんじゃねぇのか」

芳徳がつぐんだ口許をわずかに歪める。そして加那の視線をおそるおそる受け止めた。

「先日は頭に血が昇ってしまい、無礼を働き申した。お許しくだされ」

芳徳が頭をさげ、加那は頬を緩めた。

「気にしてはおりませぬ」

「そう言っていただけると有難い」

苦笑いを浮かべ、芳徳が加那に礼をする。その姿には、先日のような威勢の良さはまったく感じられない。

赤が加那へと目をむける。

「あの一件の後、俺は浜川に行ってこいつと会ってきた」

なぜ自分に報せなかったなどというようなことを、加那は問わない。赤や氷角は、この男にとっては仲間なのだ。支配しているつもりがない。だから束縛もしない。

「こいつは浜川で最も頼りになる男だ。だからこそ、俺は腹を割って話してきた」

加那が芳徳をにらむ。赤はそんな加那を見つめながらうなずいた。

「芳徳は俺たちのやろうとしていることのすべてを知っている」

「そうか」

芳徳から目を逸らさずに加那がつぶやいた。熱い視線を受け、芳徳は緊張の面持ちで赤を見た。赤がうなずく。芳徳が床を滑り、大きく後退したかと思うと、額をぶつけそうな勢いで平伏した。相対しているのは加那である。

「加那殿がそこまで深きお考えを持っておられるとは、あの時には露も思いませんでした。ただ己の存在を高官どもに見せつけるための、愚かな行いであると勝手に決めつけ抗った己の浅はかさに、今はただただ悔恨の念を抱くのみにござります」

「もう良いと言ったではないか芳徳殿」

「まだ話は終わっておりませぬ」

芳徳は大きな躰を折り曲げ、大声で語る。

「加那殿の大望の成就を、私にも手伝わせていただきたい」

「浜川は漁師だけの港じゃねぇ。外つ国の船が行き来することで、勝連に莫大な富をもたらしている」

「すでに浜川の商人や差配人たちにも、加那殿の話をしておりまする。茂知附の苛烈な取り立てには、皆苦しんでおりました。加那殿が起たれる時は、浜川の民は一丸となってお支えいたします」

平伏したまま芳徳がまくしたてた。

「浜川が味方になってくれりゃ、怖い物なしだぜ」

言った赤を、加那が見る。屋慶名の悪童は、優しい笑みを浮かべたままうなずいた。

平伏したままの芳徳へ近寄った加那が、浜川の漁師の盛りあがった肩に触れた。

「顔をあげてくれ芳徳殿」

武骨な漁師の顔が、ゆっくりとあがってゆく。加那を見つめる目に、涙が滲んでいる。

四角い顎を震わせながら、芳徳が声を吐く。

「あの男の傍若無人なやりかたに、勝連の誰もが苦しんでいます。なのに、誰一人として奴に刃向かおうとは考えなかった」

芳徳は口籠った。涙がこぼれそうになるのを堪えたからだ。言葉を吐こうと必死になっている芳徳を見つめ、加那が言葉を継ぐ。

「勝連をあの男から解き放つぞ」

芳徳がうなずく。

「もう一人の客が来たようだな」

赤の視線を氷角が追うと、音もなく玄関のほうへと歩いてゆく白先の後ろ姿があった。涙をふく芳徳の肩から加那が手を放して、ふたたびもとの場所に座る。白先に連れられてやってきたのは、浅黒い肌をした老人だった。

「よく来てくださった」

赤が平伏する。老人は目礼とともに、赤にうながされるようにして芳徳の隣に座った。

「内間の幸迅《こうじん》殿だ」

「茂知附に斬られた娘御の父上だな」

加那が言うと、場の皆がいっせいに息を呑んだ。深い皺が刻まれた顔がゆっくりとさがり、加那へと平伏する。

「加那殿にござりまするか」

老人の問いに、加那がうなずく。すると老人は頭をさげたままつづけた。

「今宵は赤殿にお会いするために内間から参りましたが、まさか加那殿に目通りが叶《かな》うとは思いもしませなんだ」

「目通りなどといわれるような身分ではない」

「ご謙遜されまするな」

幸迅が頭をあげた。

「赤殿からお聞きしております。加那殿のお志、私には心底有難かった」

「幸迅殿は内間では名の知れた漁師だ。この人が声をかければ内間の漁師だけではなく、百姓や職人、外つ国に行く船乗りたちまでもが集まる」

「幸迅殿の名は浜川の商人たちにも、広まっておりまする」

芳徳の言葉に加那はうなずき、幸迅を見た。

赤はつづける。

「だからこそ茂知附は恐れたのだ。娘を斬られた幸迅殿の報復をな」

「報復しようにも、相手は勝連城に籠る男でございます。殺したき仇《かたき》に辿り着くまでにいったいどれだけの犠牲がいりましょうや」

「それで辿り着ければよいが」

芳徳のつぶやきに、幸迅がうなずきを返す。

「皆を死なせることがわかっていながら、逆らうことなどできませなんだ」

嗚咽を漏らす老人を、皆が見つめる。

「娘を殺され、仇も討てぬ。この無念、いくら語っても語りきれるものではない」

幸迅の赤く染まった目が、加那をにらむ。加那は真正面からそれを受け止めている。

「儂はどうすればよいのだ加那殿っ」

両手をついて幸迅が叫んだ。加那がうなずき、言葉を投げかける。

「幸迅殿の無念を理解したなどと、軽はずみには申せぬ。が、わかろうと思う」

内間の老漁師はうつむいて涙をふいた。加那が腹から声を吐く。

「こんな世は変えねばならぬ」

「あの男が按司でいることがこの勝連にどれだけの不幸を生んでいるか。手下たちに半島中を回らせて、これはという者に声をかけて、お前の力になってくれるように頼んだことで、俺は奴の悪行を嫌というほど思い知らされた。勝連の民は、救いを待っている」

二人の間に割って入るようにして口を開いた赤の瞳に、光る物が滲んでいる。

加那がおもむろに立ちあがった。皆が加那の言葉を待つ。

「もうこれ以上、誰一人としてあの男のために死ぬことはない」

「腹を決めたか」

赤の問いに、加那がゆっくりとうなずいた。

「今度の新月の晩。俺に同心してくれる者すべてが松明を手に持ち、城にむかって歩いてくれ。やってくれることはそれだけでいい」

「それで茂知附を殺せますか」

幸迅が問う。

「殺る」

加那の言葉には揺るぎない力が満ちていた。

焰が天に昇って溶けてゆく。舞いあがる火の粉が四方に散るのを、氷角はぼんやりと眺めていた。勝連城本丸の庭で酒宴が開かれている。

役人たちが、茂知附を中心にして談笑していた。まるで内間での一件などなかったように。茂知附は食らうだけ食らい、呑みたいだけ呑んでいる。酒宴がはじまって半刻《はんとき》ほどしか経たぬというのに、すでに顔が真っ赤である。それをかこむ高官たちも酔っていた。下卑た笑いに包まれた空々しい場にあっても、氷角に嫌悪の情はない。

今宵、勝連は変わる。

茂知附の欲のためだけに存在している民が、ようやく解放される日がきたのだ。

氷角の見つめる先に加那がいた。茂知附に寄り添うようにして立っている。加那が望んでいるというよりは、茂知附のほうがそばに置いているという様子だ。先日の真呉の一件があったからだろう。密《ひそ》かに殺そうとしておきながら、けっきょく成し得なかった。己の差配であることを、言下に否定しようとしているのだ。その哀れな必死さが、茂知附という男の小ささを無情なまでに表している。

真呉はどこだ。

氷角の視線が庭内を駆けめぐる。

「なにを探している」

背後からの声に、胸が激しく震えた。

真呉が背後に立っている。

「なにかを企んでいる。そんな顔つきだ」

感情のない声が背を撫でる。怖気《おぞけ》が走った。

「その甕《かめ》には酒が入っているのか」

氷角の足元にある甕のことだ。

「酒が入っているのか」

真呉が問いを重ねる。うなずきで答えた。

沈黙が二人を支配する。

笑いと嬌声《きょうせい》に満ちた場のなかで、氷角と真呉だけが不穏な気を放っていた。甕のなかには皆の武器が入っている。朱弁と白先に加那と赤、それぞれの得物が入っていた。

役人たちとの酒宴。得物を持っている者はいない。ただ一人の例外は、氷角の後ろに立つ真呉だ。按司の護衛であるこの男だけは、帯刀を許されている。

甕の中身を検《あらた》めると言いだしたらどうする。

氷角の胸は早鐘のように鳴っていた。

勝ち目はない。

相手は帯刀しているのだ。甕から刀を取りだし、振り返りざまに斬ろうとしても、それより先に真呉の刃が氷角を一刀のもとに斬り捨てることになる。

庭の隅に立つ氷角を、赤が遠くから見ている。目がこちらをとらえているわけではない。顔はあらぬほうにむいている。だから真呉が気づいているかはわからなかった。しかし氷角には、赤の視線が真呉と己をとらえているのがはっきりとわかっている。

「屋慶名の男も、気を張っておる」

真呉は赤の視線に気づいている。万事休す。このまま黙っていても埒が明かない。氷角は意を決し言葉を吐いた。

「どうするつもりだ」

「どうしてほしい」

問いに問いが返ってきた。この男は感づいている。ならばここで小細工しても仕方がない。給仕に扮《ふん》して紛れこんでいる朱舛が、異変に気づいた。顔色を変えて、こちらに寄ってこようとしている。頭をわずかに左右に振って、それを止める。歯を食いしばって朱舛がその場に立ちすくむ。茂知附のそばにはべる加那も、氷角と真呉のやり取りに気づいている。表情には決して出さないが、茂知附との間合いをわずかに詰めていた。

酒宴はなにごともなく続いている。茂知附も、彼の取り巻きたちも、張り詰めた気を知覚していない。

「真呉」

氷角は頑強な武人の名を呼んだ。

「無礼者めが。俺の名は、お前ごときが気安く呼べるものではない」

「真呉」

心の間合いに踏みこむ。

「殺されたいのか」

「殺れよ」

腹は決めた。真呉が動けば、刺し違うことになっても止める。あとは加那や赤たちがうまくやってくれるはずだ。

「お前はまた己の命を捨てたな」

「またださと」

「巫女の屋敷で一度捨てたではないか」

真呉の声にはまったく淀《よど》みがない。感情の起伏も感じられないから、本当に人と話しているのかさえわからなくなってくる。

「どうしてお前たちは、あの男のためにそうも簡単に命を捨てることができる」

あの時も真呉は、加那に同じようなことを聞いていた。どうしてお前のために皆が命を捨てるのかと。

「加那様は主。あの人のためなら、俺は喜んで命を差しだす」

「あの男はお前たちを仲間だと言った」

「そういうお人だからこそ、俺はあの人を主だと思える」

真呉の言葉が返ってこない。

「お前の主は、お前を仲間だと言ってくれるか。あの男にとって他者は、欲を満たすための道具でしかない。そんな男が、お前を仲間だと言ってくれるはずがない」

「生意気なことを申すではないか」

真呉の声にわずかな感情がうかがえた。

喜び……。

なぜ真呉が嬉しそうだったのか理解ができない。しかし少しだけ跳ねた真呉の声に、氷角はたしかに喜びを見たのである。

「主はおそらく俺の名すら知らん」

哀れな言葉を吐いたはずの真呉の声が、わずかに跳ねていた。垣間見えた真呉の情動が、氷角にはまったく理解できない。

「これから」

真呉の声が沈む。

「なにが起こるのか楽しみだ」

気配がゆっくりと遠ざかってゆく。振りむかずに真呉が去るのを待つ。濃厚な殺気が背後から消えると、喧噪が一気に襲ってきた。あまりのうるささに氷角は顔を歪めた。肌に生温い風が当たる。これも、さっきまではなかった感覚だった。真呉とのやり取りに集中していたせいで、いっさいの感覚が途絶していたのだ。それが一瞬にして蘇《よみがえ》ったから、まるで戦のただなかに放り出されでもしたかのような賑《にぎ》やかさである。

「よぉ」

明るい声を発しながら赤が近づいてきた。さっきまでの真呉とのやり取りを知っていながらも、緊張した様子はない。

「あいつはなんて言ってきた」

「なにが起こるか楽しみだと」

赤が隣に立ち、茂知附のそばで酒を呑む加那を見つめている。いつのまにか、真呉の姿も加那の近くにあった。

「大丈夫なのですか」

氷角が問うと、赤が右目を大きく見開いて続きをうながす。

「このまま放っておいて」

「あの男が茂知附を守る気なら、お前はとっくに殺されてるさ」

「ならば真呉は」

「あいつがどう出るか。それは、始まってからじゃねぇとわからねぇな」

「あいつは茂知附と加那様の近くにいるのですよ。刀を持って」

鬼気迫る声に、赤が気楽な笑みで応えた。

「そんなに力むな。そろそろ始まる」

男が駆けてきた。粗末な綿甲を着けた見張りの兵だ。赤が黙ったまま、氷角の肩を叩いた。気づけば朱舛と白先も周囲に集っている。

見張りは真っ直ぐに茂知附の前まで走ると、そのまま額をこすりつけるようにして平伏した。その姿を見れば、火急の事態が出来《しゆつたい》したことは一目瞭然である。それなのに茂知附は、見張りの兵の場を弁《わきま》えぬ態度に、嫌悪の情をあらわにして眉根をしかめた。

「なんじゃ」

汚い物でも見るような目つきで、茂知附が見張りを見おろす。

「勝連のいたるところで、火の手が上がっておりまするっ」

叫んだ見張りの声を聞いて、赤が小さく笑った。氷角には笑うような余裕はない。朱舛と白先も顔を引き締め、茂知附を見ている。

「火事か」

茂知附が問うと、赤はふたたび笑った。

「火事ではありませぬ」

「ではなんじゃ」

要領を得ない見張りの答えに、茂知附が苛立《いらだ》ちをあらわにする。しかし周囲の家臣たちは、事の重大さに気づき始めたらしく、見張りの言葉に聞き耳を立てていた。

「人にござります」

「ちゃんとわかるように申せっ」

ついに苛立ちの頂点に達した茂知附が、見張りを怒鳴りつける。謝罪の言葉もなく、見張りは報告をつづけた。

「松明を持った民が連なり、道に溢れております。勝連の道という道が、焔に照らされております」

「なんじゃと」

ここでやっと事態が理解できたのか、茂知附が声を荒らげた。そんな主の様子など平伏したままではわかるはずもなく、見張りは己の職務を忠実に遂行する。

「焔は一点にむかっております」

「どこじゃ」

「この城にござります」

「謀反じゃっ」

突然、家臣の誰かが叫んだ。

「ありがとよ」

誰かもわからぬ者にむかって、赤が小さくつぶやいた。家臣の言葉を聞いた茂知附の顔が、青くなる。

「む、謀反じゃと」

頭をはげしく動かして四方に目をやる。

「どこじゃ。どこにおる」

「石垣からならば、どこからでも見えまする」

茂知附の問いに見張りが答える。すると茂知附は脂におおわれた巨体を揺すりながら、走り始めた。むかう先に石垣がある。後を追う家臣たちのなかに、加那の姿もあった。

「どこじゃ、謀反人どもはどこにおる」

叫びながら茂知附が走る。石垣に手がかかった。膨れた腹を巨石で擦りながら、誰の手も借りずに石垣を昇る。肩で息をする茂知附が城下を見て声を失った。石垣の下に集った重臣たちが、どうすればよいのかわからぬといった様子で右往左往している。

その時だった。

加那が家臣たちを掻きわけて石垣へと迫る。

「待て」

石垣の前に人影が立ちはだかった。刀を抜いた真呉だ。

「あの野郎」

甕の蓋を開け、赤が己の剣と加那の太刀を手にして走りだす。

にらみあう真呉と加那に気づいた茂知附が、城下から目をそむけて振り返った。

「お主はいったい何をしようとしておった」

切っ先をむけられたまま加那が身動きできずにいる。

「お前は儂を殺す気だったのか」

「そのようですな」

真呉が答える。

「殺せっ」

茂知附が命じる。

真呉が振り返った。按司がやっとのことで昇った石垣を、一度の跳躍で昇りきる。着地と同時に刀が振りおろされた。茂知附の躰から血飛沫が上がる。

「お、お主……」

目を見開いて茂知附がつぶやく。

「信じておった者に殺され、苦痛に歪むお前の顔が見たい。ずっとそう思っていた」

「や、やめ」

真呉から逃げるように、茂知附が石垣の上を後ずさりする。

「お前が殺した内間の女は、幼き頃よりともに育った仲だった」

「そ、そんなこと」

「そうだ。俺の名すら知らぬお前が知るはずもない」

腰を抜かした茂知附の肩口に、真呉の刀が滑りこむ。殺すような傷ではない。が、軟弱な按司にとっては痛烈な一撃だった。太った喉を絞り、悲痛な叫び声をあげる。

真呉を見守る加那の元へ、赤が辿り着いた。氷角も朱舛、白先とともに石垣の元に走る。

茂知附を救おうと、家臣たちが石垣にあがろうとする。

「動くなっ。動くと斬る」

加那が太刀を抜いて一喝した。その隣で、赤は肩に直刀をかついで、皆をにらみつけている。氷角たちも石垣へと辿り着いた。

「真呉のやりたいようにさせろ」

加那が命じた。氷角はうなずき、石垣を守る。家臣たちは得物を持っていない。刀を持つ氷角たちと戦い、命懸けで茂知附を守ろうという者など一人もいなかった。

「頼む。助けてくれ」

「そうやって命乞いをする者を、お前は何人殺してきた」

真呉の刀が、茂知附の額を切り裂いた。哀れなほど醜悪な叫び声を茂知附があげた。

「死ね」

真呉の足が、太鼓腹を蹴る。石垣を転げ落ちた茂知附の悲鳴が、小さくなってゆく。そして、湿った物が破裂したような音と同時に消えた。

真呉が石垣を飛び降り、加那の隣に立つ。

「俺のやることを止めずにいてくれたこと。心から感謝する」

周囲の役人たちをにらんだまま、真呉が加那に告げた。異変を悟った兵たちが、今ごろになって庭へ入って来る。

「お前はどうするんだ」

赤が真呉に問う。

「茂知附を殺すことが俺の願いだった。今となっては、この命どうなっても構わぬ」

加那が真呉に語りかける。

「俺に預けてみぬか」

「命を懸けて誰かを守るということがどんなものか、俺も知りたい」

「じゃあ、俺の下だ」

赤が冗談めかしに言うと、真呉は微笑を浮かべる。

「それでいい」

青ざめる家臣たちを庭の隅に散らして、兵たちが加那の一団を取り囲む。

「按司を殺したのはあなたたちか」

最も身綺麗な綿甲を着けた男が問う。

口の軽い赤もさすがに黙っていた。ここで語るのは加那以外にはいない。

「そうだ」

重い声を加那が吐いた。

「我らは按司の兵。謀反人であるあなたたちを捕らえなければならない。抵抗せずに縄を受けるならば、手荒な真似はせぬ」

「逆らうと申さばどうする」

加那の問いに男が押し黙った。

「俺たちと戦うか。そうまでして俺たちを捕らえて、どうするというのだ」

加那が息を吸い、腹の底に気を込める。そして天を見あげた。

「茂知附は死んだっ！」

空が張り裂けんばかりの叫びであった。

ゆっくりと石垣を昇る加那を、氷角は見守る。赤や真呉は動かない。石垣に立った加那が、庭に集う者たちに視線を送る。

「この城へむかってこようとしている無数の焔。あれは茂知附への恨みだ。茂知附への恨みが焔となって、この城を焼こうとしている」

皆が黙って聞いている。捕らえるべき立場の兵までもが、加那を見あげて動こうとしない。

「真呉が茂知附を襲った時、なぜ誰も助けようとしなかった。身を挺《てい》してあの男を助けようという者が、なぜ一人も現れなかった」

庭の方々に散っている茂知附の重臣たちが、目を伏せる。

「なぜお主たちは俺を捕らえようとしなかった」

今度は兵たちに言葉を投げた。

「茂知附が死んだ時、誰もが安堵したからではないのか」

酒宴に参加しなかった下級役人や、城務めの女たち。草刈りの下人までもが、加那の言葉に誘われるようにして庭に集っていた。

「あの男が上にあることで、多くの血と涙が流れた。そのすべてを許すほど、あの男には価値があったのか」

「ないっ」

女の声だった。誰も責めようとはしない。

「俺がこの勝連の新たな按司となる」

歓声が方々であがる。石垣の上で語っている男がどういう者なのか、勝連城の人々にも伝わっているようだった。氷角は加那の人望に改めて気づかされた。己の知らない所で、加那は人々に慕われていたのである。

不思議なことではなかった。加那はどこにあっても加那である。立場や身分、男や女の別で己の有様を変えることはない。赤や自分が魅かれた加那が、人々にも好かれているのは当然のことだと思えた。

庭に集った者たちを抱くように、加那が両腕を広げる。妙な高揚が場を包んだ。石垣の上に立つ加那を、皆が注視していた。

「働いて得た物はその者が得る」

皆がひとことも聞き逃すまいとして静まり返っている。

「俺は奪うつもりはない。勝連を守るために、皆の富を少しだけ分けてほしい」

ふたたび歓声が起こった。勝連の富を我が物としていた茂知附とは違う言葉に、皆が酔っている。その歓喜の声は、すでに城内の者たちが加那を按司と認めているも同然だった。

いや、すでに勝連全土の民が加那を支持している。その証は、城へと集わんとしている松明の群れだ。茂知附を討つという加那の求めに応じた勝連の民が、松明のみをたずさえて行進している。いわばそれは、加那を按司にせんとする民の意志そのものだ。

「これから勝連は変わる」

加那の言葉が、歓喜の声にかき消された。

第二章　按司《あじ》

「茂知附が死んだか」

闇に包まれた自室で、金丸は耳目の報告を聞いて答えた。

夜だというのに灯火は点《つ》けない。気配だけが耳目の存在を示す標《しるし》であった。この男の率いる者たちは、気配を消すことなど造作もない。耳目以外の誰かが自室にいたとしてもわからない。それでも灯火を点けないのは、金丸なりの信頼の示し方だった。

闇を好む耳目は灯火を嫌う。己の顔が焔に照らされることが耐えられないのだそうだ。べつに顔に傷があるわけでも醜いわけでもない。なんの特徴もないどこにでもあるような顔である。心の傷がそうさせるのかも知れないが、聞く気はない。

二人の関係に情はない。金丸は金を、耳目は国中の情報を。それが二人の鉄則だ。こういう関係がわかりやすい。闇に蠢《うごめ》く気配にむかって金丸は口を開いた。

「茂知附を殺した男の名はなんといったか」

「加那」

聞いたことのない名だった。勝連の役人であるらしいのだが、まったく思いだせない。

「屋慶名の赤が勝連城に入ったことをお報せしたのは覚えておられますか」

耳目の報せはすべて覚えている。屋慶名の赤が城に入ったという話は、一年ほど前に聞いた。その時、金丸は越来にいた。

尚泰久を琉球の王に。それがあの頃の目標だった。勝連など二の次。茂知附に刃向かっていた男が城に仕えるようになったというのは、面倒がひとつなくなり都合がいいくらいにしか思っていなかった。

「それがどうかしたのか」

「屋慶名の赤を城に引き入れたのが、加那なのです。茂知附が殺された時に、加那とともに動いたのは赤とその手下ども」

「加那という男は、この日のために赤を城に引き入れたというのか」

「わかりませぬ。が、それも考えうる話かと」

勝連は按司の支配が頑強で、耳目たちの網も城内にまでは入りきれていない。そのため正確さに欠けるところがある。加那という男のことが、これまでいっさい金丸の耳に入らなかったことも無理のない話であった。

「加那がどういう男なのか、調べはついているのか」

「茂知附が死んで数十日経ちましたが、今のところ勝連内で加那を排除しようという動きは起こっておりませぬ。加那は新たな按司のごとくに振る舞い、茂知附が課していた重税を取り払う約束を民としておる様子」

按司は琉球王家の許しがなければ、称することはできない。勝手に名乗っているとすれば、それは罪である。

「加那自身が勝連按司だと申しておるのか」

「そういうことは聞いておりませぬ」

「茂知附の下で甘い蜜を吸っておった者も大勢おろう。搾取を止めるなどと民と勝手に約束し、其奴《そやつ》らが黙っておるわけがなかろう」

「それが、城は沈黙しておるのみで、乱の気配すらなく」

金丸は深い息を吐く。

人には欲がある。強欲であればあるほど、その周囲には甘い蜜に群がる蟻《あり》のような輩が集う。茂知附という欲の権化の取り巻きである。よほどの強欲揃いであったろう。そんな輩が、蜜の元を絶たれて黙っているというのが解せなかった。

「懐柔したか」

「そのような様子もありませぬ」

加那という男の実像が見えない。茂知附の圧政から民を解放し、人々の人望を得たまではわかる。しかし圧政の元で美味《うま》い汁を吸っていた者たちまでをも黙らせるというのは、いったいどういう手管を使えば可能なのか。

考えられる手段はひとつしかない。

「加那の取り巻きは、赤という男だけか」

「いいえ」

耳目がすぐに否定する。

「茂知附の護衛であった男をはじめ、勝連全土から加那を慕う者たちが集っております。集った者たちは数百とも千を超すとも」

「曖昧だな」

「面目次第もございませぬ」

耳目は臆面もなく謝った。

「加那を慕う兵が城に集っているのは間違いないのだな」

「数についての確信は持てませぬが」

「お前らしくないではないか」

「千という数は、城下の者の噂程度の話。少なければよいのですが、大きく上回っておった時は申し開きもできませぬ。それ故、素直に申したまで」

耳目の声に揺れはまったくない。恐縮や羞恥などという感情を、この男は抱いていないのである。事実を事実のまま語る。それがこの男の務めだ。

「とにかく城に加那を慕う者たちが集っておるというのだな」

「はい」

簡潔な答えである。

「其奴らが、茂知附の側近の頭を抑えておるというのが、お前の考えか」

「類推を口にする気はありませぬ」

「今宵は許す、申せ」

語気を強めて金丸は急かした。しかし耳目は口を開こうとしない。少しだけ苛立つ。金丸は今や、王の側近中の側近である。首里城内で逆らう者などいない。そんな環境が、耳目の頑《かたく》なな態度に苛立ちを抱かせる。

「俺が許すと言ったのだ。お前の考えを申せ」

耳目は黙ったまま。暗闇のなかで靄のような気配だけが揺れていた。

金丸は気配をにらみつける。

「耳目」

「俺は勝連においてのお主の曖昧な報告を許している。それがなぜかわからぬお主ではあるまい」

耳目の答えを待たずに、金丸はつづけた。

「勝連が他国だからだ」

琉球にありながら、勝連はもうひとつの国である。浜川をはじめとした港に外つ国からの船を引き入れ莫大な富を得ることで、首里王家に頼らずともよいだけの力を持つ。そのため、代々の王も勝連とは他の按司とは違う間合いで接してきた。耳目の手が及ばぬとしても、無理はない。

「しかし、勝連は琉球王府の物だ」

統制が取れぬということに金丸は耐えられない。勝連のような例外は断じて許してはならぬのだ。

「勝連との戦。その時が来てもなお、曖昧な報告は許さんぞ」

「はっ」

覚悟を秘めた返答。

「もっと深く勝連に入り込め」

「承知いたしました」

「もうひとつ力を入れるべき場所がある」

「何処《いずこ》へ」

「中城」

さすがの耳目も声を失った。配下の動揺を無視して、金丸は続ける。

「勝連と中城。真牛の一挙手一投足。加那の寝起きの刻限にいたるまで調べつくすのだ」

「私は」

闇がつぶやく。

「なんだ」

「初めて金丸様を恐ろしいと思いました」


勝連近隣の按司たちからもたらされた書状の数々を、文官どもが読みあげる。玉座に座りながら神妙な面持ちで聞いている王の顔を、金丸は階の下から眺めていた。いずれも茂知附の死と、加那のことを告げる物ばかり。耳目からの報告以上のことは、記されていない。

「勝連按司が殺されたのは、好機にござる」

鼻息荒く話す高官の白く染まった髭が、唇が動くたびに揺れていた。皺だらけの頬を紅《あか》く染め、老いた男は必死に語る。

「いくら支配の及ばぬ勝連といえど、茂知附は按司にござります。琉球王が認めた按司を殺したとなれば、加那なる男は大罪人。許せば、王朝の権威は地に落ちまするぞ」

老人に同調するように、文官たちが高揚した声をあげる。男の言葉をきっかけに議論を始める皆の姿を、尚泰久は険しい顔つきで眺めていた。金丸は目を伏せ黙っている。議論など交じえずとも、己のなかで答えは決まっていた。おそらく最後は王も、金丸の案を採る。だから不毛な会話をする気はなかった。

ではなぜ早々に、王に進言しないのか。

ここに集っている者たちのためである。彼らもひとかどの男たちだ。王府に仕えているという矜持もある。なんの議論もなしに金丸の進言通りに事が動けば、彼らがこの場にいる理由がなくなってしまう。

「金丸」

尚泰久が玉座から言った。喧噪が静まり、人々の視線が金丸に集まる。

「お主はどう思う」

「迂闊《うかつ》に手を出してはなりませぬ」

簡潔な答えだけを口にして反応を待つ。

「勝連は乱れておる。今こそ各地の按司の兵を募り、一気に攻めるべきじゃ」

先刻の老高官が声高に言った。同調する声が後につづく。声が収まるのをじっと待つ。

「静かにせよ」

痺れをきらした尚泰久が、皆に告げた。王の言葉には誰も逆らえない。静かになった広間で、金丸は王の言葉を待つ。

「なぜ手を出さぬほうがよいのじゃ」

金丸は伏せていた目を玉座にむけた。王は越来にいた時よりも、少しだけ高慢な顔つきになった。

強がる王に金丸は抑揚のない声をかける。

「勝連が乱れておるとは、どの書状にも記されておりませぬ」

老高官の言に異を唱える。抗弁は返ってこない。金丸は続けた。

「我らが知るのは、茂知附が男に殺され、加那という男が、勝連を治めているらしいということのみ」

「その通りじゃ」

尚泰久が答える。

すべて話してみろ。王の目がそう告げていた。金丸は淡々と言葉を吐く。

「勝連の近隣の按司たちは、推測を交じえた書状を認《したた》めた。そこに如何《いか》なる意味があるのか」

誰も答えない。

「勝連は、未だ諸国の者を入りこませずに統治が行われているということ」

「では金丸殿は、加那が勝連を支配していると申されるのか」

若い文官が問うてきた。熱意が顔にみなぎっている。だが、場の流れを読めていない。ここは金丸の言葉を切るところではない。血の気の多い若者を、金丸は冷淡な目つきで見据えると、重い声で答えた。

「加那という男が一時の感情で動いたのであれば、すでに殺されておるはず。しかし加那は今も城にあり、勝連は静寂を保っておる」

若い文官は納得したように、大きくうなずいて金丸に微笑んだ。

どうやらこの男は、自分が犯した過ちに気づいてないらしい。さっきまで皆が、老高官の意見に同調していた。勝連を攻めるならば今が好機。誰もが昂《たか》ぶっていた。なのにこの男は金丸の言葉ひとつで、加那という男の器量が生半《なまなか》でないと納得してしまった。自分には芯となる考えなどなく、簡単に右にでも左にでもむくと示したようなものだ。そんなこともわからずに、へらへらと笑っている若者に将来の期待などかける気にもならない。

男から目を背け、王を見る。

「加那が民の期待を背負い、衆に成り代わって茂知附を誅したとなれば、勝連の結束は以前よりも強くなっておるはず。茂知附と加那。いずれに率いられた兵のほうが精強であるか」

書状には記されていなかったことを、金丸は知っている。耳目の話によれば、加那のもとに勝連中の若者が集っているらしい。加那のために命を投げだす者がいるのは事実だ。それを金丸は推論という形で示してみせた。

「民に望まれて茂知附を殺したか」

尚泰久がつぶやく。決断をうながすように、金丸は言葉で王の背中を押す。

「加那は生きている。その事実より鑑みれば、そう考えるのが理に適《かな》っているかと」

「金丸の申す通りじゃ」

文官たちは押し黙り、反論する気すらないようだった。

「加那という男の実情がつかめるまでは、自重するのがよろしかろうと」

「だが、黙っておるわけにもゆくまい」

尚泰久のこの言葉を金丸は待っていた。

「加那を按司と認めてはいかがでしょう」

「謀反人を按司にするのか」

尚泰久が驚きの声をあげた。それにつられるように高官たちも騒ぎ始める。金丸は動じない。

「手強《てごわ》き敵と戦うよりも、掌中に搦《から》めとってしまうほうがよいかと」

「しかしそれではまるで、王が加那に媚《こ》びを売っておるようではないか」

名も知らぬ下級の文官が叫ぶ。金丸は見もせず答える。

「按司に任ずることのどこが媚びを売る行いであるのか。その方自身が王のことを軽んじておるから、そのような考えになるのではないのか」

声に圧をみなぎらせた。これまで聞いたことのない金丸の殺気立った言動に、皆が息を呑む。

ゆっくりと玉座を見あげ微笑む。

「加那を按司に任じ、ひとまず様子を見るのが得策かと存じまする」

もはや逆らう者は一人もいなかった。

*

茂知附が誅され、加那が仕切るようになって一年。勝連は見違えるほどの活気に満ちている。

最初は危うかった。茂知附にべったりだった文官たちの間には、加那をこころよく思わない者もいた。彼らは密かに集い、謀議をめぐらしていたようである。しかし、加那が放っておけと言うから、氷角たちも黙っていた。そのうち琉球王の使者が来て、加那を正式に按司として認めるという旨の書状を城内で読みあげると、彼らの動きも収まっていった。

いまでは茂知附の時代などなかったかのように、加那の元で勝連はひとつにまとまっている。

茂知附を殺した夜に高らかに宣誓したように、加那は民から収奪することをやめた。城の者をまかなえる最小限の税を課すことで、民に働く喜びを与えている。働けば働くほど得られるということを民は知り、みずから進んで労働を行っていた。皆が前むきだから、勝連に活気が満ちる。活気が満ちれば、人も寄って来る。赤が言うには、浜川に寄港する外つ国の船も増えているらしい。

すべてが良いほうに流れていた。

しかしそれも、赤に言わせると茂知附以上に巧妙なやり方であるらしい。最小限の税というが、生産された物に公平に課す。作物が取れれば取れるほど、寄港する船が増えれば増えるほど、少ない率でも身入りは増える。民をやる気にさせて働かせ、勝連自体の力を上げることで、茂知附が得ていた富よりも大きな財を得ているらしい。それが加那のやり方だと赤は言う。

「なにをぼんやりしている」

かつて茂知附が座っていた椅子に座る加那が、肩越しに氷角を見ながら問うてきた。以前は真呉が立っていた場所が、いまの氷角の居場所である。小役人の命を守っていた氷角は、按司の護衛となっていた。

「つまらぬ話し合いだ。無理もない」

加那が氷角にだけ聞こえる声で言った。笑みを浮かべるその顔は、小役人だったころのままだ。

「いえ」

「嘘をつくな。頭が揺れておったぞ。このままでは膝から崩れ落ちると思ったから、声をかけたのだ。按司の護衛が合議の最中に居眠りをしていたなどと役人どもが知ったら、目も当てられんからな」

加那がくすくすと笑う。

「大丈夫です」

「本当か」

「はい」

鼻息をひとつ吐き、氷角は胸を張った。

「按司様」

階の下から呼ぶのは、勝連の文官たちだ。加那は氷角を見ていた目を、居並ぶ役人たちへとむけた。

「安勢理《あせり》の百姓たちの訴えについてはいかがなさいましょう」

髭に白い物が混じった男が頭をさげる。

「安勢理は屋慶名の隣だったな」

加那が老文官から目を逸らし、広間の脇を見た。

「赤、お前に任せても大丈夫だな」

居並ぶ文官たちのなかに、赤の姿がある。

「あのあたりの百姓たちの揉《も》めごとは、前按司の頃より幾度か間に入ったことがあります。お任せいただければ、万事とどこおりなく治めてまいりましょう」

とうぜん茂知附から頼まれて治めたわけではない。屋慶名の悪童だった頃に、百姓たちの悶着《もんちゃく》の仲裁をしたということだ。

「手荒な真似はするなよ」

口許に微笑をたたえて赤が頭をさげた。

「他になにかあるか」

誰も声をあげない。しばらく言葉を待ってから、加那が小さくうなずいた。

「では、今日はこれまで」

文官たちが加那に頭をさげる。それを眺めつつ、氷角は加那とともに広間を去った。

加那を自室に送り、部屋の警護の者に務めを引き継ぐ。これから少しの間、城に与えられた己の部屋で仮眠を取る。その間だけが、氷角が一人になれる時間であった。

自室へとつづく廊下を歩く。

「おい」

耳元で怒鳴られ、躰が激しく上下した。

「なんです」

耳元に赤の顔がある。

いつの間に忍び寄っていたのか。とにかく赤が背後にぴったりと張りついていた。

「ぼんやりしてんじゃねぇよ、ったく。お前は合議の席でもそうやってぼけぇっとしてるだろが。俺はちゃんと見てんだぞ」

赤が正面に回りこむ。

「そんなんだと真呉を護衛にするぞ」

真呉はみずからの望みで、百姓たちの面倒事を仲裁する職に就いている。おそらく安勢理での争いでも、真呉は働くのだろう。

「真呉殿には真呉殿の役目があります」

「氷角殿にも氷角殿の役目があるのですぞ」

氷角の口調を真似して赤が言った。挑発するように笑う顔に腹が立つ。が、言っていることは事実だ。

「すみませんでした」

赤が肩を叩く。

「おめぇがしっかりしねぇと、本当に阿麻和利《あまわり》が刺されんぞ」

最近、赤は加那を〝阿麻和利〟と呼ぶ。民が言いだした称号であるらしい。

天より降って来た英雄。

そういう意味が込められている加那への美称。それが阿麻和利である。これを赤が大層気に入った。そして、いままではどんな時でも阿麻和利と呼ぶ。按司の側近中の側近が阿麻和利と呼んでいるから、城内でも瞬く間に広がった。普段は按司様と呼ぶ者たちも、くだけた席では阿麻和利様と呼ぶ。

勝連では加那よりも、阿麻和利のほうが通りがいいというところまできている。

「それからあとひとつ」

赤が氷角をにらむ。

「お前も、公の場以外では阿麻和利と呼べ」

＊

「その方の王家への長年の貢献は、筆舌に尽くし難きものなり。朕、その方の忠義の心に応えんと思う。よってここに名を与えん」

威厳をみなぎらせた声で尚泰久が語るのを、金丸は目を伏せながら聞いていた。居並ぶ家臣たちの先頭に立っている。

玉座のある所から扉まで真っ直ぐ伸びる道に、一人の男が立っていた。階の袂に立つその男は、恭しい態度で王の言葉を受けている。

「これよりその方は〝護佐丸《ごさまる》〟と名乗るべし。この国を護《まも》り佐《たす》ける男はその方以外に他になし」

「有難き幸せにござります」

かすれた声で男が答えた。家臣たちがいっせいに歓声をあげる。誰もが真牛に与えられた栄誉を喜んでいた。

「護佐丸殿っ」

方々から新たな名を呼ばれる真牛は、老いた顔に笑みを浮かべながら手をあげて応えていた。真牛は、心より喜んでいるようだ。

老いたのか。それともこの男は、尚泰久の父である尚巴志に仕えていた頃から、この程度の野心しか持っていなかったのか。

尚巴志といえば琉球を統一した英雄である。その側近中の側近であり、武勇に優れた真牛に比肩しうる男は、この国に一人もいない。それほどの男でありながら、たかが名前をひとつ与えられたくらいで、これほど大喜びをするのだから、この国の男たちはどこまで呑気《のんき》なのだ。

名前などいくらでも作れる。元手もかからなければ、財を割くこともない。もらったほうにしてみても、得られる物はなにひとつないのだ。名前で腹はふくれないし、銭に換えることもできない。

「今宵は宴《うたげ》ぞ」

玉座から立ち、尚泰久が言って広間から去る。男たちが、王の言葉に歓喜で応えた。

金丸はゆっくりと歩を進める。目の前を塞ぐ人の波を手で押す。とつぜん背中を押されて敵意の眼差しをむけてくる者たちも、金丸を認めると怯えながら素早く躰を逸らす。そうして己が手で道を開きながら、真っ直ぐ目的の場所まで歩いてゆく。最後の人の壁が割れた。立っていたのは愚かな老武人だ。

「この度は真《まこと》に祝着至極に存じまする護佐丸殿」

「おぉ、金丸殿」

親しげな声で真牛が語りかけてきた。幾度も顔を合わせている。志魯と布里が争った際に真牛が兵を出す算段をつけた時にも、幾度も文のやり取りをした。

「その方の働きぶり、中城まで聞こえておるぞ」

陽気な笑顔を浮かべて真牛が言う。護佐丸ではない。金丸にとって真牛は真牛だ。牛のなかの牛。この男にうってつけの名ではないか。国を護り佐ける男。これもまた愚かしくて良い名ではあるが、やはり真牛のほうがしっくりくる。

「王のことを頼んだぞ」

まるで王の親であるかのごとくに語る真牛。尚泰久の妻が、この男の娘であるのだから別に間違ってはいない。が、相手はこの国の王だ。舅といえど一線を越えるべきではない。歴戦の勇士であるとはいえ、しょせんは武人である。そういう王宮の機微にはうとい。

金丸は努めて柔和な顔を作りながら、真牛にうなずいてみせる。

「これからも王のために身命を投げ打つ所存でありまする」

「そう言ってくれると心強い」

真牛が豪快に笑う。喉の奥が見えるほど大きく開いた口から、酒気が吐きだされる。

「お爺《じい》さま」

場に不似合いな若い女の声がする。緩みきっていた真牛の顔が、その声を聞いた途端にいっそう崩れた。真牛の輝く目がむかう先を、金丸も追う。金丸の目から見ても図抜けて美しいと思える女が、こちらにむかって早歩きで近づいて来る。

百度踏揚《ももとふみあがり》。尚泰久の娘で、真牛の孫にあたる。

年若い色気を発散させながら、踏揚が小走りで広間を行く。その姿を男たちが蕩けた視線で追う。王宮内のすべての男たちが踏揚のことを密かに想っている。そう噂されるほど、少女の美貌はすさまじい。若い文官が我を忘れて目で追うのを、上官らしき年嵩の男にたしなめられている。それを視界の端でとらえた金丸は、人知れず鼻で笑う。

この女に興味はない。

たしかに美しいのだが、尚泰久の娘というだけで情欲が消《き》え失《う》せる。尚家と血の繋がりを持つ気はない。それは、己が大望を果たすうえで、もっとも重要なことのひとつだった。

「お爺さま」

「元気そうじゃな姫」

孫娘に手を取られて真牛の顔がますます崩れる。

華やぐ広間のなか、金丸のみが覚めている。

いや、もう一人覚めている者がいた。踏揚の背後に控える鎧姿の男だ。

鬼大城。

「その方は」

真牛の武人としての嗅覚が、男の気を嗅ぎとったようだった。

「私の護衛をしてくださっている大城です」

「大城でございます。以後、お見知りおきを」

簡潔に言い、大城は小さく辞儀をした。

「姫のことをよしなに頼むぞ」

大城は真牛と目を合わせない。頭をさげる大城に満足そうにうなずくと、真牛はふたたび踏揚に視線を移した。

「首里はどうじゃ」

「やっといろいろと揃ってまいりました」

「戦で焼かれたからな。欲しい物があればなんでも中城に言ってこい。すぐに儂が手配してやるからな」

「ありがとうございます」

他愛もない孫と祖父の会話である。これ以上、聞いていられぬ。

「それでは私は」

頭をさげて場を去る。踏揚の脇を抜ける時、一瞬だけ大城と目があった。目礼。どちらにも含みはない。

「金丸っ」

遅れて宴に現れた尚泰久が、金丸を見つけて声をあげた。

「踏揚も来ておるようじゃな」

「護佐丸殿と話されておられます」

「そうか」

尚泰久が真牛たちのほうへと足をむけた。金丸は見送りもせず広間を辞す。

「愚かな」

灯火に照らされた廊下を歩きながら、尚家という王統の愚昧さを嫌悪する。

前方の闇をにらみながら、金丸は一人笑った。


「面をあげよ」

尚泰久が告げる。階の下で伏していた男が、言葉と同時に顔をあげた。

大きな男である。

尚泰久を見あげる彼を、金丸は連なる臣下の最前列から見つめていた。

男は勝連の新たな按司、加那である。護佐丸の祝いの宴から数日経ったこの日、初めて首里城へと現れた。鬼大城のように武人然とした気を全身にみなぎらせながら、それでいて威圧するところはまったくない。穏やかとさえ感じるその佇まいは、男が内包する智の煌《きら》めきの為《な》せる業だ。この男は武を纏いながら、奥底に智をはらんでいた。

一介の小役人から按司になるような男だ。やはりこうでなくてはならない。金丸は初対面の加那に、こころよい印象を抱いている。

「その方が加那か」

威厳に満ちた態度で、尚泰久が問う。

「勝連の加那にござりまする。以後、お見知りおきを」

加那は智の煌めきをさりげなく閃《ひらめ》かせながら、慇懃《いんぎん》な口調で応えた。容姿に似合わず涼やかな声である。

先代の茂知附とは比べものにならない。あの男は真の愚者であった。猜疑心が強く、誰の言葉も信じない。あの男のせいで勝連と首里との関係はこじれにこじれた。

「茂知附を殺したことは聞いた」

尚泰久が核心に触れる。絹の衣に包まれた加那の異様に太い腕が、わずかに震えたのを金丸は見逃さない。

「事実か」

尚泰久が冷淡に問う。

「事実にござります」

加那は簡潔に答える。蔑みすら感じさせる冷やかな視線で、尚泰久がそれを見おろす。自身も兄と甥を陥れて玉座を手に入れたくせに、この男は加那の所業を嫌悪している。

「何故殺した」

「彼の者の非道によって民は明日の命すら知れぬ日々を過ごしておりました。それを見過ごすことができませなんだ」

淀みない答え。語気から揺るぎない覚悟がうかがえる。この男は命懸けでこの場にいるのだ。茂知附を殺して勝連を治め始めてから、今日という日があることをずっと心に止めていたのであろう。そういう意味では武人である。大城のような目先の利得しか考えられない凡百のそれではない。この男はもっと大きな目を持った武人だ。

溜息とも唸《うな》りともつかぬ呼気が、金丸の口からこぼれだす。

悩んでいた。加那は勝連の按司である。ゆくゆくは真牛もろとも殺してしまわなければならない男だ。しかし殺すには惜しい。そんなことを思っている自分に驚いている。この短い時間で己をここまで動かした加那という男に、得体の知れない薄ら寒さを覚える。

「我はその方を勝連按司に任じた」

尚泰久は居丈高な態度を崩さない。おそらくあの男は、加那の末恐ろしい器量にまだ気づいていない。加那は黙ったまま尚泰久の言葉を待っている。

「按司に任じたということの意味するところがわかるな」

「有難き幸せに存じまする」

茂知附殺しの罪を許す。言外に示した尚泰久に、加那は礼だけを述べた。

「茂知附殺しを不問に付し勝連按司に任じた意味を忘れず、これからも琉球のために励め」

要はこれまで半ば独立を保ってきた勝連を支配下に置く。そういう意味の言葉だ。罪を免じて按司に任じた程度で、果たしてこの男が完全に屈服するだろうか。それほど小さな器量だとは、金丸には思えない。

「尚泰久王の恩に報いるため、勝連の民とともに、琉球のために働く所存にござりまする。これからもどうか、我らをお見捨てなきよう願い奉りまする」

言葉だけならなんとでも言える。しかしこういう媚びへつらう言葉に弱いのが、最近の尚泰久だ。越来にいたころの疑り深さは消え、己に媚びを売る者を好むようになっている。唯一の例外は、金丸だけといっても過言ではなかった。しかし最近ではその金丸の苦言にも、あまりにも露骨だと嫌な顔をする。

尚泰久の口許に嫌な笑みが浮かぶ。下手にでる加那の態度に、機嫌を良くしている。

「励めよ」

「ご期待を裏切らぬ働きをしてみせまする」

「末永《すえなご》う頼むぞ」

加那がひれ伏す。あからさまな態度を、金丸は鼻で笑った。


「加那殿」

広い背中を呼び止めた。機敏な動作で振り返った精悍な瞳が、金丸を射る。息が止まりそうになった。多くの武人に出会ってきたが、こんな感覚は初めてである。

動揺を悟られぬよう、努めて無表情を保ちつつ加那の前に立った。堂々とした体躯の勝連按司は、両脇にこれまた目をひく男たちを従えている。一人は額に紅い痣のある女のような顔をした色白な男。もう一人は冷たい目をした若者だ。高貴な身形《みなり》をしているが、野蛮さがぬぐえない。男たちのなかでもひときわ小さな金丸を見おろす瞳に、ぎらついた闘争心が満ち満ちていた。

「広間にてお会いしましたな」

爽やかな笑みを浮かべて加那が言った。

「たしか臣下の方々の先頭におられた」

百人は下らない人間があの場にはいた。尚泰久と相対することだけに集中していれば、金丸の顔など覚えているわけがない。

「金丸と申す」

名を告げると、加那が声の調子をあげた。

「尚泰久王が越来城におられたころからお仕えなされ、その才覚から王の懐刀と言われておられるお方の名がたしか金丸殿」

「そこまで大層な男ではない」

「やはり貴殿があの金丸殿でしたか」

「やはりとは」

「広間でお姿を見かけた時から、そうではないかと思うておったのです」

尚泰久王に見せた追従の気配は感じられない。心からの言葉であるようだ。金丸の顔に自然と笑みが浮かぶ。

「新たな勝連の按司殿は世辞が得意なようだ」

「世辞ではありませぬ」

加那が皮肉を正面から否定してくる。語気にやけに圧があった。真っ正直な心をぶつけられた所為《せい》か、妙な罪の意識を覚える。

「どうやらその素直さが、勝連の民を魅了したのでしょうな」

「私はただ間違っておることを、間違っておると言ったまで。民は長い間、ずっとそれを言えなかっただけ。想いはつねに一緒であった。それだけのことにござります」

真っ直ぐに答える加那。この男を前にしていると、皮肉を交えなければなにひとつ話せない己が、小さな人間に思えてくる。

「琉球のために骨身を惜しまぬとの言葉、嘘偽りではありますまいな」

「王の前でつくろいの言葉を述べるような真似はできませぬ。そんなことをすれば、私は勝連の民を裏切ったことになりまする故」

「勝連は琉球の一部と考えて良いのですな」

「勝連は代々、按司の治める地にござる。琉球から離れたことなど一度もありませぬ」

この男には恐れがない。王に気に入られようとか、上手く立ち回って自分の立場を良くしようとか、そういう小細工がいっさいない。

言い知れぬ敗北感が胸を覆う。

支配……。

そう、この男の気配には支配の色がない。

みずからの力で按司の座を捥《も》ぎ取ったくせに、それを鼻にかけるでもなく、言い知れぬ気配を漂わせている。武人ともいえず、按司ともいえず、民とも思えぬ。

これまで金丸が会った誰とも違う。

乱れる心を取り繕うように言葉を紡ぎ出す。

「琉球から離れぬと申されたこと、お忘れになられまするな」

「死ぬまで忘れませぬ」

金丸は強張る顔に必死に笑みを浮かべる。

「期待しておりますぞ、阿麻和利殿」

〝阿麻和利〟と呼んだ瞬間、加那が少しだけ瞼を震わせた。

勝連の民から加那が阿麻和利と呼ばれていることは、耳目から聞いている。天から降って来た男。そういう意味らしい。

「またいずれ」

踵《きびす》を返した。礼の言葉を述べる加那を無視して、廊下を歩く。

自室へと急いだ。鼓動が早くなっている。結んだ唇の奥で歯が鈍い音をたてていた。

扉を開ける。

一人きり。

目の前にあった机を蹴り飛ばす。載っていた茶器が床に落ち、盛大に砕けた。壁を拳で打つ。荒事に慣れていないから、力の加減などできもしない。全力で打った拳が、壁の堅さに負けて鈍い音をたてる。

「何様じゃ」

許せない。一瞬でも加那を好ましいと思った己をである。あの男は危うい。放っておけば、いずれ金丸の最大の敵となる。金丸は尚泰久や真牛など眼中にない。勝ち負けを意識する前に、己のほうが上位にあると確信している。

しかし加那は違う。あの男は果たして己よりも劣っているのか。

わからない。

こんなことは初めてだった。

支配欲の範疇にいない者など、本当にこの世にいるのだろうか。

尚泰久や真牛には感じられない輝きがあの男にはある。王と相対した姿勢や、廊下での問答で導きだした感触ではない。もっと根源のなにか。会った瞬間に感じる魂の量とでもいうべきものが誰とも違っていた。

「阿麻和利……」

天井を見あげてつぶやく。冷たい石に覆われた部屋に響く己の声が、吐き気をもよおすほどに汚らわしかった。

＊

王宮の広場を、氷角は巨大な門にむかって歩いていた。

隣を赤が歩み、二人の前を加那が進む。

王城は見事なものだった。小高い山のすみずみまで城の敷地の裡で、すべての建物の屋根と柱が朱で塗られている。官人から下人にいたるまで、すべての者の挙措が静やかで、王宮で働いているという矜持に満ち溢れていた。人々の抱く誇りのようなものが全体に行き渡り、首里城内に別格の品をまとわせている。勝連という僻地《へきち》からやって来たということを、氷角は嫌というほど思い知らされた。

「あの金丸とかいう男とお前が話してる時」

赤がつぶやく。加那は答えず歩を進める。

「背筋が寒くてたまらなかった」

「そういうことは勝連に戻ってから言え」

たしなめる加那にかまわず、赤が続ける。

「あんな奴と渡りあって行くんだよな」

「尚泰久王と琉球のために働くのが按司の務めだ。俺たちは黙って従っていればいい」

「本当にそう思ってんのか」

加那は答えない。顔が門のほうではなく、あらぬ所へむいている。氷角は視線を追った。女がいる。きらびやかな刺繍《ししゅう》がほどこされた衣に身を包んだいかにも身分の高そうな女が、供の者と笑いながら歩いていた。氷角たちと反対の方向へむかっているから、どうやら王宮へ行くらしい。

「あの女は誰だ」

「知らねぇよ」

ぞんざいに答える赤を無視しながら、加那が女に視線を送り続ける。数人の供を連れているのだが、そのなかに一人だけ男がいた。見事な体軀の四角い顔をした男である。護衛であるらしい。

男が加那の視線に気づいて顔を強張らせた。女も加那に気づく。にこやかに笑って礼をする。

「行くぜ」

赤が加那の背中に告げる。加那は深い辞儀をすると、前をむいて歩きだした。赤と氷角も後につづく。女たちが歩きだしても、護衛の男は立ち止まったままこちらをにらんでいる。その態度が癪《しゃく》にさわったのか、赤も歩きながらにらみ返していた。

「やめろ赤」

加那が言うと、赤は視線を逸らした。

「なんでぇ、あの野郎は」

赤は首里においても自分の調子を崩さない。そこが赤の赤たる所以《ゆえん》でもあるのだが、少しくらいは自重したらどうかと氷角は思う。

門を抜け、坂を下る。

「惚れたか」

唐突に赤が問うた。

「会ったばかりだ」

加那の答えを聞いた赤が、氷角のほうを見た。舌が紅い唇から飛びだしている。小さく肩をすくめて、赤がふたたび口を開く。

「好きになるのに時なんか関係ねぇだろ、特にお前はな」

「なにが言いたい」

「別に」

恨めしそうにつぶやく赤に、加那はそれ以上答えなかった。

「今日は気持ちが良《い》いっ！」

そう言って笑うのは、琉球一の忠臣である。

「勝連の男どもは皆、清々しくて良いなぁ」

盃《さかずき》を一気に呷《あお》った。口を覆う白い髭が、酒の粒で光っている。盃の酒を干したのは、護佐丸である。

加那の按司就任を祝うための、数名の家臣だけを連れた訪問だった。公での面会はなにかと手順が面倒だと、護佐丸からの申し出である。公ではないから、勝連城の人間でも知っている者はわずかだった。

按司の自室で呑んでいる。集っているのは護佐丸と加那と赤。あとは赤の四天王である。

氷角、白先、朱舛、真呉。この四人がなぜか城内で四天王と呼ばれ始め、いまでは城の外でもその呼び名が広まりつつある。阿麻和利と同じような流れだ。

ひとしきり笑った護佐丸が、加那を見る。

「思えば儂が茂知附に命を狙われたのが、お主たちとの初めての縁であったな」

「いえ」

阿麻和利の返答に、護佐丸が首を傾げた。

「護佐丸様が茂知附の謀反を止めんとこの城に参られた際、広間を辞する足をお止めになられ声をかけていただきました」

護佐丸が手を叩いた。

「お主のその太い腕に魅かれたのだ。この男は生半ではない、勝連に置いておくのは惜しいと思うた。それがどうじゃ、今では按司ぞ」

護佐丸が豪快に笑った。

「王がお認めになってくださったからこそ、私は按司などと呼ばれていられるのです」

「その殊勝な心持ちもまた良い」

「護佐丸様」

唐突に朱舛が言った。瞼の肉に埋もれて見えないほど細い目を思いっきり開いて、護佐丸を見つめている。その瞳には、羨望の光がみなぎっていた。

「なんじゃ」

赤の従者程度の立場である朱舛にすら、護佐丸は柔和な笑顔で気さくに声をかける。それに気をよくした褐色の大男は、酒に酔ったいきおいを借りて不躾《ぶしつけ》に話し始める。

「俺は小さい頃から尚巴志王と護佐丸様の話を聞かされて育ちました。男なら護佐丸様のようになれと、母ちゃんは言ってました」

護佐丸が照れ臭そうに鼻をかく。

「今は亡き尚巴志王と護佐丸様の昔の話を聞きとうございます」

護佐丸が盃の酒を干した。すかさず白先が新たな酒を注《つ》ぐ。一瞬だけ遠い目をした護佐丸は、盃のなかで揺れる酒を見つめたまま、おもむろに語り始めた。

「尚巴志王は不思議なお方じゃった」

英雄の言葉を、誰もが黙って聞いている。

「はじめて会った時、儂は父と読谷《よみたん》におった」

護佐丸の父は読谷按司だった。それくらいのことは氷角も知っている。

「北山征伐の兵を起こした尚巴志王を見た時、この世にはこういう男がおるのかと思うた」

「どういう男でしたか」

気持ちのよい間で赤が問う。

「美しい」

笑みを浮かべる護佐丸の目が、遠い昔を見つめている。

「容姿だけではない。物言いや立ち居振る舞い。戦場での戦いぶりにいたるまで、すべてが美しかった。あの男とともに戦えることが、ただただ嬉しかった。美しく戦い、美しく勝つ。どれだけ泥臭い戦であろうと、あの男が戦っていると不思議と崇高であった。

この男以外にこの国の王になれる者などいないと、皆が信じておったし、実際にそうなった」

「その子らはいかがでしょう」

赤が問う。尚巴志の跡を継いだ四人の王は、すべて彼の息子や孫である。

「よくやっておると思うが、やはり巴志王のような威風は持ちあわせておらん。しかしそれは無理もないことじゃ。巴志王のごとき傑物は百年、いや千年に一度現れるかどうかじゃろう。あの方の真似は誰にもできん」

護佐丸は加那とその仲間たちに、完全に心を許しているようだった。でなければ、これほど率直な話などできない。今の護佐丸の言葉は聞きようによっては、当代の王を批判していると取れなくもない。それをこうして平然と口にしていることが、加那たちに対する信頼の証である。

英雄を間近で見たからこそ語ることのできる迫真の言葉に、氷角の体が熱を帯びる。滾《たぎ》る想いが身を支配して、なにも考えられない。

「護佐丸様」

気づけば名を呼んでいた。温和な老人の目が氷角をとらえる。

「俺と」

皆の心配そうな視線が氷角へとむく。構わず想いを吐き出す。

の目が闘気をおびた。

「いきなりなに言いだしてんだ、お前」

赤が語調を強めてたしなめる。しかし氷角は護佐丸を見続けた。穏やかだった老武人の目が闘気をおびた。

「よいぞ」

氷角以外の誰もが驚く。加那すらも一瞬、息を呑んだ。

「儂も老いた。棒で一度、それが限度じゃ」


両手で棒を持ち、護佐丸が構えている。相対する氷角も同じように棒を構えた。先端はおたがいの喉元へとむけられている。

「いつでも始めてよいぞ」

気楽な口調で護佐丸が言った。

加那の私室より通じる裏庭である。篝火《かがりび》の明かりに照らされているとはいえ、いささか暗い。仲間たちだけが固唾《かたず》を呑んで、二人を見守っている。

氷角は鼻の穴から息を吸った。喉から腹、そして陰部のわずかに上あたりまでそれを注ぎこむと、今度は少しずつ口から吐いてゆく。それを幾度か繰り返す。

目の前の老人には隙がない。無造作に棒を持って立っているだけのように見えるくせに、やけに間合いが広かった。

「本物だ」

腕を組んで見守る真呉がつぶやいた。隣に立っていた赤がうなずく。

「突っ立っておるだけでは勝負にならんぞ」

護佐丸がにこやかに語りかけてくる。

恐れを振り払うため短い呼気をひとつ吐き、意を決して踏みこんだ。氷角には若さがある。速さで翻弄すれば護佐丸は付いてこられないはずだ。

身構えた護佐丸の脇に回りこむ。

側面から打つ。

手応えがない。

「なっ！」

回り込んだはずの護佐丸が、いつの間にか正対している。しかもその手に持っている棒は、すでに突きを放ち始めていた。

渾身《こんしん》の一撃を避《よ》けられたのだと悟った氷角は、体勢を整えきれていない。

無防備な鼻先に触れるぎりぎりのところで、護佐丸の突きだした棒の先端が止まった。

「勝負は一度。だったな」

棒を突きだしたまま、護佐丸が笑った。

完敗である。

「参りました」

それだけしか言えなかった。

「お見事」

護佐丸の隣に立った加那が、棒を受け取りながらつぶやいた。

「なかなか見どころがある。気を悟れたからよかったが、目で追っておったら危なかった」

護佐丸の目が氷角にむけられる。

「お主は少し勝ち気が強い。それが動きに出る。心を落ち着けて戦えば、もっと強くなる」

素直に頭がさがる。

「なにやってんだよ、お前は」

後ろから近づいてきた赤に頭を叩かれた。

「謝れ」

「身分を弁えぬ我儘《わがまま》をお聞き届けいただき、ありがとうございました」

「見どころのある若者と手合せできて、今日は本当に楽しい。ささ、皆で呑み直そうぞ」

加那とともに部屋へと戻る後ろ姿を眺める。

武人。

真呉の言った本物という言葉を、氷角は一人噛み締めていた。

＊

いつもの闇を金丸は見つめている。周囲よりも少しだけ暗い室内の一角に、濃い気配がぐぐもっていた。幾度となく接してきたせいか、最近では自室に戻って来た時にこの気を感じると、少しだけ心が躍る。

灯火を点けずに椅子に座った。

首里での暮らしに飽き飽きしている。尚泰久は王になり、なにもかもに満足してしまい、すっかり抜け殻となっていた。取り巻きの役人たちは愚か者ぞろい。日常の決まり事以外、金丸が命じなければなにひとつできない。

王府は金丸がいなければ動かない。

尚泰久王とともに首里に入って三年が経とうとしている。倦《う》みきっていた。

「真牛はどうだ」

耳目に問う。闇はしばしの沈黙の後、深く沈んだ声を吐いた。

「中城にて変わりなく暮らしておりまする。城の庭で花を愛《め》でておる姿など、すでに隠居のごとき風情にござります」

「勝連は」

闇が黙る。

「どうした」

「茂知附の頃よりも栄えておりまする」

勿体ぶって黙ったわりには、つまらない答えだった。金丸は背もたれに躰を預け、思いっきり仰け反る。

「そのようなことは、尚泰久王の阿麻和利への言葉を聞いておればわかることだ」

このところ尚泰久は、勝連の話になると決まって阿麻和利を褒める。初めて言葉をかけた時は、あれほど嫌っていたくせにだ。要は貢物である。按司たちのなかでも、阿麻和利の貢物は群を抜いていた。米や魚のような勝連でとれるものだけではなく、遠く与那国島あたりからもたらされる珍しい物品、磁器や鉄器などの外つ国からもたらされる品々まで。とにかく阿麻和利は頻繁に首里へと貢物を送ってくる。それで尚泰久は阿麻和利に甘くなった。それが阿麻和利の狙いだとするならば、効果は絶大である。

闇が口を開く。

「阿麻和利という男は無欲であるらしく、民からは必要な分しか奪わないのでございます」

「それであの貢物の量は在り得ぬだろう。どこぞで悪しき商いでもやっておるのか」

「さて、それについてはわかりかねまする。しかし、浜川に寄る異国の船は明らかに増えておりまする」

浜川に異国の船が増えるということは、那覇《なは》などの首里王家が統制している港への寄港が減るということだ。直接ではないにしても、勝連の繁栄は首里王家に損失を与えている。そのあたりのことが尚泰久にはわかっていない。阿麻和利からもたらされる貢物の前には、金丸の苦言は無力であった。

「いずれにせよ、阿麻和利の政が勝連に富をもたらしておるのは事実でございます」

「政が良いということか」

「民は働けば働くだけ豊かになると信じておりまする。阿麻和利は民が多くを得ようと、率に従い、率以上は決して奪いませせぬ」

「率が低かろうと、民が多くを生めばその分、城に入る物も多くなる」

闇は沈黙を答えに代えた。

税を抑えれば民がやる気になり、城に入る富が増える。そんな簡単な道理で物事がうまく治まるのなら、苦労はない。要は阿麻和利なのだ。あの男だから民は喜んで財を差しだす。納める量がわずかだから働かなくてもよいと怠けるのではなく、懸命に働くのである。

「勝連城内はどうだ」

闇が声を失った。

「どうした」

「阿麻和利の側近たちは抜け目がなく、城に仕える者は素性たしかな者ばかり」

「それは三年前から聞きつづけている」

自然と声が荒くなる。耳目の気配が、わずかに揺らめいたのを肌で感じた。

「力を中城と勝連に注げと命じたはずだ」

耳目は答えない。

「俺が一番知りたいことはなんだ」

「勝連城内の動向にござります」

ぬけぬけと言ってのける耳目に腹が立つ。

「ならば何故、未だに城内のことがわからぬ」

「申し訳ございませぬ」

非力を謝するくらいしか、今の耳目にできることはなかった。

「城内を知るには、勝連の人間でなければ厳しいか」

「はい」

「裏切り者を作るのはどうだ」

「やっております。勝連に手の者を住まわせ、城内へ仕える手立てを探ってもおります。あと半年ほど待ってくだされば なんとか」

「そう言って何年経った」

耳目は動じない。

「阿麻和利の身内」

金丸はつぶやく。

「この手しかあるまい」

「金丸様」

「下がってよい」

それ以上、闇に声をかけることはなかった。


「来たか金丸」

王の私室。従者をも下がらせた尚泰久は、金丸と二人きりになった途端に汚らしい笑みを浮かべた。

「これを見よ」

王が紙切れを振っていた。丁寧に折られた純白の紙に、巨大な印が捺《お》されている。

国書だ。

「冊封の使者をお迎えいたす日が定まりましたか」

先回りした金丸を見つめ、尚泰久がつまらなさそうに口をへの字に曲げた。

「お前はなんでもお見通しというわけか」

首里城を手に入れた尚泰久にとって、最後の宿願が冊封であった。皇帝に臣下の礼を取り明国に従属を誓い、それを皇帝が認めるのが冊封である。冊封を受けることで、尚泰久は琉球国の真の王になれるのだ。

「やっとじゃ。やっと国書が参った」

手にした国書を金丸にひけらかす。

尚泰久が冊封を受けるのは喜ばしいことだ。ようやく尚泰久は明という大国の庇護を得る。

未だ心底から首里王家に従っている按司は少ない。表面上は従順を装いながら、乱があればいつでも寝返る気でいる輩が蟠踞《ばんきょ》している。弱い者は権威に弱い。故に冊封が効く。尚泰久が明国の帝《みかど》に認められたという事実が、按司たちに与える影響は大きい。

尚泰久が首里に入って三年。城は再建され、戦の名残は消えさっている。それでも尚泰久が今ひとつ王として突き抜けられないのは、冊封を受けていないという一事のためだ。

「長かったのぉ金丸」

尚泰久の目に涙が光っていた。この男は、冊封を受けることで、大望が完結すると勘違いしている。

「これからにございます」

「なにがじゃ」

この男にはもう二度と、金丸の真意は理解できないのかも知れない。三年という時は、二人の心に大きなへだたりを生んでいた。別にそれを悲しいと思うことも、越来で暗い夢を見ていた頃を懐しむこともない。

「冊封を受ければ、恐れるものはありませぬ」

「なにをするつもりじゃ」

「お忘れになったとは言わせませぬ」

尚泰久が息を呑む。

「中城と勝連。そろそろ用意を始めねばなりますまい」

金丸の冷徹な言葉に、王は身を震わせた。

＊

「お前は何度言ったらわかるんだ」

机に肘をつき、赤が氷角の頭を指で弾《はじ》いた。

「いいか、よく聞けよ」

机に並べられている石を、赤がひとつ手に取った。

「大和と明の間を商人たちが行き来してる」

手にした石をゆっくりと動かす。

机に広げられている人の背幅ほどもあろうかという葉っぱの上に、墨で大きな丸がふたつ描かれている。その間に小さくて細長い丸がひとつ描かれていた。大きな丸のひとつには〝大和〟と書かれ、もうひとつには〝明国〟という文字が書かれている。赤が持つ石は、大和と書かれた丸からゆっくりと明国という丸まで動いてゆき、その間にある細長い丸の所で止まった。

「なんにもねぇ海の上で何日も暮らすんだ。とうぜん水や食い物はなくなるな」

にらまれる。氷角はうなずく。赤は溜息をひとつ吐いて、ふたたび語り始めた。

「琉球って国は、大和と明国の間にある。だから両国の船は、ここに船を停《と》めて食い物や水を補給するんだ。海には大きな流れがある。大和と明国を行き来するには、琉球の東側の海を行くのが一番良い。そうなると那覇は面倒だ。一度、大きな流れを逸れて西に行かなけりゃなんねぇ。その点、勝連は、流れに沿ったまま辿り着ける」

「食い物と水を渡す代わりに、俺たちは外つ国の物を手に入れているんですね」

「話は最後まで聞け」

また額を弾かれる。たまらず両の掌で頭を押さえ、赤をにらんだ。

「覚えてるものが飛んでっちゃうでしょ」

「はなから覚えてねぇものがどうやって飛んで行くんだよ」

手にした石を投げようとする。身を仰け反らせた氷角を見て、赤は小さく笑った。

「続けるぞ」

白い女のような指が、石を細長い小さな丸の所に置いた。

「水と食い物を分けるくらいじゃ、相手もそれほど乗ってはこねぇ。奴らが欲しがる物を用意しなけりゃ、商いは成り立たねぇ」

赤の口調が熱を帯びる。

ふた月ほど前から、阿麻和利が寝て氷角が解放されてから一刻あまり、毎日のように赤の話を聞いている。勝連という地がどういう仕組みで動いているかを、延々と語るのだ。百姓たちの暮らし。漁師と城との関わり。そして今日のように、外つ国の船と商いについてなどなど。頼んでもいないのに話したいだけ話して去ってゆく。

正直、苦痛だった。

「それでこれよ」

赤が机の下から黒い塊をふたつ取り出し、机の上に並べた。ひとつはごつごつとした角が生えた貝。そしてもうひとつは黄色い物が所々に浮いた石である。

「夜久貝《やくがい》だ」

赤が角の生えた貝を手に取る。

「この貝の内側はきらきらと光ってんだろ」

覗《のぞ》けと貝の穴をむけてくる。覗いてみると、たしかに鈍い白色の表面に赤や緑の斑模様があり、全体が光を放っていた。

「外つ国の奴らは、これを使って細工物を作る。阿麻和利の部屋で黒い台を見たことがあるだろう。あれの表面に鳥の細工があったのを覚えているか。あれがこの貝を使って作られた細工だ」

あったような気もする。が、意識してないから、はっきりとは思いだせない。そんな氷角の心を悟ったように、赤がまた溜息を吐く。そして黄色っぽい石のほうを手に取った。

「この石は火薬の材料になる。こいつは、ここからずっと北にある島で採れる。それを勝連に持ってくるんだ」

「火薬ですか」

「そうだ、こいつを使って作る薬に火を点けると物凄《ものすご》い勢いで弾ける。明の奴らはそいつを戦に使う。お前も一度見たことがあんだろ。黒い玉に火を点けて」

思いだした。まだ赤が屋慶名にいた頃、商人からもらったとかいう黒い玉に火を点けたことがあった。物凄い音とともに、黒い玉が四方に弾けて飛び散った。

「このふたつは、どちらも高い銭で売れる」

気のない素振りで何度もうなずいていると、赤が眉間に皺を寄せた。

「もっと気を入れて聞けねぇのか」

赤が勝手に話しているのだ。怒られる筋合いはない。

「どうしてこんなことを話すんです」

苛立ちが言葉になった。

「俺になにをさせたいんです」

赤がうつむいた。構わず続ける。

「俺は鈍いから、どれだけ話してもらっても兄貴がなにを言いたいのか、さっぱり」

「俺や阿麻和利は、お前よりも年嵩だ。だから早く死ぬ。そん時には阿麻和利の子がこの城の主になってるはずだ。そいつを誰が支えてやるんだ」

阿麻和利や赤が死ぬ。そんなことはこれまで考えたことがなかった。たしかに人は必ず死ぬ。赤が言っていることは間違いではない。

阿麻和利の子。まだ妻もいないのだ。これまた考えたことのない話だった。それでも考えを巡らし、氷角は必死に言葉を紡ぐ。

「俺よりも頭の回る若い役人たちが、城のなかには大勢います。その人たちが支えれば」

「俺たちじゃなきゃ駄目なんだよ」

氷角の言葉を赤が断ち切る。

「どんだけ有能な役人どもがいたとしても、阿麻和利の一族のそばで支えてゆくのは、俺やお前たちの子供たちでなきゃいけねぇんだ。それは理屈じゃねぇ。あいつのために命を懸けた俺たちの想いは、血とともに受け継がれてゆく。俺たちの一族は、阿麻和利の一族の友であり続けなきゃならねぇんだ。だから、お前にはなにがあっても踏ん張ってもらわなきゃなんねぇ。お前が俺の跡を継ぐんだ」

赤がそれほどまでに阿麻和利と、その一族のことを考えているとは思ってもいなかった。そして、己のことをここまで見込んでくれているとも思ってなかった。

「いいか氷角。お前は俺たちの明日なんだ」

「明日……」

「そうだ。お前が生きてる限り、俺たちには明日がある。それを絶対に忘れるな」

胸が熱くなる。

「なにがあっても俺たちが阿麻和利を支えるんだ。だから俺より若いお前は、誰よりも先まで生きなきゃならねぇ。俺の跡を継ぐのはお前しかいねぇ。俺は頼まねぇ。やれ氷角。どんだけお前が嫌だって言っても、これからも毎日来るからな。そして面倒臭《めんどくせ》ぇ話をして帰る。何年も何十年もだ。わかったな」

赤の跡を継ぐ。果たせるかどうかなどわからない。が、想いに応えたいとは思った。両親に死なれ、琉球中を一人で彷徨《さまよ》っていた氷角を拾ってくれたのは赤だ。赤がいたから、今の自分がある。赤がいなければ加那にも出会っていないし、城の中に部屋を与えられるような身になれもしなかった。

「やればいいんでしょ」

照れくさいからぞんざいに答えてしまった。父に甘えた記憶がない。もし父が生きていたら、こういう風に甘えるのかと夢想する。

「お前だから託すんだぜ。真呉や朱舛には頼めねぇだろ。あいつらはお前よりどうしようもねぇからな」

屈託なく笑う赤を見ていると、氷角も自然と笑っていた。

「うおっ」

突然背後から抱えあげられ、氷角は思わず声をあげた。躰が宙に浮いたまま、制止させられている。脇の下から巻きついた二本の腕が、腹にきついくらいに食いこんでいた。

「止めろ」

氷角は上体をねじって背後を見ながら、笑っている朱舛に怒鳴る。

「いけ」

砂浜に座ってこちらを眺めている赤が言うと、朱舛が物凄い勢いで走りだした。

「ちょ、ちょっと待て、こ、衣がそのまま」

朱舛は聞く耳をもたない。甲高い笑い声をあげながら、氷角を抱えたまま砂浜を走った。

「ほ、本当に」

「やれぇっ」

氷角のつぶやきを掻き消すくらいの大声が、浜のほうから聞こえた。加那だ。

躰が宙に浮く。視界が一気にぼやけた。息苦しさを感じ、躰が水面を求める。海中をただよう足は、突きだしても水を突くばかり。いっこうに砂をつかまえきれない。口から漏れだしていた泡も絶え、息苦しさはいよいよ切迫してくる。

砂。

感触があった場所めがけて、勢いよく右足を突きだした。細かい粒が足の裏を包みこみ、指の間に入ってゆく。右足を突いた場所のすぐそばに左足も添えた。するとなんとか躰を支えることができた。

水面から顔を出すと、口や鼻から唾と鼻水と海水が綯い交ぜになったものが一気にほとばしりでた。両手で幾度も顔をこすって、まとわりついた海水をぬぐう。塩で痛む目が、なんとか使い物になるようになった時、ぼやけた視界のなかに笑っている仲間たちをとらえた。

なにかがこっちにむかって駆けてきている。

「氷角ぅっ」

明瞭になった視界のど真ん中に、赤が浮かんでいる。波打ち際から飛んだのだ。足が蹴るような格好のまま固まっていた。狙いは己。

「あ、兄っ」

そこまで言った時、蹴り飛ばされてふたたび海中に没した。が、今度はすぐに両足で立つ。赤が目の前にいた。派手な朱色の衣を着けたまま、腰の上まで海に浸《つ》かっている。

「情けねぇ声出して沈んでんじゃねぇよ」

己の腰に手を当てて赤が笑う。その背後で全裸になった朱舛が、こちらに走ってくる。

「なにしてんですか」

氷角は頬を膨らませながら赤に問うた。すると、赤の隣まで走ってきた朱舛が、両手に海水をすくいながら口を開く。

「一番年下のお前《め》ぇが、阿麻和利のそばで仏頂面してても面白くねぇだろ。せっかく久しぶりに仲間だけで遊んでんだから楽しめ」

「朱絆の言う通りだぜ」

赤が、朱絆と同じように掌で水をすくった。同時に水を浴びせてくる。一度ではない。二人がかりで乱暴に水を浴びせてくる。

「や、止めてっ」

激しい勢いに逆らうようにして、氷角は駆けだした。

朱絆へ躰ごと突進する。躰の重さをかけた一撃に、朱絆が水面に背を打ちつけるようにして倒れた。

次の狙いは赤だ。不敵な笑みを浮かべた赤が両腕を広げて迎え撃つ。

突進。

したはずだった。

赤をにらみ足を踏ん張った瞬間、横のほうから巨大な塊がぶつかってきた。いきなりのことで驚く暇もなく、氷角は衝撃に翻弄されるようにして海に沈んだ。海中で誰かに手首をつかまれ、物凄い勢いで引っ張られると腰から上が一気に海中から飛びだした。

「俺を忘れるなよ」

加那だ。

「お前ぇが物凄《ものすげ》ぇ顔してむかって来ようとしてる最中、阿麻和利がこっちに走って来てるのがずっと見えてて、俺《おら》ぁ笑いをこらえるのに必死だった」

赤が大声で笑った。それを聞いた加那も天を仰いで大笑する。

「いい歳して二人とも何をやってるんですか」

悪態を吐きながら、額に張りついてうっとうしい前髪を掻きあげる。

「またお前ぇは、そういう態度を取るっ」

背中に朱舛の声を聞く。とっさに身をひるがえす。朱舛の巨体が、氷角の横を過ぎてゆく。

「何度も同じ手を食うかよ」

つぶやき、朱舛の背を掌で押そうとする。と、視界の端に加那が迫って来るのが見えた。鼻先が水面につくほどにしゃがみこむと、頭上を加那の腕がすり抜けてゆく。

海中に赤の顔。海中から襲うつもりだ。

「もうっ」

水が邪魔して、普段よりも重い足で飛んだ。ゆるゆると浮上してゆく己の足の下を、赤の躰が過ぎてゆく。着地すると、海面から赤が顔をだした。攻めを躱《かわ》された三人が、氷角を取り囲んで感嘆の声をあげる。

「お前ぇは避けるのだけは昔から上手だよな」

朱舛がつぶやく。

「避けるのだけはって、どういう意味ですか」

「そのままの意味だ」

悪びれる様子もない朱舛の褐色の胸を小突いてから、氷角は浜のほうへと歩きだした。

さっきまで遠くに立っていた真呉が、こちらにむかって歩いてくる。

赤たち三人は今も背後でじゃれあっていた。真呉とむかい合っているのは氷角のみである。

構わず海から出ると、真呉が待ち構えていた。加那にも負けぬ太い腕を胸の前で組み、険しい視線で氷角を見おろしている。

「お前」

武骨な声が降ってくる。正面に立つ。

「あんたも遊んで来たらどうだ」

阿呆みたいにはしゃぐ三人の声を聞きながら言うと、不意に真呉の眼光が鋭くなった。

太い右腕が消えた。

来る。

腰から上だけを仰け反らせた。先刻まで氷角の顔があった位置を剛腕が抜けてゆく。

「いきなりなに」

言いながら体勢を整えた時、真呉の足が己の腹にむかって伸びてくるのが見えた。後方に飛んだ。宙で一回転して両手で砂浜をつかみ、着地する。身構え、真呉をにらむ。

もう襲ってはこなかった。

　海のほうから三人の喚声が聞こえてきた。どうやら今のやり取りを見ていたらしい。背後の声にかまわず、氷角は真呉をにらんだ。

「いきなり何してんだよ、あんた」

　真呉の分厚い唇が吊りあがり、武骨な顔が大きくうなずいた。

「三人に襲われた時といい、いまの身のこなしといい、お前は襲ってくる物を見極める目に長《た》けている。活《い》かせばお前は敵なしだ」

「避けてばかりじゃ、どうしようもない」

　言いながら歩きだす。

「三日に一度、俺と城内で稽古をしろ」

「務めが終わると赤の兄貴の話を聞くことになってんだよ」

「それが終わってからでいい」

　立ち止まって振り返った。真呉はさっきと同じ所に立ったまま、氷角を見つめている。

「考えとくよ」

「避けてから反撃に転じる術を教えてやる」

　肩を竦めて見せる。真呉は反応しない。

　濡れた襟の間から、紐が垂れている。紐を手繰ってその先に結わえた袋を握りしめた。

袋の中には、加那からもらったろおまの銭が入っている。

いつかは加那とともに、この海を越えて……。

そんな夢を、まだ見ぬ外つ国の銭に込めた。

氷角を見おろす真呉の背後に、全裸の朱舛が忍びよる。氷角にしたように、両腕で腹を抱こうとした。が、真呉の動きが一瞬だけ速い。振り返るのと間合いを外すのを一度の身のこなしでやってみせ、朱舛と正対する。

「お前ぇと一度真剣にやり合ってみてぇと思ってたんだよな」

腰を低くして朱舛がつぶやく。その口許は笑みをかたどっている。赤が物凄い勢いで海から上がってきた。そしてそのまま、にらみあう二人を見守るようにして座る。

「おもしろい」

言った真呉が腰を深く落とした。

「二人とも本気になるなよ」

微笑を浮かべ、加那が告げた。その足は海から浜へとむかい、にらみあう真呉と朱舛の脇を抜けた。氷角の元まで近づいてくる。

「少し休むか」

二人して森のほうまで歩む。木の根に座ったままの白先の近くまで来ると、そのそばに腰を落ち着けた。

「お前は泳がんのか」

ぶら下がる蔓《つる》に手を伸ばしながら、加那が白先に問う。

「女ですから」

「衣を着けておればよかろう」

「濡れるのは嫌いです」

「簡潔で良い答えだ」

加那が白先にむかって笑みを浮かべた。普段からあまり感情を表に出さない白先は、淡々とした表情で小さな辞儀をした。

右手でつかんだ蔓を加那が思いっきり引っ張る。頭上に伸びる枝のほうから葉が激しくこすれる音がした。もう一度引っ張ると、千切れる音とともに絡みあった蔓が落ちてきた。

「なにをするんですか」

「黙って見ていろ」

砂浜のほうまで広がっている蔓を巻き取りながら、加那が氷角に答えた。

頭上を覆っている木々が風に揺れている。木陰に座ると、それまでの暑さが嘘のように心地好《よ》い。海辺では暖かく感じられた風も、涼やかに澄んでいる。

「もうひと勝負だっ！」

闘っている二人のほうに目をむけた。朱舛のほうが真呉に詰め寄っているところを見ると、敗《ま》けたのは朱舛のほうらしい。

真呉が砂にまみれた衣を脱いだ。腰を沈め、体勢を低く取る。これが答えだと言わんばかりに、両腕を高く構えた。

朱舛が子供のように笑う。二人の肩と肩がぶつかり、そのまま互いの躰に腕を回して固まった。

「どうして男は、無駄なことが好きなのか」

白先がつぶやく。それを聞いた加那が、両手で器用に蔓を手繰りながら問う。

「お前は無駄が嫌いか」

「はい」

「答える言葉も無駄がないしな」

加那は笑う。その手元で幾本もの蔓が絡まりあい、円のような形を作っている。

「なにを作っているんですか」

「出来あがるまで待っていろ」

氷角の問いに淡々と答えると、加那は蔓から目を逸らさずに指を動かし続けた。

「白先」

「はい」

「お前は俺たちが好きか」

唐突な問いに白先が口籠った。微笑を浮かべた勝連の按司は、なおも問う。

「俺はお前のことが好きだ」

「なっ、なにを」

「氷角、お前もだろ」

突然のことに戸惑う氷角を、白先の鋭い視線が射た。加那が笑う。

「お前は素直だ。それが良い」

「止めてください」

滑らかな白先の眉間に皺が寄る。蔓を編む加那を見おろす瞳が、怒っていた。

「女だろうが男だろうが関係ない。お前は仲間だ白先。惚れた女などよりも、俺はお前のほうが何倍も好きだ」

氷角の脳裏に星歌の顔がよぎる。

「お前はどうして刀を持った」

それまでの流れを無視して、加那が唐突な問いを放つ。白先の目が、不意に海にむいた。視線の先にあるのは、朱舛と真呉の勝負をはしゃぎながら見つめる赤の姿だ。

「赤がなにか言ったか」

白先を見ずに、加那がつぶやいた。驚いた白先は、その時になって己が赤を見ていたことに気づいたらしく、海から目を逸らした。

「あ、あの方は関係ありません」

白先の声が少しだけ震えていた。

「私は女として生きるより、刀を持ったほうが性に合っている。そう思ったから、あの方にお仕えしているのです」

加那はそれ以上、立ち入らなかった。長いこと手繰っていた蔓が、いつの間にか蜘蛛の巣のような形に編みあげられている。

「なかなかのもんだろ」

網を両手で広げながら、加那が氷角を見た。

「なにをするんです」

「昔、話したことがあっただろ。母に捨てられて一人で生きていた時、蜘蛛の巣を見て網を思いついたって」

白先が首を傾げている。加那はそれ以上、生い立ちを語ろうとせず、網を持ち立ちあがった。

「さっき海に入ったら、浅い場所に魚が群れていた。あれを焼いて食ったら美味いぞ」

加那はすでに海へ歩きだしている。

「お前たちも来い」

沖にむかって瑠璃《るり》から紺へと緩やかに色を変えてゆく海へ、加那が駆けてゆく。

「不思議なお方だ」

遠ざかってゆく加那の背中を見つめる白先がつぶやいた。眩《まぶ》しそうに細めた目を、長い睫毛が覆っている。透き通った白い肌に揺れる漆黒の瞳があまりにも美しく、氷角はこれまで白先に感じたことのない気持ちを抱いた。

駄目だ。この人には赤がいる。そう己に言い聞かせた。黙っていると、白先がなおも語りかけてくる。

「按司になる前から、あの人はなにひとつ変わらない」

白先を見つめていると鼓動が激しくなるから、加那へと目をやった。すでに赤たちと合流している。朱舛と真呉もじゃれ合うのを止め、四人して海へと走りだす。

「あの人と阿麻和利様が出会ってよかった」

しみじみと語る白先の声は、驚くほど穏やかだった。

「白先」

「なんだ」

海に飛びこむ加那を二人して眺める。

「兄貴と阿麻和利様から始まったんだよな」

「そうだ」

やいた。


「氷角っ！　お前も来いっ！」

大声で言った赤が、波打ち際で跳ねながら手を振っている。その姿を見て白先がつぶやいた。

「私はあの二人のためならば死ねる」

「こんな時に不吉なことを言うな」

答えながら氷角は立ちあがった。白先が隣に並ぶ。

「さっさと来いっ」

叫ぶ赤の背後で、ずぶ濡れの網をつかんだ加那が海からあがってきた。海水がしたたり落ちる網のなかで、色とりどりの魚たちがひしめき合っている。

大漁だった。

*

焼けつく日差しのなか、輿《こし》に乗った二人の使者がゆるゆると降りてくる。見るからに高価な絹の衣に身を包んだ男たちは、居丈高な仕草で王の前に並んだ。この男たちはただの使者である。国に帰れば、小役人程度の存在だ。そんな二人に恭しく頭をさげる尚泰久に従い、金丸は形ばかりの辞儀をした。

首里城の正殿前に多くの人が集っている。臣下だけでなく、尚泰久の血縁者や琉球中の按司たち。この国を動かしている者たちが一人残らず集っていた。とうぜん護佐丸と阿麻和利の姿もある。

明の使者が携えてきたのは明王、景泰帝《けいたいてい》の国書だ。琉球が明に服従するならば、尚泰久が王であることを認めるという書である。明という強大な国に従属することで王として認めてもらい、大国の権威をもって王朝を持続させる。当然、代々の王たちも冊封を受けてきた。

気持ちが悪いくらいに白い顔の使者が、漆器の箱を勿体ぶった所作で開け、なかから文を取りだした。男が文書に辞儀をした。緊張した面持ちで見守っている尚泰久が、深く頭《こうべ》を垂れる。

たかが紙。そう思いながらも金丸は、周囲の官吏とともに頭をさげた。

小さな島国に生まれたことが悔しかった。明には膨大な陸と膨大な海があり、膨大な民がいる。この国とは比べものにもならないほどの金や食い物、そして豊潤な文化がある。

明とは如何《いか》なる国なのか。想像するだけで心が躍る。どれだけこの国で権力を極めようと、明の高官のような暮らしはできない。

己がちっぽけな存在に思えてくる。

冊封使は独特の抑揚をつけながら己の国の言葉で国書を読みあげてゆく。この中のいったいどれだけの者が、明の言葉を解しているのだろうか。当然、金丸は理解している。明と倭国《わこく》の言葉が理解できずに、琉球の王府の中枢になどいられるわけもない。

高慢な文言がちりばめられた国書を、甲高い声が延々と読みあげる。要はお前を王と認めるから、これからも従順にしていろというだけの書なのだ。しかし国という面倒なものが、言葉を幾重にも着飾らせ、本意を厚塗りの化粧で固めている。

従属というのは惨めなものだ。明の威光に縋《すが》らなければ、この国の王は按司をまとめることすらできない。

按司たちの群れのなかに金丸は目をやった。

護佐丸と阿麻和利。

琉球統一の功臣であり、按司たちの信望も篤い護佐丸と、琉球内にあって未だ独立したまま存続している勝連の按司。王家の権威を穢すことなくこの二人を葬ることができれば、按司らの叛意を完全にくじくことができる。

「っ!」

息を呑んだ。

金丸の気配に阿麻和利が気づいたのである。己にむけられる熱い視線を、阿麻和利が敏感に感じ取った。目が合ったまま、金丸はすかさず表情を緩めた。勝連按司は口許に小さな笑みを浮かべながら、誰にも気づかれぬほど浅く、辞儀をした。

聡《さと》い。

己の手足であったらと思う。この男が意のままに動いてくれるなら、尚泰久のような男を担ぎあげている意味はない。しかしそれは叶わぬ夢だ。阿麻和利という男を知るのがあまりにも遅すぎた。

互いに何者でもなかった頃に会いたかった。

「謹んでお受けいたします」

上ずった尚泰久王の声が広場に響いた。いつの間にか冊封使による国書の読みあげが終わっていた。これで尚泰久は晴れて明帝の庇護を受け、琉球の王として認められたのだ。

歓声があちこちからあがる。

晴れやかな笑みを浮かべる尚泰久は、この世の春を謳歌《おうか》していた。歓喜と自信が満ちた顔に、越来城にいたころの暗い影はない。

己はどうだ。

なにも変わっていない。

越来で腐っていた男を王にし、返しきれぬほどの恩を売り、いまや琉球内には己よりも立場が上の者など存在しない。それでも金丸の際限なき欲望は、涸《か》れることはない。

甘い美酒であろうと、女の妖艶な囁きだろうと潤すことのできない渇きが、心に巣食っている。

尚泰久が冊封使に深々と頭をさげた。慇懃な態度で応えている外つ国の使者たちの顔に、蔑みの色がうっすらと張りついている。必死に隠しているのだろうが、大国の驕《おご》りはどうやってもぬぐい去ることができない。

「いまに見ておれ」

使者たちにむかって悪意に満ちた言葉を吐く。他人を祝福することに必死の阿呆どもは、誰一人として聞いていなかった。


「本当に子を生《な》すことはないのだな」

尚泰久の詰問じみた言葉に、金丸は力強くうなずいた。

冊封の式典の翌日、各地の按司たちは首里城近辺に留まっている。

王の居室に金丸はいた。二人以外には誰もいない。しかし卓に並べられた盃は三つ。

尚泰久と金丸の盃には、使者が携えてきた外つ国の上等な酒が注がれている。

まだ王も手をつけていない盃を金丸は取った。そしてゆっくりと唇へと近づけてゆく。

何度呑んでも馴染《なじ》めない独特の芳香を放つ褐色の酒を、一気に喉へと流しこむ。刺すような刺激を喉の奥に感じる。腹に熱が灯《とも》った。呼気に異国の香りが混ざっている。やはり馴染めぬと改めて思った。

「あの男は茂知附を殺して勝連を手に入れた出自も定かではない男だぞ」

「屋良按司の子であるという噂もございます」

「あくまで噂であろう」

王の言う通りだ。阿麻和利の出自については確かなことはわかっていない。耳目にも調べさせている。北谷で生まれたらしいのだが、土地の者たちも阿麻和利のことを知らないという。尚泰久から屋良の按司に問うてもらったが、阿麻和利のような男は知らぬという答えが返ってきた。

「素性もわからぬ男に、踏揚をやるというのか」

「勝連を手懐《てなず》けるには、それしか道はございませぬ」

尚泰久が深い溜息とともに盃を取った。舐める程度を口にして卓に置く。どうやらこの男も、明の酒が馴染まないらしい。

「尚泰久王」

外から声がする。金丸は引き戸を小さく開いて顔を出した。顔が見えぬほどに頭をさげた王の従者の背後に、屈強な男が立っている。

「お待ちいたしておりましたぞ。さぁ中に」

従者を無視して阿麻和利に告げる。引き締まった顔で深くうなずくと、阿麻和利は従者の脇を抜けて戸の前に立った。

「王もお待ちです」

完全に引き戸を開いてうながす。

「おぉ、阿麻和利」

椅子から立ちあがった尚泰久が、不自然なほどに明るい声で言った。敷居をまたいだ勝連の按司が、王に平伏する。

「この度は無事に冊封を終えられたこと、祝着至極に存じまする」

「堅苦しい挨拶は良い。まぁ座れ」

にこやかに言ってはいるが、目が笑っていない。躰の軸がぶれぬ武人然とした身のこなしで、阿麻和利が椅子に座る。金丸は立ったまま阿麻和利の目の前にある盃に酒を注いだ。

「明の帝から送られた酒じゃ。そうそう呑める物ではないぞ」

勝連按司は盃を取ろうとはしない。

「内々のお話があると伺いました」

阿麻和利の顔が険しい。どんな無理難題を持ちかけられるのかと心配しているのだ。

金丸は阿麻和利の隣の椅子に座った。正面に尚泰久が座る。

「勝連は相変わらず賑わっておるようだの」

ほがらかな声で尚泰久が言うと、神妙な面持ちで阿麻和利が口を開いた。

「尚泰久王のお慈悲のおかげをもって、勝連は無事に治まっておりまする」

「酒は呑まぬのか」

「人並み程度ならば」

「ならばその酒を呑んでみよ」

阿麻和利は静々と盃を取った。そして一気に呷って一滴残らず腹中に納める。わずかに曇った顔がすぐに笑みへと変じた。豪胆な勝連按司は、王に熱い眼差しをむける。

「美味《うも》うございます」

「そうか美味いか」

素直な阿麻和利の言葉に、尚泰久の顔もほころぶ。あれほど強張っていた王の笑顔が、一瞬にして本心からのものとなった。

「王、そろそろ」

なごんだ雰囲気を引き締めるためにも、話を先に進めなければならない。金丸は尚泰久をうながした。

「阿麻和利よ」

琉球王が深く息を吸った。

「我が娘をもらって欲しい」

「そんな大事なことを一人で決めてきたのか」

加那をにらみつけて赤が問う。

＊

加那と赤、そして数名の護衛の者たちとともに、氷角は首里からの帰路にあった。氷角の馬が先頭を行き、その後ろを加那と赤の馬が進む。護衛の兵は後方を警護しつつ、二人の背後を歩いていた。

赤のぞんざいな物言いを聞いているのは、氷角と加那だけだ。

「王直々の申し出だ。断るわけにもゆくまい」

「たしかにお前の言う通りだがよ」

赤は納得しかねるといった様子で答える。

加那が尚泰久の娘である百度踏揚を娶《めと》ることになった。

氷角はこの踏揚という女のことをはっきりと覚えている。加那が勝連の按司となり、初めて首里城に登った時のことだ。本殿からの帰り道、一人の貴女に会った。美しい娘だと思った。穢れなき場所で育った無垢《むく》な心が顔立ちにまで顕れていて、身を包む美しい衣とあいまって、近づき難い神々しさを全身から放っていたのを今でもはっきりと覚えている。

　赤の尖った声が氷角を現実に呼び戻す。

「どうして王は自分の娘をお前に嫁がせる気になったんだろうな」

「よりいっそう、勝連との縁を繋ぎたいと王は申された」

「王家の力をもっと勝連に及ばせてぇ。俺にはそう聞こえるがな」

「物は考え様だ」

　二人の馬がどんどん速くなる。それにつられるように、氷角も馬を急かす。

　加那が先刻の言葉に繋げる。

「勝連の平穏を守るためには王の縁者になるというのは、またとない好機ではないか」

「そんなこたぁ、今更大仰に言われねぇでもわかってるぜ」

　なにが二人を急がせているのか。加那と赤の馬は、いまにも走りだそうとする勢いであった。

「たしかに王の義理の息子ってのは悪かねぇかもしれねぇな」

　赤が手綱をつかんだまま加那のほうへと身を乗り出す。

「そしたらお前は、王位を継承する権利を得るってこった」

　悪辣な笑みを浮かべながら、赤が鞍へ腰を落ち着ける。

「お前ぇが腹括ってんなら、もうとやかく言わねぇ。この話、乗ってやろうじゃねぇか」

「お前は何様だ」

「阿麻和利という大莫迦野郎の一の親友だ」

勝連を目指して進む。

「王位継承者か。ふふふ」

赤の不敵な笑みに、加那が応える。

「そういうことだ」

「こいつぁ面白くなってきたぜっ！」

氷角は肩越しに背後を見た。赤の馬が天にむかって嘶《いなな》いていた。

*

「これは俺が昔から使っている男だ。琉球中にみずからの手下をばらまき、俺にさまざまなことを教えてくれる」

椅子に深々と腰をおろした金丸が言うのを、鬼大城は立ったまま聞いた。昔から横柄であったこの小男は、最近とみに高慢さが増している。大城を見る目つきも、冷酷を通り越して無感情であった。

「俺は耳目と呼んでいる」

金丸は、そばに侍《はべ》る男を己が顎で示しながら言った。みずからを紹介されているというのに、男は指一本動かさない。大城を見つめたまま、じっとしている。

近寄りたくはない男だった。

「これからはこの男の使いが、お前に接触することになる。耳目の使者は俺の名代だ」

この国に己より偉い者はいないとでも言わんばかりの態度で、金丸が告げる。

尚泰久王が冊封を終え、押しも押されもせぬ琉球の王となった。その彼を王の位に就かせたのは、たしかに目の前の金丸だ。王はこの男に返しきれぬほどの恩がある。位ではなく本質的な力という意味においてならば、たしかに尚泰久よりも金丸のほうが上であることを大城も否定できない。

「わかったな」

金丸が眉根を寄せる。

「この者の使者であることを、私はどうやって知ればよいのでしょう」

「心配するな。わかるように近づいて来る」

「私はなにを語れば良いのでございまするか」

「勝連城内のすべてだ」

そう金丸が言った時、初めて耳目の右の眉がわずかに揺れた。

なんとなく読めた。

「その耳目という男の手下たちは琉球中に散らばっておるのでしょう。私などが報せずとも、勝連城内に忍び込ませた者から直接聞けばよろしかろう」

「舐めておるのか俺を」

金丸の目が据わった。華奢《きゃしゃ》な躰に殺気が満ちる。

「鬼大城よ」

大城は黙ったまま言葉を待つ。

「今度の踏揚姫と阿麻和利の婚姻は何のためにあると心得ておる」

「首里と勝連の絆をより強固なものにするためにござります」

金丸が鼻で笑う。

まがりなりにも大城は、尚泰久王の信頼を得て、踏揚姫の警護を一身に任されている。戦ともなれば将として前線に立ち、兵を率いる身だ。たとえ金丸が王の腹心であろうと、このような無礼を働かれる謂《いわ》れはない。

「その程度の了見で、ようも鬼大城などと名乗れたものだ」

「無礼ではございませぬか」

「無礼とは目上の者が目下の者に使う言葉ぞ」

怒気をこめた大城の言葉にも、金丸は動じない。

「今回の婚姻の要は、お前なのだぞ鬼大城」

どうして百度踏揚と阿麻和利の婚姻が己に関わってくるのか、大城にはまったく理解できない。たしかに踏揚の従者として、勝連へと行くことにはなっている。それは、王が己を信頼してくれているからだと思っていた。溺愛している踏揚を任せられるのは、鬼大城しかいないと思ってくれたからこそ、大役を命じてくれたのではなかったのか。

「首里と勝連の絆だと。笑わせるな」

金丸が吐き捨てた。

「なぜ私が」

昂ぶる感情を必死に押しこめ吐きだした声が、力をこめた喉のせいでかすれていた。

「金丸殿」

椅子にふんぞり返った金丸が、こちらを見ている。座っているから視線は大城のほうが高い。なのにこの無礼な文官は、顎を突きだし、見下すようにしてこちらを見つめている。

「これ以上の無礼には」

「耐えられぬと申すか」

耳目の肩がわずかに持ちあがる。あまりにも小さな動きだったが、それがこの男の戦いの準備だとすると、なかなかの手練《てだ》れである。得物はない。しかしどこかに隠しているはずだ。いっぽう大城はなにも持っていない。

金丸という男はすべてを整えてから動く男だ。大城を部屋に呼び、こうしてあからさまな挑発をしていること自体が、勝ちを確信しての行為なのだ。勝算の根幹が、隣に侍る耳目なのである。

大城は目を閉じ、腹の底まで息を吸う。ゆっくりと吐くのに合わせて、瞼を開いてゆく。落ち着けと心に念じる。いまはこの男に逆らう時ではない。

「お教えいただきたい。今回の姫の婚姻が、何故私に関わると申されるのか」

このような男に奸智で勝ろうとすること自体が愚かなのだと悟った。本心からの言葉で、相対する。

「お頼みいたします。なにとぞお教えいただきたい」

「城の隙、人の隙。そして阿麻和利がなにを考え、なにを好み、如何なることを嫌うのか。つぶさに探るのだ」

「金丸様は首里と勝連の仲をどうなされるおつもりなのです」

「お前が気を揉むことではない」

「もうひとつだけお教えいただけませぬか」

この答え次第で己の立場が定まる。大城は意を決して問うた。

「姫と阿麻和利を夫婦《めおと》にせんとお考えになられたのも金丸様なのでしょうか」

「無論」

この男は勝連の内情を知るためだけに、姫の人生を弄《もてあそ》んだのだ。

「己が役目、しかと胸に刻み込んだか」

深々と辞儀をしながら、大城は身中にみなぎる激しい怒りと戦っていた。

＊

「違いますっ！」

星歌の怒鳴り声が、家の外で待つ氷角の耳にまで届いた。めったに感情をあらわにしない彼女の激しい言葉に、腰をかけていた縁から思わず立ちあがり身を乗りだす。戸を開こうとしたところで思いとどまった。相手をしているのは加那である。星歌に危害を加えるはずもない。ただの痴話喧嘩だ。

腰を落とし庭に目をやった。真っ赤な花が月に照らされている。夜になってもなお暑い勝連の夜に一陣の風が吹き、汗ばんだ氷角の頬を撫でた。

「悋気《りんき》などではありませんっ！」

怒気をはらんだ声がまた聞こえた。

「ならば何故、そんな事を言うのだ」

ついに加那の声まで聞こえてきた。

星歌は〝悋気〟と言った。

おそらく加那が、百度踏揚との婚姻を告げたのだ。そして、星歌が婚姻を否定するようなことを言ったのであろう。それを加那が悋気と断じた。

星歌が怒るのは無理もないと氷角は思う。

加那が按司になる前から、二人が男女の仲だったことは、氷角が誰よりも知っている。加那が星歌の家を訪ねる時は、氷角以外の者は連れて来ない。一刻、長い時は二刻あまり、家の外で待たされた。それが三年ほども続いているのだ。按司となっても加那は、逢瀬《おうせ》を止めなかった。星歌以外に女はいないのだ。

「あなたの行く末が見えたのです」

依然として星歌の口調は激しい。

「どんな行く末だ」

加那の口調も激しい。激昂する星歌の耳に届けるために、わざと声を荒らげている。

「あなたの隣に別の女が見えました」

「王の娘だ」

「それを聞いて納得がいきました。あなたが申される通り、高貴な女の人でしたもの」

やはり踏揚のことを話している。

星歌は巫女だ。加那の行く末を見たというが、いったいどのような幻を見たのだろうか。目に見えない物を信じない氷角であるが、この女ならばひょっとしたらと思うようになっている。なにがあったというわけでもない。星歌の挙措や目つき、物言いや氷角と接する時の態度などから、自然とそう思うのだ。

氷角がこう動こうと考えれば、その前にそっと手を差し伸べている。例えば喉が渇いたと思った瞬間に、用意していたかのように白湯が出てくる。こう言おうと思った次の瞬間には、星歌の答えが返ってくる。星歌と相対していると、自分の心を見透かされているような心地であった。

星歌が見たという加那の行く末が無性に気になる。気づけば氷角は、障子戸のむこうに聞き耳を立てていた。

「その女と夫婦になるのは止めたほうが良い」

「まだ言うか」

「その女は不幸とともに勝連にやってくる」

「俺を不幸にするために姫は来るというのか」

不吉な星歌の言葉に思わず息を呑んだ。あの神々しい姫が、加那を不幸にする。信じたくはない。が、漠然とだが氷角は星歌の言葉に納得していた。

なんとなく……。

あの美しい琉球王の娘は不吉な匂いがする。

「お願いです。これっきり私と会わなくてもいいから、婚姻を取りやめてくださいっ！」

「お前と姫は関係ないと言ったではないか。姫を妻にしても、俺はお前のことを遠ざけるつもりはない」

「悋気ではないのです。本心からの頼みなのです。私を斬ってくださっても構いません。だから、その女だけはっ！」

星歌がここまで激情をほとばしらせるとは思ってもみなかった。

「いったいどうしたというのだ」

どうやら阿麻和利も同様の想いを抱いたようだった。

巫女の感情は止まらない。

「お願いですっ！　どうか、どうか……」

哀願する。

「いったいなにを見たというのだ」

「あなたは」

そこで星歌がわずかに口籠った。氷角の背筋を冷たい物が流れる。

「その女に殺される」

人の物とは思えぬ冷え冷えとした声が、熱気をはらんだ月夜に溶ける。

三日後、氷角と加那は星歌が崖から身を投げたことを知った。


勝連城はどこもかしこも騒々しかった。笛や太鼓がそこら中で鳴っている。城内は酒の匂いで満ち、誰もが浮かれ顔である。陽気な笑い声と話し声が、掻き鳴らされる楽器の音と同じくらいの量で聞こえていた。

氷角は人々が歓喜でわきたつ只中にいる。

見つめる先には今日の主役が座っていた。

本丸の前庭に築かれた宴席の場の一番奥で、百度踏揚姫は少し緊張した面持ちの顔を伏せている。その隣に加那の姿があった。酒を呑む重臣たちを、笑顔で眺めている。

今日の警護は真呉が務めていた。せっかくの祝いであるから堅苦しいことは忘れて心ゆくまで楽しめと、真呉が言ってくれた。そして半ば強引に、警護の任を交代させられた。

浜で誘われてからというもの、五日に一度、真呉に稽古をつけてもらっている。避けることに天賦の才があり、それを伸ばす稽古ということで、真呉が知っている限りの刀や長物での攻撃法を繰りだし、それを避けるということを延々と繰り返している。真呉も本気でくるから、気を抜けば容赦ない打ちこみが炸裂《さくれつ》し、三日くらいは痛みが消えない。

稽古をして改めて真呉の強さを痛感している。剣の腕は随一の白先が剣で戦ったとしても、どちらが勝つかわからない。それほど真呉は強い。

いままでは真呉との時間は、かけがえのないものとなっている。赤の講釈の時間は、いつまで経ってもつまらないままなのだが。

皆が騒いでいる。

赤も朱弁も、あの白先までもが酒で顔を赤らめながら笑っていた。それなのに氷角は素直に楽しめないでいる。

死んだ星歌の言葉が気になっていた。

踏揚が不幸をもたらすという命懸けの叫びが、耳にこびりついて離れない。だから皆と離れ、庭の隅にいた。石垣に背を預けながらぼんやりと宴を眺めている。

胸の袋を手にしていた。落ち着かなくなると、なぜだかこうして袋を握っている。中に入った外つ国の銭が、思いもよらぬ力を与えてくれるような気がするのだ。気休めであることは承知しているが、莫迦莫迦しいと思いながらも止められない。

「たしか首里城でお会いしましたな」

とつぜん声をかけられ、肩がわずかに揺れた。袋を衣の裡にしまい、声のしたほうを見ると、男が隣に立っていた。松明に照らされた顔を見て、氷角は思いだす。踏揚の警護をしていた武人だ。

「大城と申しまする」

「氷角です」

宴席である。改まった挨拶をする必要もないと判断した。軽く頭をさげた。大城もそれにならって簡素な辞儀のみで挨拶を終える。

「踏揚様の従者として、この城に務めることとなりました」

「そうですか」

淡々と答えた。

「氷角殿は普段はなにを」

「阿麻和利様の警護をしております」

「今宵はあの方が」

「真呉といいます」

「真呉殿」

大城がつぶやいた。

「この城には面白そうな方々がたくさんおられる」

まるで独り言のように大城が語る。

「あの方とあの方」

指さしたのは赤とその隣で笑う白先だ。

「そしてあの方」

屋慶名の頃からの仲間たちと酒を呑む朱舛。

「真呉殿」

言った大城が不意に氷角のほうを見た。

「そして氷角殿」

口許に浮かぶ笑みが薄気味悪い。

「本当に楽しめそうだ」

「どういう意味です」

「私は強い者に目がありませんでな」

白目がやけに輝く目で正面から見据えられ、氷角は思わず息を呑む。大城と名乗った男がまとう覇気に、心よりも早く躰が反応している。

「なにとぞ、よしなに」

「こちらこそ」

答えながら笑った氷角の顔は、己でも驚くほど強張っていた。

第三章　動乱《どうらん》

「城を築く……。私がでございますか」

阿麻和利が問うた。

高官の列の先頭で、金丸は勝連按司の浮かぬ顔を見つめている。玉座から阿麻和利を見おろす尚泰久の顔には、笑みが浮かんでいた。機嫌良さそうに見えるが、皮一枚下は笑っていない。それは金丸だからこそわかることで、阿麻和利も高官も気づいていない。

「伊平屋島《いへやじま》は知っておるか」

問うた尚泰久に阿麻和利がうなずく。

「琉球の北西にある島であることは知っておりますが、それ以上はなにも」

「そうであろう、そうであろう」

尚泰久が大袈裟に首を上下させた。これ見よがしに高揚した声を発しているのは、真意を見透かされたくないためである。この男の心にある想いはただひとつだ。できるだけ長い時間、阿麻和利を踏揚から遠ざける。たったそれだけのために、尚泰久は辺鄙《へんぴ》な島に城を築くという無駄な命を下した。といっても、具体的な場所の選定や手配などはすべて金丸が行ったのだが。

「あの島のまわりは、倭寇《わこう》どもの稼ぎ場になっておる。島に城を築いて兵を入れ、警護にあたらせることにした」

「何故、私なのでしょうか」

阿麻和利は乗り気ではない。さもありなんと金丸も思う。勝連は琉球中部の東海岸に位置している。北西の海のむこうにある伊平屋島とは縁も所縁《ゆかり》もない。多くの按司がいるなかで、阿麻和利が選ばれる理由がないのだ。

しかし、そこもぬかりはない。

「娘婿であるお主だからこそ命じるのだ」

王の婿であるからこそ頼むと言われ、実直な阿麻和利は断れない。案の定、屈強な勝連按司は、王が婿と呼んだと同時に顔にわずかな逡巡《しゅんじゅん》をめぐらせた。

「この築城は我が国にとって大きな意味のあるものじゃ。信頼のおけぬ者に任せるわけにはいかぬ。信望と財力、そのどちらも兼ね備えておる者でなければ、今回の築城はやり遂げることはできぬ」

阿麻和利が顔を伏せた。王の熱意に自然と頭がさがった。そんな素振りである。

「やってくれるな」

「そこまでのお言葉を頂きながら、断ることなどできませぬ」

「それでこそ勝連の阿麻和利じゃ」

尚泰久が両手を鳴らす。喜びを全身で表すことで、阿麻和利の心をすこしでも和らげるつもりなのだ。

「頼りにしておるぞ阿麻和利」

空々しいやり取りに、金丸の口角は自然と吊りあがっていた。

*

眼下に見える勝連の地を、大城は石垣の上から眺めていた。

なだらかに下ってゆく緑深き陸地が、紺碧の海へと伸びている。蒼き水面は緩やかに湾曲しながら東方へとつづき、勝連の地が半島であることを大城に知らしめる。

深い溜息をひとつ吐く。

夏の灼けた気が鼻と口から腹へと下ってゆく。それを吐きだすころには、額にうっすらと汗をかいていた。

百度踏揚とともに勝連に入ってひと月あまりが過ぎようとしている。姫は体調が優れぬといって、未だに阿麻和利と床をともにしていない。そうこうするうちに阿麻和利は首里城に呼ばれ、伊平屋島の築城を命じられた。いまはその準備の真っ最中である。城は上を下への大騒ぎで、阿麻和利も姫と睦《むつ》みあうような暇はなかった。

それもこれも金丸の策略である。最初からあの男は、姫と阿麻和利を結びつける気はなかった。いや、金丸自身は二人がどうなろうと知ったことではなかったはず。この縁談に乗り気でなかった尚泰久王のため、仕方なく手を打っただけの話であろう。

ひと月の間、大城は見ることに心血を注いだ。従者の務めを果たしながら、療養のためにと姫を部屋の外に連れだし、城内はおろか城外まで足を延ばした。城の地勢、石垣の高さ。本丸や城郭の詳細や知りうる限りの部屋割り。どれだけの人数の者が城に務め、また住んでいるのか。男は何人、女はどれだけ。城下の道の巡り、起伏の有無から傾斜まで。

知れたのは、勝連城は守るに易《やす》く、攻めるに難いということだ。

城の造りだけではない。阿麻和利を中心とした男たちの結束の強さが、ここをよりいっそう攻め難い城にしている。

琉球一の武人を目指す大城にとって、そそられる城であることは間違いない。首里城で姫を守っていたころにはなかった高揚が、躰を支配している。このひと月、大城のなかに眠る武人の血が休むことはなかった。張りつめた環境にあることを、心身が喜んでいる。

「なにしてんだよ」

石垣の下から声がした。聞き慣れた声だ。大城は振り返って見おろした。

「これは赤殿」

言いながら石垣から降りようとする。石垣を見あげる赤が、掌を突きだして制する。そして、軽快な身のこなしで石垣に登ってきた。大城の隣に並び、眼下に広がる緑と蒼で彩られた景色を見おろした。

「踏揚様のお加減はどうだ」

気さくな口調で赤が問う。阿麻和利の片腕と呼ばれるこの男は、どんな時でも肩の力が抜けている。公の場で文官たちと語らいあっている時など、つまらなそうな態度を隠そうともしない。それでも誰もがこの男を認めている。なんとも不思議な男だった。

「首里を離れ、気落ちなされておるご様子」

「大きな病にならなきゃ良いがな」

気安い態度で語る赤が空を見た。女のように長い睫毛の下にある大きな瞳が見定める先に、鳥が舞っている。

「阿麻和利は五日後に島にむかう。が、主が留守でも、この城はなにも変わらねぇぜ」

意味がわからず、大城は赤を見る。鳥を見ていた目が、いつの間にか己にむいていた。男であるとわかっていても、正面から見据えられるとどきりとするほど、端整な顔立ちである。

「お前、なにこそこそ調べ回ってんだ」

軽快な口調から一変、重々しい声だ。

気づかれていた。

つとめて平静を装いながら顔を引き締める。真っ直ぐに赤を見つめて、言葉を選ぶ。

「なんのことか、私には」

「とぼけんのか」

間合いを詰めてきた。腕と腕が触れ合う距離で、赤が囁く。

「矢が方々からお前を狙ってる。ちょっとでも妙な動きをすればどうなるか」

「私を殺すと」

「妙な動きをすればな」

大城を見つめる赤の目は、日頃の緩みきったものではない。穏やかな視線の奥に秘めた揺るぎない殺気を、大城はひしひしと感じていた。自分も多くの人を殺《あや》めてきたはずなのに、赤の視線に薄ら寒さを覚える。この男の本気に、気圧されているのだ。

静かな戦だった。

「赤殿にお聞きしたい」

「なんだ」

赤が合図を出せば、大城は矢の餌食となる。逃げるためには石垣を飛び降りるしかない。しかし急峻《きゅうしゅん》な崖の上に建つ勝連城の石垣は、飛び降りて無事でいられる高さではなかった。運よく生きていられたとしても、首里まで逃げきれる力は残らない。それに、己だけが逃げれば済む問題でもなかった。城には踏揚が残っている。大城が逃げた後、踏揚が無事であるという保証はなかった。

意を決して赤に問う。

「私が不穏な動きをしていたとして、それはいったい誰のためにでござりましょう」

「お前は何処から来たのか。それが答えだろ」

この男は首里王府を疑っている。

「赤殿は王をお疑いか」

「阿麻和利の敵になる奴は誰だって見過ごしちゃおけねぇ」

毅然とした答えに大城は息を呑んだ。赤の主は首里にいる王ではない。阿麻和利が、この男の唯一無二の主なのだ。

己はそれほどの決意をもって尚泰久王に仕えているのか。

「目が泳いでるぜ」

「信じてもらえませぬか」

苦渋に満ちた声を吐く。殺気に満ちた視線から目を逸らし、赤の胸に髪が触れるほど深く頭をさげる。

「私はただ姫をお守りしたいという一心のみで生きておりまする。他意はござりませぬ。もし赤殿に疑われるような行いをなしておったというのなら、この通り謝りまする。どうか今回だけは見逃してもらいたい。これ以降、赤殿に疑われるような動きはいたしませぬ故」

「なんで疑われたのかわかってんのか」

「姫をお守りするため方々へ目をやり、時には一人で城内をめぐっておったことくらいしか、思い当たるものはござりませぬ」

赤が黙った。頭をさげたままひたすら待つ。石垣から風が吹きあげた。躰を揺らされるほどの強烈な力にも、大城はじっと耐える。

「冗談だよ」

赤の口調が気楽なものに変わった。そっと頭をあげる。赤は笑っていた。

「お前が疑わしいと言ってた奴がいたんで、ちょっとかまをかけてみたんだ。許せ」

「いえ、私のほうこそ疑われるような真似をいたしたことを悔いておりまする」

「気にすんな」

赤が石垣を飛び降りた。

「この城は他所者《よそもの》が極端に少ねぇから、お前の図体《ずうたい》は目立つのさ。姫のこと頼んだぜ」

「有難きお言葉」

「もっと気楽に接してくれよ、仲間だろ」

手を振った赤の目は笑っていなかった。

＊

濃い木々の匂いのなか、氷角は汗みずくになりながら躰を動かし続ける。切りだされた樹木を斜面に沿って押し上げてゆく。数人がかりだ。周囲ではむさくるしい男たちが半ば裸になりながら、一心不乱に働いていた。

伊平屋島。田名《だな》と呼ばれる集落の北にある後岳《くしだけ》である。加那はここに城を築くことにした。もちろん一人で決断したわけではない。首里王府の勧めと、築城の技を持つ者たちの意見を聞いた結果であった。

城を築く者たちは、護佐丸から借りてきた。

尚家が琉球を統一した後、護佐丸は二度支配地を変えた。座喜味《ざきみ》と中城である。その都度、新たな城を築き、いずれもが見事なものであるという。護佐丸の造った城がどのようなものかを知りもしないし、もし見たとしても価値などわかりはしない。すべて加那から聞かされたことだ。

伊平屋島に築城を命じられると、加那はすぐさま護佐丸に使いをだした。築城の名手を数人貸して欲しいという願いである。護佐丸は快く了承してくれた。

城地を後岳に決め、実際に動きだしてからは、護佐丸の貸してくれた者たちが先頭に立って働いてくれている。勝連から来た氷角たちは、彼らの指示に従って動いていた。

城を造るということは単純な力作業の集積である。頭よりも躰を動かすことを求められる。頭を使うのは中城の男たちを束ねる老人と、その右腕のような若い男、そしてすべての判断を任されている加那の三人のみ。あとの者は、指示に従ってひたすら体を動かす。

勝連から来ているのは、主に屋慶名時代からの赤の手下たちであった。阿麻和利の側近では、氷角以外は朱舛が島に入っている。一番大きな力となっているのは島の男たちだ。琉球本島の周辺にある島々には按司のような者はおらず、王府や本島の按司たちの支配を受けている。そのため人手のいる仕事ができると、王府や按司から強引に招集され働かされることになっていた。それもこの島に来て初めて知ったことだ。

氷角とともに木材を運んでいる者たちも、島の若い男たちである。

城地を選定したからといって、すぐに城を築けるわけではない。山は草木が生い茂り、頂に登ることすらひと苦労なのだ。まずは敷地の木々を伐《き》る。そしてそれを木材として利用するのだ。整地と資材の調達をいっぺんにやってしまうのである。もちろん中城の老人の指導で決められた作業であった。

「倒れるぞぉぉぉぉっ！」

未だ整えられず、でこぼこしている斜面を登る氷角の耳に、ひときわ威勢の良い声が聞こえてきた。大声は林立する木々に響いて割れ、氷角に届くころには、同じ声が三つ四つ折り重なるようにして聞こえる。それがなにより不快だった。

朱舛だ。

野卑で粗暴な大声は、疲れた躰にこたえる。いくら働いても衰えない朱舛は、誰よりも活躍していた。木を伐らせれば人の倍を、木材を運ばせれば共に運ぶ者が楽をするほど一人でずんずん登ってゆく。中城の老人からも特に目をかけられ、島の男たちの信頼も得ている。みずからの居場所を見つけたかのように、朱舛は毎日嬉々として働いていた。

いまのは大木を伐り倒した雄叫《おたけ》びである。木を伐る度に叫ぶ。あと半刻もすればまたあの咆哮が聞こえるはずだ。朱舛が獣じみた声を発するたびに、男たちは微笑みを浮かべる。そして、自分も朱舛に負けぬよう頑張らねばと励む。皆が朱舛に勇気づけられ、先の見えない仕事に全力で取り組んでいた。

いっぽうの氷角は、いつまでたっても慣れない。

伐られた木を、山頂の広場に持ってゆくだけの単調な作業を何日も続けている。運び終われば斜面を下り、新たな木を皆で運ぶ。夜は加那の寝所を警護するため、寝ることができるのはわずかな時間のみ。朝は皆よりも遅く始められるように加那が取り計らってくれはしたが、それでも疲れは癒えない。

中城の老人の話では、城ができあがるのは二、三年先であるとのこと。それまで己の体と心が持つか。正直不安だった。

まだ島に来て一週間あまりなのだが、すでに勝連が恋しい。こんな先の見えない仕事を続けるくらいなら、赤の小難しい講釈を聞いているほうが何倍もましだ。真呉の手ほどきを受けたくてたまらない。

島に来て活き活きとしている朱舛が恨めしくて仕方がなかった。だから、あの雄叫びを聞くと気が滅入《めい》り、疲れが増す。

ただひたすらに木々を運んでいると、感情が消え失せ、己を見つめ始める。

己にはいったいなにができるのか。勝連では赤の講釈がいっこうに頭に入らない。これではいつまでたっても政に携わる仕事はできない。剣の腕だって真呉のほうが己より何倍も上だ。島に来たら来たで、いつまでたっても仕事に馴染めない。

どこに行ってなにをしても、しっくりとくるものを見つけられない。己にはなんの価値もないと思えてくる。

加那のそばにはいたいと思う。彼の行く末を見届けたい。しかしそれを許されるだけの価値が、己にはあるのだろうか。

そんなことを考えていると、指が自然と胸元の袋に行く。いっそすべてを投げ出して、海の果てを目指すか。

甘い誘惑が、氷角の心を揺さぶる。

「今日はここまで」

中城の男が叫ぶ声を聞き、氷角は袋を強く握りしめた。

＊

尻がずり落ちるのではと思うほどに椅子にもたれかかった尚泰久の冷やかな目が、金丸を見つめている。

「今日はなにを言いにきた。もう嫁に出すような娘もおらんぞ」

皮肉めいた言葉を吐きながら、尚泰久が目を逸らした。これ見よがしな嫌悪を浴びせておきながら、後悔している。そんな態度だ。

「ご気分が優れませぬか」

皮肉を投げた。王は鼻で笑っただけで、金丸を見ようともしない。

己を嫌っている。首里城に入ったころから感じてはいたが、冊封を終えてからは特に顕著になった。

王のなかで金丸への嫌悪を決定づけたのは、娘の婚姻であろう。越来にいたころから猫可愛《ねこかわい》がりしていた娘の嫁ぎ先を、金丸に決められたことが口惜しかったのだ。

王になったことで日に日に強くなっていく傲慢さと、己に過度な追従をしない金丸の以前と変わらぬ振る舞い。日増しに激しくなってゆく感情のずれが、限界を超えたのだ。

だからといって急にへりくだるつもりはない。これまで十二分に務めを果たしてきたつもりだ。阿諛追従《あゆついしょう》の言葉を吐き散らすのは金丸の務めではない。

「中城を」

金丸が切りだすと、尚泰久の目つきがいっそう険しくなった。

「娘の次は舅を奪うつもりか」

吐き捨てる声が熱を帯びる。

「本心から申されておられまするか」

「本心じゃ」

「では伺いまする」

金丸は目を伏せ、礼をし、口を開いた。

「このまま護佐丸が老いて死ぬまで黙っておられるおつもりですか」

「なんだと」

「琉球統一に比肩しうる功など、いまのこの国にはございませぬ」

「尚巴志の息子である我よりも、護佐丸のほうが上であると申すか」

「それが現実」

尚泰久が荒い鼻息をひとつ吐いた。

構わず続ける。

「護佐丸が死するのを待っておっても、王にはなんの益もございませぬ」

「それ故に討つと申すか」

金丸は静かにうなずいた。

「護佐丸に謀反の疑いあり。それだけで彼の者の評判は地に堕《お》ちる」

按司どもは冊封が終わり、尚泰久を王と認めたとはいえ、心から従っているとはいい難い。しかし護佐丸を誅すれば、きっと態度は変わる。護佐丸にむけられている按司たちの想いを奪うことで、やはり首里王府こそが最上であると思うはずだ。

尚泰久がため息を吐く。わずかに乗り出していた躰を、ふたたび深く椅子に落とす。

「お前はどれだけ殺せば気が済むのじゃ」

力ない口調で尚泰久が問う。

「我が兄と甥が相争うのを止めもせず、この城が落ちると同時に兄を殺した」

そうして尚泰久は王になったのだ。

「今度は護佐丸じゃ。それが終わったら次はどうする。阿麻和利を殺すか」

護佐丸が死ぬことで按司たちの信望が増し、阿麻和利が死ぬことで勝連が手に入り踏揚も帰ってくる。尚泰久にとって利のある話ばかりではないか。それのなにが不服なのか。

「朕はもう疲れた」

尚泰久は目を逸らした。金丸は目を逸らすことなく王を圧す。

「まだなにも終わってはおりませぬ」

「もうよい」

王の右手があがる。

「しばらくこの部屋に来ることを禁じる。政に関しては常真《じょうしん》で事足りる」

甲を見せるようにして王が掌を振った。去れという合図である。

常真。尚泰久が王になる前から首里城にいた文官である。手堅いだけが取り柄の、面白味のない男だ。

「尚泰久様」

「去れ金丸。朕はお主を罰したくはない」

苦痛が滲む王の目が金丸を射る。

「承知いたしました」

「立場は変えぬ。職も解かぬ。お主はいつまでも朕の右腕じゃ」

体面を気にする尚泰久らしいやり口である。礼も追従も述べず、金丸は辞した。

＊

唐突に語りかけられ、大城は息を呑んだ。そしてみずからのわかり易い態度に気づき、焦る心を落ち着けながら周囲をうかがう。己を見張るような視線は感じなかった。しかしそれでも気は抜かない。

「耳目様の使いにござります」

目の前で女中たちと笑っている踏揚さえ気づかぬほどの小声で、老婆が囁く。

城下を散策している最中、足が疲れたといった姫の求めに応じて百姓の家の縁を借りている。この家を選んだのは女中であった。思いつきとしか思えない。しかし姫に白湯を持ってきた老婆は、女中たちに配り終えると、最後に大城へ椀《わん》を差しだし、耳元でそっと語りかけてきた。あまりにも自然すぎて、思わず飛び上がりそうになった。

金丸の手の者だ。大城が勝連に来て半年が過ぎている。半ば忘れかけていた者がついに来たのだ。

しかしこの接近はあまりに危うい。

赤は大城のことを怪しんでいる。勝連に来て間もない頃、釘《くぎ》を刺されている。もし怪しい動きをすれば、大城を殺すと赤は言った。

王を敵に回すことになろうと、赤は阿麻和利のために戦うつもりだ。阿麻和利を守るためならば、あの男は王だって殺すだろう。

半年間、大城は細心の注意を払い生きてきた。勝連城にある時はいっさい気をゆるめず、つねに何者かの視線があることを自覚しながら姫に従っている。

「この半年で鬼大城様が見聞きなされたことを、耳目様が知りたがっておられまする」

老婆は大城の背後から離れず囁く。〝鬼〟という大城の異名をわざとつけた老婆の悪意が、鼻についた。

「城の内部、阿麻和利の近臣たち、勝連の内情。このあたりのことをとくに知りたがっておられまする」

「離れろ」

抑えた声で大城は言った。目は姫にむけたままである。女たちは大城と老婆など見もせずに語らいあっていた。

老婆の不穏な気配を背中に感じる。離れろといった意味に気づいていない様子だった。

「どこで誰に見られておるかわからぬ。それ故、離れろと言った。これでもわからぬか」

老婆が息を呑む。しかし尻はまだ大城の座る縁につけられたまま。重ねた歳が老婆を鈍化させたのか、それとも耳目の手下は所詮この程度の者たちなのか。答えを知る術はない。ただ苛立ちだけが募る。

「私からいったん離れろ。折を見てから白湯の代わりを姫に持って来い。そしてまた私の元に来るのだ」

「しょ、承知いたしました」

やっと老婆が離れた。

白湯を手に取り、ゆっくりと口に運ぶ。生温い湯が舌をうるおし、腹へと沈んでゆく。

「どこまでも気の利かぬ奴め」

大城は考える。どうすれば耳目の手下を遠ざけることができるか。そして同時に金丸の望みを叶えることができるかを。

家の奥へと消えていた老婆がさりげない仕草で縁へと現れた。なにもありませんのでと断わりを入れながら、姫や女たちへ白湯の代わりを持ってくる。老婆の好意に感謝の意を述べ、女たちはまた喋《しゃべ》り始めた。

「白湯のお代わりをお持ちいたしました」

先刻と寸分たがわぬ場所に老婆が座った。

「大城様」

「老婆よ」

声を吐こうとしていた老婆の機先を制する。視線は石塀のむこうにある、がじゅまるの林にむけたまま。もし人が潜んでいるとすれば、あのあたりだと見当をつける。老婆と語りながらも、全身の気を集中して塀のむこうの気配を探る。なにも感じない。が、当然むこうも息を潜めているはず。感じられないからといっていないとは限らない。

言葉を中途で止められた老婆が、大城を待っていた。この短い間に導きだした結論を、嚙み砕くようにして舌に乗せる。

「阿麻和利の側近に赤という男がおる」

「屋慶名の」

「相槌はいらん。黙って聞け」

大城はさらに声をひそめて続けた。

「この男が私を怪しんでおる。勝連城に入って間もなく、釘を刺してきおった」

この件に関しては悔いが残るところはあった。王の娘との婚儀である。勝連の者たちは浮かれていると思っていた。それが油断だった。見抜けなかった己の浅慮を恥じる。

「金丸殿の目論見《もくろみ》を、あの男はすでに見抜いておるやもしれん。確証はない。が、奴が不審を抱いておるのは確かだ」

老婆の緊張した気配が背中に伝わって来る。愚かな下僕の恐怖など気にもとめず、大城は続ける。

「このように不用意に接触するのは危うい。耳目殿への報告はこれっきりにしてもらう」

「し、しかし」

思わずといった様子で老婆が声を吐いたが無視して語る。

「勝連のことはすべて私の頭に刻みつける。それ故、ほかの者の城の探査はこれより先は不要。報告もいっさいいたさぬ。我らが接触するのはただ一度。それは金丸殿が勝連との一戦を決意なされた時じゃ。それを合図に私は姫を連れて城を抜ける。なにがあっても首里城に辿りつき、金丸殿の前に立つ」

これしか道はなかった。

「私が首里城に辿り着いた暁には、将に任じていただきたい。その時こそ、この身に刻み込んだ勝連の諸事を存分に発揮いたす」

ひと息入れた。

「ひとこと漏らさず、そなたの主に伝えよ。必ず金丸殿に伝えよとな。そしてこれより後、私との接触は望むな」

老婆は黙ったまま家の中へと消えた。


時が経つのは早い。

大城が勝連城に来てから、一年が経とうとしていた。阿麻和利は伊平屋島での築城のために数ヶ月に一度しか勝連には戻って来ず、姫もなんとか貞操を保っていられている。体調が優れぬという理由で幾度も同衾《どうきん》を断っているのだが、阿麻和利はいっこうに怒らない。島から戻ってきた短い期間だ。妻と床をともにしたいというのが普通だろう。しかし阿麻和利は、姫の部屋の前で断わりを告げる従者に微笑を浮かべ「そうか」と言って去ってゆく。

大城は阿麻和利のことがよくわからない。出来た人物なのか。それともただの臆病者か。はたまた姫に興味があるのは上っ面だけで、男が趣味なのかも知れない。

踏揚は美しい。男ならば誰でも手に入れたいと思う。そんな女を妻としているのに耐えられるだろうか。大城には自信がない。

「仲睦まじくやっておるか」

白髪の老人が、並んで座る阿麻和利と踏揚に言った。老人は踏揚の祖父である。そして中城の主でもあった。

「はい、お爺さま」

踏揚が満面に笑みを浮かべて答えた。笑顔を見て、護佐丸の老いた顔の皺が深くなる。

「阿麻和利殿、姫は妻としてしっかりやっておりまするか」

「私には勿体ないくらいの妻でござります」

「そう言ってくださると、儂も嬉しい」

護佐丸は天井を見あげ大笑した。阿麻和利の嘘を見抜くこともできず、年老いた武人は二人の睦まじい姿をひたすら喜んでいる。

若い頃は琉球の英雄であった男だ。武人として一流であったころは、さぞ獣の勘が働いていたことであろう。その当時であれば、二人の間に流れる微妙な緊張を悟れたかもしれない。しかしいかんせん、いまは七十を超した老体である。若い夫婦の心の機微など悟れはしない。

鈍した武人は哀れだ。

護佐丸の姿を見て、大城はみずからを律する。老いて死ぬ。それは果たして武人として全うした人生といえるのか。

武人は戦場で死んでこそであると大城は思う。

大城の目が自然と阿麻和利にむく。大城は踏揚の背後、部屋の壁に背をつけるようにして立っているから、阿麻和利の背中しか見えないが、雄々しい体軀の勝連按司を見つめ続ける。この男が己に死地を与えてくれるのか。それとも己がこの男に死地を用意するのか。

項《うなじ》を見る大城の目に殺気が籠る。

阿麻和利が振り返って大城を見た。首筋のあたりに手をやっている。

「どうなされた」

驚いた護佐丸が身を乗りだして、阿麻和利の視線を追った。そこには大城の姿がある。

「あの男がなにか」

「なにもありませぬ」

護佐丸のほうを見て阿麻和利は答える。それを聞いて護佐丸は安堵の表情を浮かべた。

気取られたことを知った大城の口角が、自然と吊りあがる。

卓に肘をつけ、護佐丸が問う。

「伊平屋のほうはどうだ」

「お借りした呉英《ごえい》殿のおかげで、順調に進んでおりまする。いまは山の整地を終え、石垣の構築を始めております る」

「あの男は長年儂のそばで働いてくれておる。座喜味も中城も、呉英の力は大きい」

どうやら呉英という男は護佐丸の家臣らしい。それを阿麻和利が伊平屋島で使っているのであろう。そのあたりのことを大城は知らない。あくまで姫の従者である。政の席に呼ばれることはなかった。

「あと二年、上手く行けばもっと短くなろう。その間は姫も辛抱じゃな。阿麻和利がおらず寂しかろうが、耐えねばならぬぞ」

「はいお爺様」

護佐丸は踏揚のことを疑いもしない。孫娘に対する盲目さは、父である尚泰久と似ている。快活な喋り方と潑剌《はつらつ》とした笑顔、そして裏表がない気性が、この姫も一人の女であるということを忘れさせるのだろう。たしかに姫は快活である、潑剌としている、そして裏表もない。だからこそ好いた男以外を認めない。

つまり、阿麻和利を伴侶として認めていない。それは王の望むところとも一致していた。婚姻自体が大城を勝連城に入れるための策なのだ。王は娘と阿麻和利の子を望んでいない。父と娘。言葉を交わさずとも、心はどこかで通じあっているのかもしれない。親子はいずれも、阿麻和利を家族と認めていない。その悲しい真実を、果たして阿麻和利は知っているのだろうか。いまでも姫が同衾を拒みつづけているのは、本当に躰が悪いからだと思っているのだろうか。それとも疑いながらも泳がせているのか。

肩を何者かがつかんだ。

「さっきから目つきがおかしいぞ、お前」

耳元で囁く赤に、微笑を返す。

「なにじろじろ阿麻和利のこと見てんだ」

「べつに私は」

「見てただろ。お前の気に奴も気づいて、振り返ったじゃねぇか」

一年が経過しても、赤は依然として大城のことを疑っている。構いはしなかった。耳目との連絡は絶っている。大城自身目立った動きはしていない。どう追及されようと、抗弁できる。大城は姫の従者だ。首里城から遣わされた王の臣下なのだ。立場を盾に取れば、赤を撥ねつけることはできる。

赤はたまにこうして、揺さぶりをかけてきた。その小賢《こざか》しさが癪に障る。阿麻和利のような武骨さがない。そのくせ武人であるかのように振る舞うところがある。所詮は悪知恵の働く下郎だ。赤はどこまで行っても屋慶名の悪童なのである。それ以上になれはしない。

「誤解でございます」

「あんまり下手なことすんじゃねぇぞ」

「お止めなさいっ」

広間中に響いた甲高い声に、その場にいた誰もが驚いた。踏揚が立ちあがっている。椅子を撥ね除《の》けるようにして振り返り、険しい目つきで赤をにらんでいる。両腕をぴんと伸ばし、拳を握っていた。敵意がみなぎるその顔に、赤は啞然《あぜん》としている。

「大城は私の大事な家臣です！」

「それは重々承知いたしております」

苦笑を浮かべた赤が、小さく頭をさげた。

「なんですかその態度は！」

姫がますます激昂する。

「済まぬ姫」

立ちあがった阿麻和利が姫の両肩に手をそえる。そこで踏揚は、やっと己の行動を理解したようだった。一度はっと大きく息を吞み、驚くように夫を見る。

「阿麻和利様」

「わずかな者と勝連に来たのだ。気の許せる者が詰問されておれば怒りたくもなる。赤に悪気はなかったのだ。許してくれ姫」

どこまでも穏やかに語る阿麻和利の視線が姫を射る。顔を背ける姫の頰が少しだけ紅潮していた。嫌悪の情から顔を背けたのではない。照れている。長年姫を見つづけてきた大城だからこそわかる心の変化だった。

呆気に取られていた護佐丸が我に返った。夫に肩を抱かれる孫娘へと言葉をかける。

「赤という男は儂もよう知っておるが、無闇に誰かを傷つけるような男ではない。お前は勘違いをしておるのじゃ。おいそこの」

護佐丸が大城を見た。

この老人は己のことを忘れている。だが大城は忘れもしない。志呂と布里が刃を交えた時、護佐丸は尚泰久と呼応して兵を出した。布里を殺したのは大城である。首里城へ来た護佐丸と大城は顔を合わせ、会話も交わした。

それをこの老人は綺麗さっぱり忘れている。赤などという、勝連按司の家臣ごときを覚えていたくせにだ。

「名はなんと申す」

「大城でございます」

護佐丸の求めに応じ、己が名を告げた。それでもこの老いぼれは、思いだせずにいる。

「大城よ。赤はお主を詰問しておったわけではないのであろう」

否応なき問いである。

「はい」

護佐丸の求める答えを吐いた。

「そういうことじゃ。赤を許してくれ踏揚よ」

老武人が孫娘の機嫌を取るように笑った。

「はい」

うつむいたまま踏揚は椅子に座った。阿麻和利も席につく。安堵した護佐丸も席についた。老人の視線が大城へとむけられている。嫌悪の情が満ちた目だ。

屈辱。この場にいる姫以外の者すべてを殺したかった。

＊

最後に王の自室で語らいあったのは、二年も前のことだった。その時の内容を、金丸は今でもはっきりと覚えている。

護佐丸を討つ。

そう言った金丸を、尚泰久は嫌悪の眼差しで見た。それから一度として密談に呼ばれていない。金丸のほうでも面会を求めることはなかった。語らわずとも表面的には首里城は平穏であったし、琉球は何事もなく治まっている。相変わらず朝議には出席しているし、気の小さな尚泰久は、人前では普段どおりに接してきた。金丸もまた、何事もなかったかのように振る舞っている。相変わらず勝連からは、十分すぎるほどの貢物が運ばれていた。王の懐も潤っている。それで十分だと思っている尚泰久を、ことさらに刺激する必要はなかった。

朝議の席でも王から意見を求められない。それでも金丸は首里城に残っている。出る理由がない。

金丸は第一の臣下である。誰もがそう思っているのだ。いきなり城を出るほうがおかしい。

王から遠ざけられているという事実を伏せたまま、堂々と本殿の廊下を歩く。

「金丸殿」

むこうから歩いてきた老人が金丸を見つけて声をかけてきた。

常真だ。金丸を遠ざけた尚泰久が、最も信頼を置く老人。誠実であり、可もなく不可もない。しかしその無難な堅実さが、安定を求める王の心をつかんでいる。

嫉妬や怨嗟の念は不思議と湧かなかった。このような男を重用しているのかという、王への失望のほうが何倍も大きい。

「今日はいかがなされたのです」

眉尻をさげながら常真が問うてくる。太い眉毛に白いものが交じっていた。

「朝議に金丸殿がおられぬことなど一度としてなかった故、皆で案じておったのです」

朝議が催されていたのを知らなかった。王から遠ざけられて二年。こんなことは初めてだった。

ここまで己を疎んじているか……。

尚泰久の卑劣なやり口に、腹のなかが煮えくり返る。

「風邪を引いた」

ぞんざいに答えた金丸に老官人が眉を八の字にして、真っ正直に心配してみせる。

「もうお加減はよろしいのですか」

どうやらこの真面目だけが取り柄の高官は、なにも気づいてないらしい。

「歩けるほどには」

胸の裡の暗雲を秘したまま、金丸は答えて微笑んだ。常真は、まるで妖《あやかし》でも見たかのように目を大きく見開いて、肩をすくめた。

「どうなされた」

「いや、金丸殿がお笑いになられるところを、初めて見ました故、少々驚き申した。ご無礼、なにとぞ御容赦を」

老官吏は深々と頭をさげた。

ひたすら頭をさげ続ける常真を見ていると、怒鳴りつけたくなる。胸中に籠る尚泰久への怒りが抑えきれない。とにかく吐きだしてしまわなければ治まらなかった。

「それでは」

このままではなんの罪もない老人を罵倒しそうだったから、金丸は短い言葉とともに廊下を歩きだした。

「金丸様」

昼だというのに仄暗い自室の椅子に腰をかけると、部屋の隅から声が聞こえてきた。

「来ていたのか」

金丸は闇に言葉を投げる。

「もう知っているのであろう」

「はい」

耳目は簡潔に答えた。

「俺を見限って王の元へ戻るか」

もともと耳目は越来にいたころに尚泰久から与えられた男だ。王と反目した今、己の元を去るのがこの男の筋である。

ここで耳目を失うのは痛い。城内に味方は皆無といって良かった。独断ですべてを進めてきたことが今更ながらに悔やまれる。

「お許し願えるならば、このままお仕えいたしたく存じまする」

胸の骨が見えない力で押されたかのように金丸の息が止まる。誰に抑えられているわけでもない。おのずから潰れたのだ。息が止まり、目の奥から熱いものがこみあげてきたが、必死に耐える。

「人を統べるに必要なもの、それは」

めずらしく耳目が答え以外の言葉を吐く。いつもならば止めるところだが語るにまかせた。

「闇にござります」

耳目は淡々と続ける。

「人は綺麗事では生きてゆけませぬ。人は己よりも優れる者、富んでおる者を羨みまする。腹が減れば飯を食い、女が欲しければ犯しもする。金がなければ殺めて奪うこともございまする。欲のない者などおらぬのです」

「欲こそ闇。そういうことか」

「闇がなければ人は生きてゆけぬ。欲にまみれた民を統べる者が、闇を背負わずにおれるわけがない。民を統べる者は、誰よりも濃い闇をその身に纏う者でなければならぬのです」

ここまで熱を帯びた口調で長々と語る耳目を、初めて見た。触れたことのなかった耳目という人間の本質が、あまりにも己に酷似していることに驚いている。

欲がなければ人は生きてゆけぬ。闇を背負わなければ民の上には立てぬ。

その通りだ。

「某は金丸様にお仕えしとうございます。金丸様はこの国になくてはならぬお方。そしてゆくゆくは」

「皆まで言うな」

「王は金丸様を城から放逐するつもりです」

「わかっておる」

平静を取り戻し始めていた。それを手助けするように、耳目が情勢について語る。

「王はみずから手を下すことのできぬお方。回りくどかろうとも、金丸様がみずから城を出るよう仕向けるつもりでしょう」

「甘い男だ。どこまでも」

「どのようなことでも命じてくださりませ。お望みとあらば、あのお方の命であろうと」

そこまで言って耳目が口をつぐんだ。

金丸のためなら王を殺すことすら厭《いと》わない。耳目の決意に触れ、金丸はほくそ笑む。

「私と手下たちを手足とお思いくだされ」

力強い言葉が、金丸を研ぎすましてゆく。頭のなかで無数の策が目まぐるしく交錯する。

「護佐丸を搦めとり、王を骨抜きにする」

「できますか」

耳目の問いに、うなずきで答えた。

「あの男には一度、思い知らせてやらねばならぬのだ。この国はまだまとまっておらぬということを。本当に必要なのが誰なのかということをな」

「王の腹心としての信用の回復。それが金丸様の望みにござりますか」

「目指す場所はひとつだ。そしてそれはまだ遥か遠い行く末にある。王の信頼をふたたび勝ち取ることも、辿りつくべき場所へむかうために必要な一歩だ」

そのために耳目が為すべきことは多い。

「手足になるという言葉忘れるな」

「なんなりと仰せくださりませ」

闇を糧に生きる二匹の獣は互いを見ることなく笑った。

＊

気楽に言葉を吐ける状況ではなかった。

重々しい沈黙のなか、氷角は加那を見つめている。勝連按司は腕を硬く組んだまま、微動だにしない。伏し目がちの瞳は、虚空をにらんでいる。

赤をはじめ、昔からの仲間が集っていた。険しい表情で黙っている皆を見ていると、茂知附を殺すために密議を重ねていた頃を思いだす。

加那が深い溜息を吐き、天を仰いだ。

「まさか護佐丸殿に限って、そのようなことは在り得ぬ」

誰にともなくつぶやいた。鉛のように重い言葉に、白先が首を左右に振る。うつむいている朱舛は、泣いているのではないかと思うほどに息が荒い。真呉は、一人立ったまま壁に背を預けていた。

「俺だってそう思いたい」

盟友の苦痛に満ちた声を受け、赤が穏やかに言った。椅子に腰をかけ、皆が囲む卓に顎がつかんとするほどに身を乗りだしている。平素の赤からは考えられないほどに、沈鬱な表情のまま加那を見つめていた。

早急に話したいことがある。そういって赤は、伊平屋島にいる加那を呼びだした。使者としてやって来た真呉の鬼気迫る様子に、ただならぬ気配を感じた加那は、完成間近の城を中城の面々に任せ、氷角と朱舛を連れ勝連に戻った。

「護佐丸殿の従者は、今もここにいるのか」

加那が天井から顔を戻し、赤を見た。

「別室に控えさせている。護佐丸殿とともにこの城にも来たことのある男だ。お前も顔を見たら覚えているはずだ」

「どうしてこの城に来た」

「自分のことを知ってくれていると思ったからだそうだ。首里に行っても身の証がない。そんな自分がなにを言っても、王宮の者は信じてくれないだろう。ここならば、自分の話を聞いてくれると思ったそうだ。実際にあの男が城に来た時、俺が顔を知っていたおかげで、こうしてお前の耳に入った」

「信ずるに足るのか」

苛立つ加那に、赤は首を振る。

「信じるほどに深い仲ではない。だからといって無視できるほど、あの男の言っていることは軽くない」

「だから俺を呼んだということか」

「お前が判断すべきことだ」

言葉を交わす二人の声をすり抜けるようにして、朱舛が鼻をすする音が部屋に鳴り響いた。皆の視線が大男にむく。泣いていた。童のように右手で目をこすりながら、朱舛は誰はばかることなく嗚咽している。

「なに泣いてんだよ」

呆れるように赤が言った。それでも朱舛は泣くのを止めず、嗚咽混じりの声を吐いた。

「あの護佐丸様が謀反を起こそうとしてるなんて、俺にはどうしても信じられねぇ。護佐丸様は尚巴志様とともにこの国を建てられたお方だ。自分が作った国を、どうして壊さなきゃなんねぇんだよ」

「壊すわけではなかろう」

壁にもたれかかっている真呉が、泣きじゃくる大男を見おろしながら言う。すると朱舛は、眉間に深い皺を寄せながら顔をあげた。その視線は仲間にむけられるものではない。真呉は動じず、冷静な言葉を投げる。

「王を追い落とし、自分が新たな王となる。この国を壊すわけではない。護佐丸殿はお前が言った通り琉球建国の英雄だ。その護佐丸殿が王になれば、各地の按司たちも従うやもしれん。そうなれば多少の乱はあろうと、いずれ国はひとつにまとまる」

「お前に護佐丸様のなにがわかるってんだよ」

「その言葉、そっくりお前に返そう」

朱舛が椅子から腰を浮かせる。

「やめろ」

気迫に満ちた加那の声が、朱舛を制す。

「喧嘩してる場合じゃねぇだろ」

続いて聞こえた赤の言葉を受け、真呉をにらみつけたままの朱舛の腰がさがってゆく。ふてくされている朱舛を見て溜息をひとつ吐き、赤はふたたび加那を見た。

「真呉が言ったことも一理あるな」

「お頭っ」

「黙ってろ朱舛」

抗議の声をあげた朱舛を怒鳴りつけ、赤は加那にむかって続けた。

「俺だって護佐丸様の謀反なんて信じたくねぇ。だが、そんな莫迦げた嘘をあの男が吐く必要がどこにある。あの男はこの城ならばと思い、一人で駆けこんできたんだ」

加那の鼻の穴から、勢いよく息が噴きだす。椅子に腰を深く沈め、卓の上の碗《わん》を見つめている。なかの茶はとっくに冷めていたが、誰一人手をつけようとしない。

「おい氷角」

いきなり赤が呼んだ。息を呑んで身構える。

「お前《め》ぇはどう思う」

皆の視線が氷角に集中した。朱舛の視線が痛い。下手なことは言うなよと、にらむような目が無言のうちに語っている。氷角は、ろおまの銭が入った袋を衣の上から握りしめた。

「お前ぇは、護佐丸様と手合わせしたろ」

赤が急《せ》かす。

たしかに棒を持って相対したことはある。だからといって、なにがわかるというわけでもなかろうと氷角は思う。

「わかりません」

素直な気持ちを口にした。それまで穏やかだった赤の目が、急に険しくなった。

「手合わせしたことは別にして、お前ぇはどう考えてんのかって聞いてんだ。思ったことを言え」

「なぜ俺が」

「聞かせろ氷角」

加那までが赤の肩を持った。袋を握る手に力を込めながら、氷角は口を開く。

「やれることは限られているでしょう」

言葉を吐きながら状況を反芻した。

護佐丸が謀反を企てている。すでに兵の準備を進め、すぐにでも首里に攻め寄せかねない。王に刃向うなどという大それたことをしようとしている護佐丸を恐れ、従者は中城から逃げた。そして加那に助けを求めた。

「首里城に行って従者がもたらしたことを洗いざらい話して聞かせるか」

そこで一度唾を呑んだ。言い淀んだ氷角を見つめ、加那が口を開く。

「話して聞かせるか、の続きはなんだ」

赤がうなずく。仲間たちの尖った視線が、氷角を急かす。意を決して思いを舌に乗せた。

「護佐丸様とともに起つか」

「謀反の片棒を担ぐのか」

「道はそのどっちかだと、思っただけです」

朱舛が氷角を驚いたような目をして見つめている。護佐丸とともに決起するなどという道は、血が上った頭では考えつかなかったのであろう。

「たしかに氷角の言う通りだ。王家に従っている俺たちは、このことを黙っているわけにはいかねぇ。首里城に行って王に伝えるのが、按司として当然の義務だ」

赤は続ける。

「護佐丸様を助けてぇのなら、王家に刃向うしかねぇ」

「もうひとつ道はございます」

沈黙を守っていた白先が口を開く。

「なんだ」

加那にうながされ、白先は紅色の唇を震わせる。

「護佐丸様に使いを送り、真意を確かめる」

うなずいた按司を見て、白先は黙った。それを受け、赤が切り出す。

「出そろったってところだな。あとはお前が決めるだけだ。どんな決断だろうと、従うぜ」

「もうひとつ考えておくことがありましょう」

真呉が口をはさんだ。

「なんだ」

加那がうながす。

「もし護佐丸殿が倒れたならば、勝連も危ういのでは」

「王が俺たちを討つってのか」

「ない話ではないと思いますが」

赤に答えると真呉は黙った。

仲間たちの沈黙が、加那を包む。研ぎすまされた気に呑まれることなく、勝連按司は一人瞑目《めいもく》する。氷角の胸の奥で鼓動が激しく脈打っていた。仲間たちが緊張の面持ちで加那を見守っている。

「赤よ」

加那がおもむろに赤を呼んだ。無二の友は黙ったままうなずく。

「首里城へ行ってくれるか」

朱舛が立ちあがった。無視して、加那は続ける。

「護佐丸殿に真意を問えば、事が露見したと逸り、決起を促す恐れがある。そうなれば、俺の打った手が首里王府を危地に陥れることとなろう。ともに兵を挙げて首里を襲えば、俺は踏揚の父と刃を交えることになる」

未だ閨《ねや》をともにしたことのない妻のことを、加那は想っていた。

「護佐丸殿を敵とするか」

問うた赤を、加那が見つめる。

「俺たちは尚泰久王に従う」

「真呉が言ったことはどうすんだよ」

「我が妻は王の娘だ。首里が勝連の敵に回ることはない」

「それでいいんだな」

「踏揚の夫に選んでくれた王を敵に回すことはできん」

「護佐丸様は踏揚様の祖父だぞ」

「俺を見込んでくれた王には逆らえん」

「お前を見込んだという意味では、護佐丸様も同様だ」

「赤殿に問いたい」

真呉が問答に割って入った。邪魔されたことを怒るように、赤が真呉をにらむ。しかし屈強な戦士は一向に動ぜず、言葉を吐いた。

「聞いておると赤殿は、護佐丸殿に与したいようだが、そこに大義はあるのでしょうや」

「大義だと」

赤の眉尻があがる。冷淡な眼差しでそれを見おろしつつ、真呉は続けた。

「護佐丸殿が兵を挙げ、首里王府を倒したとする。護佐丸殿が王になった暁には、いち早く与した阿麻和利様は王の重臣となられるであろう」

「それがどうした」

「所詮は王を弑《しい》して玉座を奪い取った盗人。大義なき王は、按司らの信望を得たとしても、民の信まで得ることができましょうか」

「俺たちだって」

そこまで言って赤が口籠った。

加那や赤も、先代の勝連按司を殺して今の立場を得ている。真呉の言葉は、赤自身を糾弾したも同然だった。それを機敏に悟り抗弁しようとしたが、赤は途中で言葉を切った。

「茂知附は勝連の民を苦しめておりました。あの男が死ねばと誰もが願っておった。故に、阿麻和利様は民の信望を得られた。今回の護佐丸殿とは違いまする」

真呉が加那を肯定する。

「果たして尚泰久王に、茂知附のごとき悪行がござりましょうや。あの王が死ねばと民が望んでおりまするか。尚泰久王は必ずしも英明とは言えませぬ。民に慕われているとも思えませぬ。しかしこの国がつつがなく治まっておるのは事実。もし今、護佐丸殿が兵を起こして王を弑すれば、私欲による強奪と思われることでしょう。そこに大義はない。それに先刻、赤殿は阿麻和利様のご決断に任せると、己でおっしゃられたはず」

「さっきは護佐丸の次は勝連だとか抜かしたくせに、お前ぇはどんだけ混ぜっ返しゃ気が済むんだ」

「私は考えうることは考えておくべきだと思うておるだけ。最後は阿麻和利様の決断を優先させるべきだと思うておりまする」

乗りだしていた躰を大きく仰け反らせた赤が、両腕を開いた。

「わかったよ、阿麻和利に任せる」

「首里に行ってくれるか赤」

問うた友に目をむけず、天井を仰いだまま赤がうなずく。子供のように拗《す》ねる友を見て、加那は微笑を浮かべた。

「氷角よ」

加那の目が氷角にむく。

「お前も行け」

「しかし私は阿麻和利様とともに伊平屋島へ」

「このような時に城造りもなかろう。事が収まるまで勝連に留まる。お前に赤の警護を任せたい」

ふたたび加那が無二の友に目をむけた。

「陸路で首里にむかうには中城を通らねばならぬ。船で行け」

「わかったよ」

不満を滲ませて答えた赤は、涙ぐんでいるように見えた。

＊

金丸の耳に闇が触れた。

「かねてより飼いならしておった者を勝連へとむかわせました」

耳目の声に思わず口許がほころぶ。暗闇である。金丸の笑みを耳目は知らない。

「護佐丸の従者であったな」

耳目の手下を使い、尚泰久が王になった頃から、中城内で金で転びそうな者を探らせていた。すると都合がいいことに、護佐丸の従者をしている者が、博打《ばくち》に目がないということを知った。耳目は巧妙に手下たちを使い、この従者を金で縛りつけた。今では耳目の言うことならなんでも聞く。

「無事に勝連に入ったのだな」

「我が手の者が確認しております」

「阿麻和利が信じるかどうかだ」

「少なくとも、伊平屋島から戻ってきてはおりまする。赤が呼び戻したのでしょう」

これからの展開を幾通りも夢想する。護佐丸の謀反を従者より聞いた後の動きだ。

阿麻和利は従者の意見をまったく信じず、城から追いだす。これが一番、面白くない。空振りだ。

阿麻和利と護佐丸の仲は良好だと聞く。実直な勝連按司が、護佐丸の味方をするということも考えられなくはない。この場合は、阿麻和利の勇み足となる。本当の護佐丸は、謀反など起こすつもりはまったくない。阿麻和利が兵を起こせば耳目の手の者を使い、首里城内で勝連謀反と声高に叫ばせる。その討伐に護佐丸を当たらせることができれば、これはこれで面白いことになるだろう。

最も難しい展開となるのは、阿麻和利が護佐丸に直接問いただした時だ。当然、護佐丸は謀反を否定する。そんなつもりはないのだから当たり前だ。阿麻和利も安堵するであろう。虚報を告げた従者は疑いを持たれる。が、従者は耳目のことを知らない。阿麻和利が金丸の存在に気づく心配はなかった。

笑い声が唇の隙間から漏れる。とどこおっていた血が全身に流れ始めた。策謀をめぐらしていると、本当の自分というものを実感できる。

「耳目」

金丸の言葉に闇が小さな声で答えた。己が手すら見えぬ漆黒のなかで、手足同然の家臣にむけて言葉を吐く。

「あの男は首里へ来るか」

「十中八九」

「来なかった時は」

「新たな手を打つのみにござりまする」

耳目という男がこれほど前むきであったことを、金丸は初めて知った。この男の言う通りである。策が破れればまた次の策を考えれば良いだけだ。

獲物が罠《わな》にかかるまで。


金丸は裡から湧き上がってくる身震いを抑えきれずにいた。

これほど見事にみずからの考えに沿って周囲が動いてくれると、神にでもなったような心地になる。

尚泰久からの使いが来た。至急に広間に来るようにとのことである。勝連から阿麻和利の使者が来たという報せは、金丸の耳にも届いていた。使者は赤である。護佐丸に謀反の疑いあり。赤から告げられた王と、その側近たちは今ごろ、顔を真っ青にして声を失っていることだろう。

疑われているのは建国の英雄だ。志呂・布里の乱の際、逃げ回ってばかりいた首里城の高官たちに、護佐丸が決起すると聞いて平静でいられるような肝の太さを持っている者などいない。だから己が呼ばれた。けっきょく、尚泰久は金丸を頼るしかなかったのだ。

目論見の裡である。

護佐丸謀反という報を勝連にもたらす。踏揚をもらった阿麻和利は首里王家に恩義を感じている。なによりもまず尚泰久に報せて来るはず。護佐丸の脅威に、尚泰久は恐れ慄《おのの》く。平時に耳ざわりのいいことを囁いてくれる文官たちは、非常時にはなんの役にも立たない。越来の頃より辛苦をともにしてきた金丸を、尚泰久は欲するはずだ。王は本当に必要な者が誰かを痛感する。

夢想した通りに事が進んでいた。

広間へとつづく廊下を、大股で歩む。石畳の硬さを一歩一歩嚙みしめる。扉の両脇を守る下級役人たちが、久方振りの金丸の姿に驚きの目をむけていた。若い男たちを無視して広間へと通じる戸の前に立つ。いっさい声をかけない。忘我の境地から目覚めた右方の男が、扉に手をかけた。

「金丸様にござります」

室内に響き渡るように言いながら、戸をゆっくりと開いた。

上座の階めがけてゆるゆると歩む。左右には色をなくした高官たちの顔が連なっている。その先頭に常真の呆けた面があった。視界の端をかすめてゆくだけで、金丸はひとつとして見ようとはしない。目は一点に注がれている。階の上の玉座だ。座っている男をではない。金丸は玉座自体を見つめている。

「金丸よ、待っておったぞ！」

玉座から腰を浮かせて、尚泰久が叫んだ。

まだ早い……。

金丸は心中で王に語りかけた。王が臣に声をかけるには、あまりにも離れすぎている。階の袂で頭を垂れている赤にすら、金丸は辿りついていないのだ。それでも声をかけずにはいられないほど、尚泰久は焦っている。

小心な男だ。追従だけの無能どもに囲まれ、不安で不安でしかたなかったのだろう。金丸の姿を見た瞬間、抑えていた不安が爆発し、歓喜の感情が声となってほとばしったのだ。

玉座を見つめながら淡々と歩く。尚泰久の声には答えない。己が立ち位置に定まってからでも遅くはないのだ。金丸が歩みを進めるたびに、尚泰久の顎が微妙に上下する。まるで餌をお預けされた豚のようだ。

片膝立ちで頭を垂れている赤の脇を通り過ぎる。顔を伏せたままの赤は、金丸を見ようとはしなかった。礼を失しない程度の教養はあるらしい。

足を止めた。常真よりもわずかに前。両の踵をそろえ、背筋を伸ばす。腰からゆっくりと曲げて、深々と頭を垂れた。

「金丸にございます」

二年ぶりに王に語りかけた。三日に一度は尚泰久の居室で語りあっていた頃は、素直に吐けていた言葉に、見えない棘《とげ》が混ざっている。己が声に得体の知れない嫌悪があるのを感じた。懐かしいなどという感激はない。ふたたび王に求められたという快感もなかった。己はすでにこの男を見限っている。名乗った瞬間に、金丸は己の心の変貌を実感していた。

「護佐丸が謀反を企てておると阿麻和利より報せを受けた」

うろたえるのも大概にせよ。喉元まで出かかった言葉を呑みこみ、金丸は赤へと視線をむけた。行儀の良い阿麻和利の忠臣は、顔を伏せたまま動こうとしない。

「護佐丸の従者が勝連に逃げてきた。それで阿麻和利はすぐにこの者を遣わしたのじゃ」

玉座から赤を指さす手が震えている。金丸は尚泰久を見あげながら口を開いた。

「私めになにをお望みで」

「どうする」

涙目である。金丸は血の気の引いた家臣たちを見るように左右に首を振った。常真は怯えで真っ青になった顔で、金丸を見ている。敵にすらならぬほどに小さな男だ。すぐに目を逸らし、王に顔をむけた。

「私の意見など聞かずともよろしゅうござりましょう」

「お主でなければならぬのじゃ」

護佐丸を恐れるあまり、王は本性すら見失っている。尚泰久の猜疑心は人並み外れて強い。本来なら護佐丸を打つべきであると散々言ってきた金丸の関与を、疑ったはずだ。金丸が罠を張ったのではないかと、口にはせぬが思うだろう。その想いは言葉の節々に垣間見える。意見を求めながらも、探りを入れてくる。いや、昔の尚泰久ならば、一度遠ざけた金丸に意見を求めることすらしなかっただろう。目の前の尚泰久は抜け殻であった。安穏と玉座に骨抜きにされた、数年前まで人であった何かである。

護佐丸が謀反を起こす。恐ろしい。家臣たちは当てにならない。金丸の意見を聞きたい。呼べ。

童《わらわ》である。

「早う手を打たぬと護佐丸が攻めてくる」

一度手に入れた玉座を失いたくない。それしか尚泰久の頭にはない。金丸は赤へと視線をむける。

「たしか屋慶名の赤と申したか」

顔を伏せたまま赤がうなずく。

「護佐丸殿の謀反。信ずるに足る話なのか」

「我らが得ているのは護佐丸殿の従者の話のみ。中城に間諜《かんちょう》を送るわけにもゆかず、主も判断に窮しております」

赤から目を逸らし、王を見た。

「実は」

尚泰久を見あげて口を開く。肘かけに掌を置いて前のめりになっている王は、固唾を呑んで金丸の言葉を待っている。

「我が手の者も数ヶ月前より、護佐丸殿の不穏な動きを捉えておりまする」

家臣たちがざわめき始めた。

「手の者とは」

尚泰久が問う。

「越来からの古き手下にござりまする」

それで王にはわかるはずだ。遠い昔にみずからが与えた男のことである。

「何故、これまで黙っておった」

「いつ朝議があるかも知りませなんだ故」

尚泰久が目を伏せ、金丸の視線から逃れた。

「ゆ、許せ」

背板に躰を預け、王がつぶやく。家臣たちのざわめきはつづいている。だからといって金丸と尚泰久の会話に割って入るような肝の据わった者はいない。すべて雑音であった。王を責めるのはほどほどにして、本題に戻る。

「護佐丸殿の動き、事実と見て間違いないと思われまする」

「どうする金丸」

「謀反人は討たねばなりませぬ」

ざわめきが止む。

「あの護佐丸を相手にして勝てるのか」

「阿麻和利殿から報せを受けたのは、僥倖《ぎょうこう》にござりました」

赤が頭をあげて金丸を見た。が、金丸は赤を見ない。視線を王にむけたまま語る。

「護佐丸は謀反を企てている以上、狙いはこの首里城。備えは南にむいておるはず。勝連城に、背中を晒《さら》していることになる」

赤が驚きと戸惑いの眼差しをむけてくる。無視を決めこみ、続けた。

「阿麻和利殿に、夜陰に乗じ中城に奇襲をかけていただきまする。闇を利して背後から夜襲をかければ、いかな護佐丸とて耐えきれはいたしますまい。よしんば耐えられたとしても、首里からも兵を出し、南北から挟みまする」

「それが良い！」

ついに尚泰久が立ちあがった。

「勝連の使者よ」

王は赤の名を知らない。

「すぐに勝連に戻り、阿麻和利に伝えよ。中城を攻めよとな」

赤が口籠る。

「わかったか」

威圧に満ちた声が、赤の頭を床に押す。

「承知いたしました」

阿麻和利の右腕は口を固く引きむすびながら頭を垂れた。

＊

小高い山を篝火の焔が照らす。

静寂は不穏な気配をはらみながら、息を潜める氷角の全身を包んでいた。

「やはり謀反の企ては真実だったか」

隣に立つ真呉がつぶやく。それを見つめる氷角の目に敵意がみなぎる。護佐丸を信じたかった。あの人が謀反などするはずがない。袋を衣の上から握りしめ、そう思っていた。

城を見あげる真呉が続ける。

「兵の支度をしていなければ、これほど素早く城に籠れるはずがない」

腹立ちが氷角の口から言葉となって溢れだす。

「護佐丸様は民に慕われていた。声をあげればこれくらいの人数はすぐに集まる」

「赤殿や朱弁といい。お前たちは、どうしてそこまで護佐丸殿の肩を持つのだ。阿麻和利様が王に出兵を命じられたのだ。俺たちはそれに従うだけではないか」

「そんなことはわかってる」

答える言葉が刺々しい。わかっていても、穏やかに語る気にはなれなかった。この戦に対する言いようのないもどかしさが、中城に進軍してからずっと続いている。恐らく氷角の想いと同様のものを、加那も抱いているのだろう。護佐丸とその家族が中城に籠ったことを知ると、城地を囲んだまま、戦おうとしなかった。

夜陰に乗じて奇襲をかけ、一気に攻め落とせというのが首里王府からの命令であった。しかし敵もさるもの。こちらの動きを察知し、兵を城に集め門を閉ざした。

奇襲は失敗した。

いや、加那がそう仕向けたのだ。奇襲であるにもかかわらず、兵たちに松明を持たせ、勝連から中城までの道を照らしながら堂々と行軍した。

「戦いたくないと思うておるのは、阿麻和利様も同じか」

真呉がつぶやいた。

「氷角っ」

駆けてきた馬の上から声が降ってくる。倭国の鎧を着けた加那であった。

氷角と真呉が立っているのは、中城がある丘の袂である。少し登れば城の石垣という場所だ。いわばここは戦場の最前線である。赤とともに本陣にいた加那が、供も連れずにこんなところまで来たということ自体がどうかしている。

「如何なされました」

不測の事態を予測して強張る真呉が、馬上を見あげて問うた。

「これから正門へゆく。付いて来い氷角」

名を呼ばれながらも、氷角は主がなにを言っているのか理解できずにいた。

二人きり。

中城の正門へと続く道を、加那と馬を並べて登ってゆく。

石垣が目の前に迫っていた。すでに敵に認められているはずだ。

「何者だ！」

案の定、城から殺気だった声がした。

「我は勝連按司、阿麻和利である。護佐丸殿と話をしに来た」

答えが返ってこない。加那は構うことなく坂を登ってゆく。正門が見えてきた。堅く閉ざされた両開きの門扉に、石組の屋根がのっている。それはそのまま石垣へと連なり、広大な城地を区切る壁を構築していた。門の両脇でひときわ大きな松明が燃えていた。石垣を煤で真っ黒に染めあげながら、煌々《こうこう》と照らしている。

「止まれ!」

城門付近の石垣に、おびただしい数の兵たちが上っている。一様に弓を構え、鏃《やじり》は加那と氷角にむけられていた。

「阿麻和利殿か」

焔のむこうから懐かしい声が聞こえてきた。

「護佐丸様」

声の主を加那が呼ぶ。

「そこでは顔が見えぬ。まことに阿麻和利殿なのか確かめたい。もう少し門に近づいてくれぬか」

矢の届く距離を考え、城壁から離れていた。これ以上近づくと、射られる危険がある。加那が馬腹を蹴った。他の馬より大柄な鹿毛がゆるりと歩みだす。

「危のうござります」

氷角は意を決し、主よりも先に馬を進めた。燃えあがる焔の熱で顔の皮が焼けそうなくらいにまで門に近づく。

城壁を見あげた氷角は、松明のむこうに護佐丸の笑顔を見た。その目が氷角の背後にむけられている。

「おぉ、たしかに阿麻和利殿ではないか」

「話をしとうございます！」

阿麻和利が叫んだ。

「いまさらなにを話すというのじゃ」

「どうか門を開いてくだされ」

「開くわけにはいかんなぁ」

護佐丸が微笑を浮かべている。

「私が不穏な動きをした時は殺してくだされ」

「お主の命と引き換えに殺されてはたまらぬ」

「信じてもらえぬとあらば、いまこの場で私を射てもらいたい」

「死ぬ気か」

「構いませぬ」

護佐丸が黙った。建国の忠臣は、焔の裏からゆるゆると歩み出て、城門の上に立つ。鎧も着けぬまま、腰の後ろで手を組み、加那を見おろしている。

「儂が命じればお主は矢だらけじゃぞ」

「構わぬと申したはず」

護佐丸の両脇には、明国の甲冑を着けた男たちが控えている。

「それほどまでに、儂と語らいたいと申すか」

己に浴びせかけられる殺気などものともせず、加那が護佐丸を見つめたままうなずく。

建国の功臣が破顔する。

門が静かに開いた。

中城の主は、客と相対する広間ではなく、己が部屋を選んだ。その真意がいずこにあるのか、氷角には見通すことはできない。さほど広くない部屋で、護佐丸と加那がにらみあっている。主の脇に控える氷角は、室内に満ちた濃い殺気に晒されながら、護佐丸の一挙一動に集中していた。

二十人あまりの男たちが、三人を囲んでいる。加那や氷角が少しでも不審な動きをすれば男たちが剣を抜く。いきなりこれだけの人数に剣を抜かれれば、ひとたまりもない。

「二人きりはならぬと、家臣どもが聞かんのよ」

「このままで結構」

加那は殺気に呑まれてはいない。護佐丸を見つめたまま、周囲の男たちなどいないように振る舞っている。氷角はとてもではないが、そんな心地にはなれなかった。指一本動かすだけでも、襲ってきそうな男たちを前にして、平然としていられるだけの胆力はない。阿麻和利の腹の座り方のほうが異常なのだと思う。

「ともに首里城へ参りましょう」

加那が単刀直入に切りだした。護佐丸は胡坐《あぐら》を組み、右膝に肘をつけ、拳に顎を乗せている。白髪交じりの顎髭を指先でもてあそびながら、加那の言葉を黙って聞いていた。

「謀反の企みなど嘘偽りであると、王の前で許しを乞うのです」

「儂が謀反を企んでおらぬということを、どうやって証明するというのじゃ。すでに儂はこうして兵とともに城に籠っておるのだぞ」

「戦わずに許しを乞うた護佐丸様を、王も許さぬわけにはまいらぬでしょう」

「何故じゃ」

「護佐丸様は王のお父上の盟友にございます。琉球王朝最大の功臣であります。王の義父であり、私の妻の祖父である。そのような護佐丸様を、王が誅するわけがない」

「あの愚物に頭をさげよと申すか」

額が床に触れんばかりに伏せられていた加那の顔が不意に持ちあがり、熱い瞳が護佐丸を射た。

「儂が謀反を企んでおったかどうかなど、今となってはどうでも良い」

「護佐丸様」

「黙って聞け」

護佐丸が笑う。

「尚巴志王とともに戦っておった頃が一番楽しかった」

しみじみと言う護佐丸に、加那はどんな言葉をかければ良いのかわからず戸惑っている。

「儂は戦場におる己こそが、真の自分じゃと思うておる。建国の功臣と呼ばれるようになってからの日々に儂は膿み疲れておった。このまま戦なきまま老いて死ぬのであれば、いっそのこと己が手で終わりにしようかと思うたことも一度や二度ではない」

快活で覇気に満ちた護佐丸の奥に、こんな闇があったなど氷角は思いもしなかった。

「王に許しを乞うなど御免じゃ。そのようなことをするくらいなら、お主を味方に引き入れ、首里へと攻め上る。どうじゃ、儂とともに尚家を追い落とさんか阿麻和利」

「できませぬ」

「何故じゃ」

「あなたの孫娘が悲しみまする。それに」

「それになんじゃ」

「護佐丸殿に謀反の兆しがあることを王に注進したのは私です」

　老武人の目が細くなる。

「以前、勝連城にも連れて参られた従者が逃れて来て申したことを、私が赤に命じて首里へと伝えたのです。今回の件についての責は、私にもありまする。ともに首里城に」

「なるほど。首里の腹がこれで読めたわ」

　護佐丸が腹の奥までとどくほど大きく息を吸った。そして一度、かっと気合を吐くと、胸を張って加那を見た。

「儂を討て」

「護佐丸様」

「お主が手出しをせぬなら、儂のほうから行くぞ。沈黙しておるお主の前を素通りし、首里へと攻め上り、儂が王となる。それでも良いのか」

「護佐丸様は真に謀反を」

「今となってはそんなことは些末《さまつ》なことよ。儂は心の底から欲しておった戦を得て、喜びに震えておるだけよ」

　生粋の武人であった。

「これ以上の説得は無用だと」

「そうじゃ」

加那の目に、焔が揺らめく。

「去《い》ね阿麻和利。この場で殺しては面白うない。お主が陣まで戻る間の無事を約束してやろう」

数刻前に下った道を、氷角は疾駆している。与えられた歩兵たちが、みずからの将を守るように氷角を囲みつつ坂を駆け上ってゆく。

陣に戻った加那は全軍に突撃を命じた。城内での問答を聞いた赤と朱舛も、護佐丸の覚悟を知り、加那の命に承服した。

これは叛逆の徒を制する戦ではない。稀代《きたい》の武人に打ち克《うか》ち、さらなる高みに達するための試練である。加那は仲間たちにそう告げた。

試練。たしかにそうかもしれないと氷角は思う。加那を初めとした勝連の者たちは、大きな戦を経験していない。護佐丸はすでに覚悟を決めている。老いてもなお戦を望む武人は、加那を敵として認めたのだ。その上で、正々堂々と戦うことを求めたのである。

建国の功臣に打ち克ち、加那はさらなる高みへ昇らなければならない。

高みとはなんだ。

氷角にはわからない。加那や赤はなにを求めているのか。護佐丸を討った先に待っているものとはなんなのか。

考えても答えが出るはずもない。ならば今は無心で馬を走らせるのみ。氷角はそう腹を定め、兵とともに中城へと続く坂を駆ける。

「城の守りは堅い！　降ってくる矢を恐れずに、突っこめ！」

おうという威勢のよい声が返ってくる。

士気は高い。

屋慶名で赤とともに管を巻いていた頃の喧嘩とは違う。これは戦だ。按司と按司が生死を懸けて戦っている。人も死ぬ。現に今も氷角の目の前では、荒ぶる男たちが矢の雨にさらされてばたばたと倒れている。仲間の屍《しかばね》を越えた先に、護佐丸がいるのか。勝利が。いや、みずからの死が……。

駄目だ。

今はただ目の前の壁をぶち壊すことだけを考えろ。氷角は煩悶《はんもん》する己を叱責した。

「崩せ！　押して押して押しまくり、門をたたき壊すのだ！」

朱舛の叫び声が聞こえてくる。徒歩《かち》の兵たちのなか、ひときわ大きな巨体が堅く閉ざされた門を押していた。兵を率いろという阿麻和利の命に逆らい、朱舛は歩兵として働いている。俺は人の上に立つような人間じゃないと朴訥に答えた朱舛の目は、真っ赤に腫れあがっていた。幼い頃より憧れていた護佐丸と戦うことになったことを、悔いているのだ。

朱舛の奮戦ぶりに周囲の男たちも昂ぶっている。城門へと辿りついた者たちが、身を挺して朱舛を守っていた。

「登れ！　登るのだ！」

真呉の声が、城の東から聞こえてくる。真呉も兵を率いていた。東方から攻め、石垣を登るという一番困難な一団を指揮している。

正門でも、石垣に辿りつく者が徐々に増えてきた。門を直接開こうとしている朱舛たちとはべつに、石垣を登って城に潜入し、なかから閂《かんぬき》を開けようというのだ。

一人が頂上に辿りついたが、待ち受けていた敵に首を斬られて落ちてゆく。しかし一人が辿りついた時点で、その下には数名の男たちが控えている。反抗する敵を搔《か》い潜《くぐ》って、石垣の上に立つ者が現れ始めた。

門が揺れる。朱舛を先頭に大勢の男たちの力が集まって巨大な鎚《つち》となり、門を粉砕しようとしているのだ。じきに門は開かれる。

そこからが勝負だ。

手綱を握りしめる手に力がこもる。

護佐丸を討ちたい。

勝連城で手を合わせた時はあしらわれてしまったが、今度はそうはいかない。真呉との修練、伊平屋島での鬱屈した日々、重ねてきた年月は、間違いなく己を成長させていると、氷角は信じている。

乾いた音が門扉のほうから聞こえてきた。小さく揺れているだけだった朱舛の躰が、城の内側にむかってゆっくりと進んでゆく。

門が開いた。石垣の上も、勝連の男たちによって占拠されようとしている。反抗が弱まっていた。それだけ多くの者を討ったという証だ。

犠牲も大きい。正門の前にいる氷角の目がとらえているだけでも、おびただしい数の仲間が骸となって転がっている。折り重なるようにして小山を作る骸のなかには、知る者の顔もあるだろう。しかしいまは仲間の死を悼む時ではない。骸を越え、先に進むのだ。護佐丸の下まで一直線に。氷角は馬腹を蹴って破られた門扉へ走った。

背後から己を呼ぶ声が聞こえた。馬を走らせながら肩越しに見ると、唐渡りの白馬にまたがった赤が、白先とともに近づいてくる。少しだけ馬の足をゆるめた。赤と白先が左右に並ぶ。

「開いたな」

馬を走らせながら赤が言う。氷角は無言のままうなずいた。すでに刀は抜いている。

「俺たちで護佐丸様を殺る」

鉾《ほこ》を小脇にはさんだ赤がつぶやく。身を守る物は倭国の胴のみ。あらわになった腕を深紅の衣が包み、上腕には荒縄が幾重にも巻かれていた。袖をまとめるためだ。袴《はかま》の裾も荒縄で括っている。白先のほうは明国の鎧だ。白く塗られた胴と兜《かぶと》、顔は白布でくるんでいる。

三人で門に迫った。

「どけ！」

赤が叫ぶ。城内へ殺到する兵を馬で掻きわけながら、三頭がほぼ同時に城内へと入った。

「この城は三の廓、二の廓、一の廓と縦に続いている。護佐丸様は恐らく一の廓におられる。俺たちがそこまで一番に辿りつくぞ」

赤も護佐丸を討ちたがっている。

譲りたくなかった。

気が逸り、躰が前のめりになる。

「氷角っ」

白先の声が耳に届くと同時に、己にむかって飛来する矢を視界にとらえた。

間にあわない。

鞍の上で前のめりになりすぎたせいで、視界が極端に狭くなっていた。避けようにも人の動きではどうしようもない。銀色の閃光《せんこう》が視界の下から上へと駆け抜ける。その光が、矢を弾き飛ばした。

「油断するな！　敵はまだ大勢残ってんだ」

鉾を振りあげている赤が叫んだ。

二の廓へとつづく門が目の前まで迫っていた。朱舛たちも敵と戦いながら、閉ざされた門にむかって走っている。

味方が門へと辿りつこうとした時だった。なかから門扉が開き、二の廓で味方が戦っているのが見えた。

「真呉だ」

瞬時に状況を察知した赤がつぶやく。石垣を登っていた真呉たちが、二の廓に達し、なかから門を開いたのである。

「ここは奴に任せて、先を急ぐぞ」

赤が馬の速度をあげた。氷角も馬腹を激しく蹴って追従する。

城内は赤々と照らされていた。どれが松明の明かりで、どれが城からあがる焰なのか判然としない。昼と見紛うばかりの眩しさであった。焰の熱が躰を焼いているはずなのに、ちっとも熱くなかった。怪我をしているのかもしれないが、痛みも感じない。前へ前へという想いが先走り、躰の感覚を弱めている。

二の廓で真呉の兵も加わると、中城内は勝連の男たちで埋め尽くされた。わずかな敵もすでに一の廓へと逃げこみ、必死に門を守っているという有様である。

「降りるぞ」

二の廓の門を抜けると、赤が鞍から飛び降りた。白先も下馬したのを確認してから、わずかに遅れて氷角も馬を降りた。

三人で駆ける。目的は一の廓だ。

「なぁ氷角」

隣で赤がつぶやく。朱舛と真呉が先頭に立ってこじ開けようとしている一の廓の門扉を見つめ、氷角は赤の言葉を待つ。

「俺たちは何と戦っているんだろうな」

答えを求めていない問いかけであった。氷角は黙ったまま走る。

目の前で白先が敵を斬った。

殺到した勝連の男たちにあらかた殺され、敵はすでに兵の体を成していない。生き残っている者も、すでに抗う力はなく、ただ死を待つばかり。死を恐れる者は皆、すでに城から逃げているのだろう。殺されることを望む者を、白先の刃が刈りとってゆく。決して冷酷な女ではない。敵に浴びせる太刀はすべて、彼女なりの慈悲である。死にゆく者は皆、主とともに死ぬことを望んでいるのだ。己だけが生き延びることを是としない忠臣なのである。護佐丸は死ぬ。死んでゆく敵を見つめ、氷角は現実を思い知らされていた。

門が破れる。仲間を威嚇しつつ赤が門へと駆けた。一の廓の奥に建つ屋敷へむけて疾走する真呉と朱舛の背中を三人で追う。

誰よりも早く……。

赤を追い抜く。

「待ちやがれ氷角！」

聞くつもりはない。ぐんぐんと離れてゆく赤の気配を感じながら、氷角は走る。

真呉と朱舛をとらえた。

抜く。

躰が軽い。

初めて入ったはずなのに、どこが広間なのか不思議とわかった。まるで護佐丸が導いてくれているようだった。敵を斬り伏せ、倒れゆく躰を踏み越え駆ける。

広間を目指す。護佐丸がどこにいるかわからないくせに、なぜかそこにいることを知っている。広い廊下を真っ直ぐ抜け、豪奢な木戸の前に立った。左右開きの木戸の両脇に、甲冑を着込んだ屈強な敵が立っている。

「退け！」

二人が同時に槍《やり》を構える。一気に間合いを詰めた。どこをどう斬ったのかわからない。

気づいた時には敵は首から血飛沫をあげながら倒れていた。二人の傷は、寸分たがわぬ場所にある。己がやったのかさえ判然とせぬまま、氷角は二枚の木戸を両手で開いた。

広間は足の踏み場もないほどの骸で覆われていた。

「護佐丸様」

鎧すら着けていない高官たちの骸を踏み越えながら、広間の奥を目指す。男たちの骸が絶えると、今度は女や子供たちが死んでいた。護佐丸の家族であろう。階の袂に老女が転がっている。護佐丸の妻だと、見たこともないのにわかった。

階をゆっくりと昇ってゆく。中城按司の椅子が、視界の真ん中に飛び込んできた。

階が絶える。腰から力が抜け、按司の座にひざまずくようにしてしゃがみこむ。

「お、お主は……」

按司の座に腰を据える老人が、首に刃を当てながら言った。

「護佐丸様」

老人の名を呼んだ。

「勝連城で会ったな」

うなずいた瞬間、目から滴がこぼれ落ちた。一歩でも動けば護佐丸はみずからの首を突くだろう。

「阿麻和利殿に」

護佐丸が力なく笑う。氷角は黙ったままうなずいている。背後に無数の気配を感じた。赤たちが来たのだろう。しかし今は護佐丸から目を逸らすつもりはない。

「伝えてくれ」

「なんでしょう」

「お主らしい見事な戦いぶりであった。愚直なまでに力で押す。最期にふさわしい敵と巡《めぐ》り逢《あ》え、儂は果報者じゃとな」

「はい」

声が震えていた。嗚咽なのか言葉なのか判然としない、情けない声だった。

「さらばじゃ」

ためらいもなく首に刃を突き入れた護佐丸へと駆け寄る。倒れる武人の首から吹き出す血を浴びながら、熱い躰を抱きしめた。

「おぉぉぉぉぉぉぉぉぉっ」

誰にはばかることなく叫んだ。

勝利の歓喜など微塵《みじん》もなかった。

苦い。

護佐丸の血の味だった。

「お疲れにございましょう」

金丸は目を伏せ語りかける。眼前の椅子に座る王は、大丈夫じゃと快活に答えると、目の前の水を一気に飲み干した。

数ヶ月ぶりの尚泰久の居室である。金丸以外に人はいない。護佐丸の一件が落着すると、王はそれまでのわだかまりなどなにもなかったかのように金丸を居室に呼んだ。

「各地の按司どもがひっきりなしに訪れおって、今度の護佐丸討伐を祝しおる。水を飲む暇すらないわ」

金丸の機嫌を損ねまいとして必死に笑う姿が、滑稽であった。

護佐丸が叛乱を企て、王の命によって遣わされた阿麻和利によって討たれたという事実は、按司たちにとって驚くべき事件だった。

叛乱など企てるはずもない護佐丸が王府に背き、王家と距離を置く勝連按司の阿麻和利が王の命に従いこれを討った。結果、首里王朝への畏怖は高まり、王にひれ伏す者が続出した。

「その方は酒が良いか」

尚泰久が盃を金丸の前に置き、酒壺《さかつぼ》を手に取る。金丸は掌を掲げ、その動きを制した。

「今は酒を呑む気にはなれませぬ」

「では水はどうじゃ」

首を左右に振った。尚泰久の笑みが強張る。己はなにか気に障ることをしたのだろうかと自問自答しているのが、手に取るようにわかった。

すでにこの男は墜《お》ちている。

「よもやあの護佐丸が、本当に謀反を企てておったとは思いもよらなんだ」

しみじみとつぶやく王に笑みを返す。

この男は気づいていない。

護佐丸の従者を勝連にむかわせたこと。朝議の席で護佐丸の陰謀をでっちあげたこと。すべて金丸が仕組んだことだ。護佐丸はなにも企んでなどいない。

死人に口なし。護佐丸が死んだ以上、事実は永久に闇に葬られることになる。

最後に護佐丸が抗ってくれてよかった。疑惑が護佐丸の抵抗によって事実になった。

「その方が護佐丸を討てと申しておった時は気づかなかったが」

尚泰久が目を伏せた。鼻と眉間のあたりをひくつかせ、しきりにまばたきをしている。涙をこらえているように金丸には見えた。

「お主の」

また口籠った。言いたくないのであれば言わなくても良いのにと思う。口にせずとも、尚泰久の思っていることなど手に取るようにわかる。

「なにもかもお主の申した通りであった」

やっとのことで吐いた言葉は、金丸の予想通りのものだった。ならば、続く言葉は決まっている。

「護佐丸があのようにして死んだことで、按司たちの信望が朕に集まっておる。戦勝の祝いだと申して按司どもが持ってくる貢物は、冊封の時の比ではない」

けっきょくこの男が按司たちを評価する尺度は、もたらされる品物の多寡だけなのか。人の奥底を覗かんとしていた猜疑心の化け物はいったいどこに行ってしまったというのだ。

尚泰久は、王になり琉球を手に入れ、終わった。越来按司であった頃に死ぬほど欲していた王の座を得たことで、この男の心は満ち足りたのだ。潤ったのだ。

失望が胸を覆う。

この王では駄目だ。この国を治めることなどできぬ。

支配は頂に立って完結するようなものではない。王になってからが始まりなのだ。

それがこの男にはわかっていない。

「阿麻和利が使いを出して来ず、その方を遠ざけたままであったら、いまごろ朕はどうなっておったか。そう思うと背筋が震える」

「そうならず今があるのも、王の徳の高さ故にござります」

心にもない言葉を吐く。この男の今があるのは、金丸の策謀の結果である。

「金丸よ」

尚泰久が涙ぐみ、椅子から立ちあがった。太くなった腹をゆすりながら、卓を回って金丸の脇で止まった。

「朕にはその方が必要なのじゃ」

柔らかい手が金丸の手をつかんだ。両の掌で大事そうに包みながら、顔を寄せてくる。気持ちが悪い。

久しぶりにしみじみと見つめた王の顔は、すでに盟友のそれではなかった。愚鈍な豚である。いまさらどれだけ努力をしてみても、この男を敬慕できない。

「常真ではいかん。奴はいざという時に頼りにならん」

王が手を放し、ひざまずいた。そしてそのまま両手を床につき頭をさげた。

「これまでのことを許してもらいたい」

哀願しながらも、己の立場はしっかりと考えている。その証拠に、外に聞こえぬよう声をひそめている。無様な姿をさらしてもなお、王という立場を捨てきれていない。なにごとも中途半端な男である。口の端に冷笑を浮かべながら、金丸は立ちあがった。そしてゆっくりとひざまずき、尚泰久の躰を起こす。

「勿体なき御言葉」

身を起こした尚泰久の膝に屈するように、今度は金丸が頭をさげる。

「私は王に仕えること以外の道を知りませぬ。どうか、どうかおそばに」

「頼む金丸。その方だけが頼りじゃ」

王の手が肩をつかむ。力をこめて金丸の躰を起こしてゆく。視線が交錯した。どちらも泣いている。王は感涙を流し、金丸は忠実な下僕を演じるために泣いた。

「これからも朕のことを頼むぞ金丸」

「身命を賭してお仕えいたしまする」

嗚咽で言葉を途切らせ、金丸は顔を伏せる。さめざめと涙を流す王のかすれた声が降ってくるのが、無性に鬱陶しかった。

*

室内の気が氷角の両肩に重くのしかかっている。官吏たちは按司の顔色をうかがい、言葉を吐くのをためらっている。赤や真呉は、加那の葛藤を我が事のように感じ、黙したまま苦衷に耐えていた。

「伊平屋島での築城作業は滞ったまま。島の男たちもそれぞれ家に戻っております る」

ただ一人、己が務めをまっとうするために淡々と言葉を吐く若者が、主に辞儀をした。報告は以上だという合図である。

「ご苦労であった」

上座から加那が言葉をかけると、若者はもう一度頭をさげて広間を去った。

「打ち壊さずに島を去ってくれただけ有難かった。そう考えるしかありませんな」

「そうだな」

赤の言葉に答え、加那が小さくうなずいた。椅子に深く腰をおろした姿が、鉛のように重そうである。

疲れが加那の全身にはびこっていた。躰の疲れではない。心の疲れだ。だから質《たち》が悪い。躰の疲れであれば一晩寝れば取れるが、心の疲れはそうもいかない。内奥に深く残る葛藤を消さなければ、いつまで経ってもなくならない。しかし、加那が抱えている葛藤は、永久に消えぬものだった。護佐丸の死が、心に深く根差してしまっている。彼の心を疲弊させているのが悔恨なのか、それとも諦観なのか。氷角にはわからない。ただ、護佐丸の死によって、加那が疲れていることだけはわかった。

そこに今の報せである。伊平屋島でともに働いてくれていた呉英をはじめとした中城の面々が、護佐丸の死を知り、島を離れた。

加那が主を殺したことを知った呉英たちの悔しさは、計り知れない。

呉英たちは怒りを暴発させることなく、伊平屋島を静かに去ったという。行方は知れない。主のいない中城に戻ったのか。それとも勝連に潜伏して仇を討とうとしているのか。氷角には知る由もなかった。

沈黙が支配する広間に、不意に苦悶する声があがった。

朱舛である。

赤銅色の顔を伏せ、泣くのをこらえていた。伊平屋島での朱舛は、己の居場所を得て活き活きとしていた。中城の面々と一番仲良くしていたのも、朱舛だった。彼らの失踪を一番気に病んでいるのはこの大男かもしれない。

「伊平屋島はいかがなされますか」

朱舛を無視して赤が加那に問う。

「ひとまずは中断だ」

広間と廊下をへだてている扉が開いた。壁と扉がぶつかった激しい音に視線が集まる。

百度踏揚が立っていた。

姫の背後に立つ大城が、皆に恐縮するように小さく辞儀をする。それに構わず踏揚は、大股で上座にむかって進む。

「阿麻和利様！」

威圧に満ちた声を踏揚が吐いた。美姫の口からこれほど気迫のこもった声が出たことに、広間に集った男たちが一様に驚きの眼差しを踏揚にむけている。姫は家臣たちを気にもしない。

階の袂で立ちどまった踏揚を、加那が見おろす。

「如何なされた」

丁重な言葉を吐いた加那の態度が、二人の間にある壁を如実に顕わしている。踏揚が嫁して二年。未だに二人は閨を共にしていない。

「お聞きしたいことがあります」

「議事の最中だ。あとで部屋にうかがおう」

「いまこの場で伺いたいのです」

言った踏揚の細い足が階を踏んだ。加那の妻となってから、一度として上ったことのない階である。夫をにらみつけ、一歩一歩嚙み締めるようにして上ってくる。加那は動じることなく、踏揚のするがままに任せている。さすがに大城はみずからの分を弁えているようで、階の袂に立って姫を見守っている。

階を上り終えた踏揚が、加那の前に立った。

「どうなされた」

黙りこんだ踏揚を、感情を抑えた加那の言葉がうながす。

「お爺さまを殺したというのは本当ですか」

激情に身を任せる姫の言葉は、一度堰《せき》を切ると止まらなかった。

「夜に紛れて中城へ兵を差しむけ、城を取り囲んだそうではないですか。寝ていたお爺さまを襲い、お婆さまや叔母さま、従兄弟《いとこ》たちまで皆殺しにしたと聞きました」

踏揚の言葉は、大筋では間違っていない。だが所々間違っていた。加那たちが夜を待って勝連を出たのは正しい。だが、そのまま夜襲をかけたわけではないし、護佐丸の寝込みを襲ってもいない。ただ、中城にいた一族を殺したことは事実だ。後に護佐丸の幼い息子の骸がないことが知れたが、加那は探そうとはしなかった。いないのなら仕方がないと言って、勝連に戻ったのだ。だから厳密には皆殺しではない。

「本当ですか！」

「ひとつだけ間違っている」

激昂する妻を見あげながら加那が答えた。

緊迫した空気に、広間に並んだ高官たちが息を呑む。赤も言葉を控えている。感情の消え失せた顔で、踏揚の背中を見据えている。

「護佐丸様は決して寝込みを襲われるような方ではない。あのお方は我らと正々堂々と戦い、そして敗れた。護佐丸様は武人として亡くなられたのだ。孫であろうとも、護佐丸様の死に様を穢すことは許さぬ」

厳しい口調で言い放った加那をにらむ踏揚の肩が怒りに震える。

「無礼な」

踏揚が大きく仰け反り胸を張った。

「私は王の娘です！　あなたのような下賤《げせん》な者がそうした口を利ける女ではありません」

「その下賤な者の妻はどこの誰だ」

「口を慎みなさい！」

激怒した踏揚が手を挙げ、加那の頬にむかって振った。

加那が左手を掲げる。踏揚の手首が巨大な掌に食いつかれた。つかまれた腕は、押しても引いてもびくともしない。

「放しなさい」

「無礼を認めるまでは、放しませぬ」

加那の瞳に、怒気が満ちている。嫌悪の情を妻から浴びせかけられたことよりも、護佐丸を侮辱されたことを怒っているようだった。

「護佐丸様は武人の鑑《かがみ》。だまし討ちで殺せるようなお方ではない。俺と護佐丸様は死力を尽くして戦ったのだ。男の世界に口を出すと承知せぬぞ」

「黙れ下郎！」

ずく。

我を忘れて叫ぶ踏揚を見て、大城が動いた。二段跳びで階を駆け、加那の前にひざまずく。

「祖父を亡くされ、姫は動転なさっておられます。数々の御無礼は姫になりかわりまして、この大城が謝りまする。どうか御容赦を」

床に叩きつけた額が、鈍い音を広間に轟かせた。頭をさげたまま大城は動かない。踏揚の腕をつかんだままそれを見おろしていた加那の口から、溜息がひとつこぼれた。

「姫を部屋に連れてゆけ」

大城が立つ。加那が姫の腕を放した。なおも夫を打とうとする踏揚を押しのけるように、大城が加那の前に立ちはだかった。その顔が血で真っ赤に染まっている。

「姫っ」

胸まで朱に染めた従者の姿を見て、踏揚の顔から血の気が引いた。

「帰りますぞ」

一気に冷めた踏揚が、うながされて階を降りる。広間に点々と血の跡を残しながら、大城が姫とともに去ってゆく。木戸の前まで来た時、踏揚が振り返った。

「お前はお爺さまの仇じゃ！」

怨嗟に満ちた声が、氷角の耳にいつまでもこびりついて消えなかった。

＊

尚泰久から送られてきた姫への手紙に添え文があった。

勝連城に与えられた狭い自室を皿の上の淡い炎が照らすなか、大城は己に宛てて書かれた金丸の文に目を落としている。

花はあるべき処《ところ》にあってこそ美しく咲くものと心得る。後日、戦勝の祝いの品を送る。花を迎える祝い人は、祝いに浮かれ、あるべき処より舞い出ずるであろう……。

細い字でそう書かれていた。

花とは、踏揚のことだ。あるべき処とは、首里城である。祝い人とは恐らく、姫を迎える者たちのことだ。

中城の一件から三月あまり。ついに金丸は勝連との決着をつけることにしたのだ。首里城から戦勝の祝いの品が届けられた時が、決行の合図だと金丸は告げている。

文をゆっくりと畳んでゆく。上質な紙がたてる静かな音でさえ、耳ざわりだった。とにかく静寂が欲しかった。

姫とともに逃げろ。金丸はそう言っている。しかしそれが、なによりも難しい。だが、踏揚を残して大城だけで逃げることなど考えられなかった。もし金丸が姫を置いて逃げろと書いて寄越してきたとしても、大城は姫とともに逃げたであろう。

阿麻和利と姫の間に愛情などない。それが、護佐丸の死によって憎悪へと変わった。もはや二人がわかりあえる日はこない。もし大城が勝連を離れれば、残された姫は危うい立場に立たされる。おそらく大城が首里に戻るとすぐに、金丸はなんらかの策を用い勝連との戦を始めるはずだ。その時、勝連に姫が残っていれば、阿麻和利にとって最大の武器になる。人質としてこれほど絶好の人間はいない。どれだけ足手纏いになろうとも、絶対に姫だけは連れて逃げなければならない。

姫が逃げたとなれば、大城がいなくなったことよりも厳しい追手がかかることだろう。果たして、逃げ切れるか。いや、逃げ切らなければならないのだ。

大城には首里城でやらねばならぬことが残っている。

勝連に入って二年の間、大城は城の内部や阿麻和利を取り巻く人物たちをつぶさに見てまわった。赤に勘繰られていることを自覚しながら、それでも細心の注意をはらい、それこそ戦場にある心地で二年という時を過ごしたのである。その結果、大城の頭のなかには勝連城の内情がつぶさに刻まれていた。勝連城を落とそうという金丸にとって、喉から手がでるほどに欲しいさまざまな事柄を、大城は有している。

みずからを高く売るためには、なんとしても踏揚を連れて逃げなければならない。

「とにかく姫に」

立ちあがり灯火に文を掲げる。青色の淡い焔のなかで文は炭となり粉となって消えた。部屋を出て姫の寝所へと足をむける。夜の城内は静まりかえっていた。不寝番がいるとはいえ、無闇矢鱈《むやみやたら》に廊下を歩きまわっているわけではない。それに、見つかったとしても姫に呼ばれたといえば済む話だ。堂々と廊下を歩く。姫の寝所の前に、勝連から与えられている従者が立っていた。

「御苦労」

明かりに浮かぶ幼さが残る顔に、声をかける。微笑んでやると、少年は顔を伏せて、大城が部屋に入るのを許した。

姫はまだ寝ていなかった。部屋に明かりはない。開け放たれた窓から月光が射し込み、部屋を仄かに照らしていた。窓辺に置かれた椅子に座り、踏揚は月を眺めていた。

「どうしたのですか、こんな刻限に」

月を見たまま踏揚が言った。ひざまずき頭を深く垂れる。

「城を抜けまする」

「どういう意味ですか」

「城を抜けて首里へ戻ります」

姫の目が大城へとむいた。見おろす視線を、顔を伏せたままの大城は知らない。

「某に王より命が下されました。姫を連れて逃げるようにと」

「そうですか」

姫の声に憂いがない。

「わかりました。では行きましょう」

生まれてからずっと箸の上げ下げまで人にやってもらっている姫である。物事には順序があるということがわからない。準備や手回しのことなどに考えがいたらないのだ。

姫に伝えるのは性急であったかと、自問するが時すでに遅しである。大城は、自室からここまでの間に考えた策を舌に乗せた。

「中城での戦勝を祝し、王からの祝儀の品が、ひと月のうちに送られてくることになっております。その夜は使者を歓待する宴となりましょう。城内の者たちが忙しく働いておるその隙に、馬を盗んで逃げまする」

「私は馬に乗れません」

「某とともに乗ってもらいまする」

姫の顔がすこしだけ明るくなった。

「おそらく追手がかかりましょう。ですが姫の御命は某がお守りいたします」

「わかっています」

手の甲を柔らかい温《ぬく》もりが覆った。顔をあげた大城の目の前に、にこやかに微笑む踏揚の顔があった。

「頼みましたよ大城」

「お任せくだされ」

「頭の傷はもうよいのですか」

踏揚の視線が額にむけられた。白い布が巻かれている。阿麻和利にひれ伏した時にできた傷だ。

「ご心配にはおよびませぬ」

「私を庇ってくれたこと、嬉しく思います」

激しい衝動が大城を突き動かす。気づいた時には、踏揚の掌をつかんでいた。力強く握ると、踏揚も握り返してくる。

これ以上はならぬ……。

腹の底の猛《たけ》りを、必死に押し留めようとする大城を、姫のまろやかな香りが包みこんだ。

＊

「勝連に戦勝の祝いの品を送るよう取り計らったが、これでよかったのだな」

卑屈な笑いを浮かべる王の言葉に、金丸は目を細めて淡々とうなずいた。

「よろしゅうございます」

踏揚への文を書かせた。もちろん大城への繋ぎの書のためである。戦勝の祝いの品とともに、勝連に届けることになっていた。

「阿麻和利の活躍を認め、忠義を讃《たた》える書状は先日送ったではないか。そのうえ祝いの品とは如何なることじゃ」

「祝いの品々が勝連に届くと同時に、大城が動きまする」

「はて、大城とな」

尚泰久が小首を傾げた。

「姫の従者にござりまする」

「おぉ、布里を殺した男か。そうかあの男は踏揚の従者であったな」

「姫とともに勝連におります」

踏揚の婚姻が大城を勝連城に入れるためだということは、王にも話していなかった。

「祝いの品が勝連に届き、大城が動くとは」

「姫を連れて逃げまする」

素っ頓狂な声を王が吐いた。

「ひ、姫は、姫は……。本当に無事に逃げだすことができるのか」

「大城は生粋の武人にござります。そのあたりはぬかりありますまい。城さえ抜ければ首里より救援の兵を出しまする。御案じなさるようなことには万にひとつもなりませぬ」

兵は出すつもりだ。しかし首里よりそう遠く離れた場所ではない。踏揚が逃げたことを知った阿麻和利は、必ず追手を差し向けるだろう。

阿麻和利の追手こそ、金丸の欲する物なのだ。姫の生死などどうでも良い。死んでくれて構わない。ただ、大城が頭に溜めこんだ勝連城の情報は惜しかった。その点では、無事に逃げてくれるに越したことはない。

「大城と姫は阿麻和利に叛意ありという報せを、この城に届けてくれます」

尚泰久の目が恐れに潤んでいる。

金丸は構わず押す。

「護佐丸を討って以来、阿麻和利の増長凄まじく、首里を攻めんと企んでいるという噂を、すでに諸国の按司たちの耳に入るように、手配しております」

耳目の働きである。

「護佐丸の死を目の当たりにした按司たちは苛烈な仕置きを恐れておりまする。第二の護佐丸になることをなにより恐怖している按司たちは、阿麻和利の噂を耳にして、一刻も早く首里城へ報せんとするでしょう。そこに姫より決定的な報が舞いこむ。そこからが王の出番にござります」

なずく。

その程度の知恵が回らぬほどにまで鈍してはない尚泰久に、金丸は冷笑を浮かべてう

「十日が勝負。勝連間近まで物見を出し、昼夜を分かたず見張りまする。城で騒ぎが起こると同時に救援の兵を出し、そこから先は阿麻和利討伐まで一気に持ってゆくのです」

「すべてお主に任せる。頼んだぞ金丸。朕の力が必要な時は、いつでも言うて参れ。夜でも構わぬ」

この期におよんでなお己の惰眠の心配をしている尚泰久は、やはり膿んでいる。しかし金丸はすでにこの男を見切っている。過度な期待などはなからしていない。

「ひと月もすれば、勝連に集まる富は、あまねく王の物となりましょう」

汚らわしい欲望をみなぎらせた王の笑みに、金丸は乾いた笑みを返した。

*

柔らかい温もりを背中に感じながら、大城は馬を走らせる。遠ざかってゆく小高い丘の頂付近が、夜だというのに煌々と輝いていた。焔の明かりに照らされる勝連城から、

怒号とも喚声ともつかぬ声が聞こえてくる。それらはすべて、大城の暴挙によって生まれた声だった。振り返らない。前だけをむいてひたすらに馬を走らせる。

「首里城からの迎えに会えるまでの辛抱にございます」

己が背に触れる気配にむかって語りかけた。腰に回された二本の腕が力を強める。それが答えだ。激しく上下する鞍の上で喋ると舌を嚙むから言葉を吐くなと命じたのは大城である。それを踏揚は忠実に実行していた。

無数の蹄《ひづめ》が地を叩く音が、丘のほうから聞こえてきた。秩序もなく掻き鳴らされるそれは、凄まじい速さで丘を降りてくる。

馬腹を強く蹴った。背後に迫る蹄の群れに負けぬようにと、すでに息が上がりかけている馬を乱暴に急きたてた。走り始めて四半刻あまり。いつまで保《も》つことか。

「大城っ！」

背中に寄り添う気配が叫んだ。その悲痛な声は、これまで聞いてきたどの声よりも美しいと、大城は思った。

「喋ってはなりませぬ姫」

腰に手を回す踏揚に叫んだ。

「でも！」

なおも踏揚はなにかを報せようと声を発する。

「後ろに！」

踏揚に誘われるようにして背後を見た。大城の目が馬影を捉える。最前列を走るのは十騎。後ろにはさらに多くの追手がいる。

「心配には及びませぬ」

馬首を右にむけた。勝連から中城方面へと伸びる大道を脇に逸れる。十頭の馬が横並びで走れるほどの道幅はない。

「遠回りになるやも知れっ……」

舌を噛んだ。傷は浅い。偉そうなことを姫に言っておきながら、みずからが舌を噛むとは格好がつかないと、大城は己の不覚を恥じる。

とにかく首里城へ……。

その一語のみを心に唱え、大城は姫とともに夜の闇の只中を駆けた。

＊

「野郎っ、脇道に逸れやがった！」

遠くに見える馬影をにらみつけ、右隣を走る赤が叫んだ。この男にしては珍しく焦りが声に滲んでいることに、氷角はただならぬ事態であることをまざまざと痛感していた。

「あいつはいったいなにを考えてやがるんだ」

左を走る朱舛が怒りに満ちた声を吐く。氷角はどちらの声にも答えることなく、淡々と馬を走らせる。

大城が姫を拉致して逃げた。

尚泰久の使者を歓待する宴が城内で開かれている最中のことである。

姫は気分が優れぬという理由で、父より遣わされた使者に顔を見せることすらなかった。

騒ぎが起こったのは、三の廓の城門付近であった。城外へと通じる大門前で、番をしていた男たち四人が斬り殺されたのである。

殺ったのは大城だった。

宴が催されている城内では、多くの者たちが酒に酔っていた。門を守る者たちも、普段より少なかった。その隙を狙われたのである。

事の仔細《しさい》を見た者によれば、大城は馬を一頭引きながら、一人の女官を連れて現れたという。姫のお付きの女であるが首里にいる身内に不幸があったので、急ぎ首里まで送り届けたい。阿麻和利にも承諾を得ている。そう言って開門を迫ったのだという。

大城の言葉を鵜呑《うの》みにした門番たちは、大門を開いた。その時、大城の態度が豹変《ひょうへん》した。瞬く間に門番四人を殺した大城を、三の廓の庭で酒食のもてなしを受けていた城の者たちが見ていた。

「護佐丸殿を討って増長した阿麻和利は、首里王府への謀反を企んでおる！　勝連按司の謀反を見過ごすことはできぬ。某はこれより首里城へ赴き、事のいっさいを王に告げる所存なり！」

呆気に取られる者たちに大城はそう叫ぶと、女を馬に乗せみずからも鞍にまたがった。城門に掲げられた松明の明かりに照らされた女の顔を見た城の者たちは、その時初めて大城の連れていた者が女官ではなく、踏揚本人であることを知った。

変事はすぐに阿麻和利の耳に入った。その際、阿麻和利や赤が一番懸念したのが、最後に大城が言い放った言葉である。

首里王府への叛意。

謂れのないことである。阿麻和利が謀反を企てていたとするならば、護佐丸を討ちはしない。討伐を命じられた時、王府の命に逆らい、中城の護佐丸と手を取りあってともに王府を攻めていたはずだ。護佐丸を討ったという事実が、阿麻和利の忠誠を証明している。大城が叫んだことは、すべて嘘である。

しかし、王府に対して嘘だと弁解して、信じてもらえるだろうか。護佐丸という前例がある。

大城を首里にむかわせるわけにはいかない。

阿麻和利は男たちを掻き集め、大城を追わせた。赤が率い、氷角と朱舛も追随している。

「あいつを生きて首里にむかわせんなよ！」

小路を走る赤が叫んだ。行く手にむけられた視線の先で、大城を乗せた馬が、より細い路地へと曲がった。

＊

「小勢ではございますが、勝連より首里にむかって男たちが駆けておりまする」

急遽《きゅうきょ》集められた高官たちの視線を受けながら、金丸は奏上した。

「いったいなにが起こっておる」

「物見からの報せによれば、踏揚様が従者とともに城をお抜けあそばされたとのこと」

「踏揚が勝連城から脱しただと」

これみよがしに目を見開き、尚泰久がつぶやく。

大袈裟なくらい驚いているが、すべて演技だ。金丸との間で話がまとまっている。勝連への使者が旅立ったその日に、勝連に対しての監視は始まっていた。二刻ほど前に勝連城内で騒ぎがあったことは、すぐに金丸の耳に入った。城から単騎で駆けだした馬影も、四半刻あまり後に城を飛び出した追手も、耳目の手下どもが確認済みだ。

「どうやら姫に追手がかかっておる模様」

「踏揚が城を抜け出し、阿麻和利が追手を放った。そういうことか」

張りのある声で問う王に、金丸はうなずいた。高官たちにとっては、まさに寝耳に水であろう。事態を把握することさえできず、誰もが近くの者と囁きあっている。

「如何にする」

王が金丸に問うた。わざと口籠る。

「謀反じゃっ！」

男たちのなかから声があがる。

これを金丸は待っていた。

踏揚に追手がかかったという報せ。そして過日の護佐丸の一件。ふたつの事象を頭に刻みつけた者ならば、すぐに思いつく結論だった。己の口からではなく、あえて高官たちに言わせるために、わざと口をつぐんだのである。一人が謀反と口走ることで、皆の恐怖が一気に爆発した。踏揚が殺される。追手はそのまま首里まで攻めてくるのではないかなどと、喧々諤々《けんけんがくがく》、広間は騒然となった。

「静まれ」

尚泰久の声にも高官たちは気づかずに語り続ける。皆はすでに、阿麻和利謀反をなかば事実としてとらえているようだった。

「静まらぬか！」

珍しく尚泰久が叫ぶ。高官たちが口を閉じた。初めて聞いた王の怒号に慄いている。

「踏揚を助けねばならぬ」

尚泰久が毅然と言い放つ。

「金丸よ」

落ち着いた声が階より降ってくる。金丸は目を伏せ、わずかにうなずいた。

「姫を助けるために兵を出せ」

「勝連よりの追手はどうなさりまするか」

「夜道を単騎で逃げる姫を探すよりも、勝連から差しむけられた追手の一団を蹴散らすほうが容易《たやす》かろう」

「詰問は」

「そのような余裕はあるまい。姫が城を逃げ、追手を差しむけた。その事実だけで、阿麻和利は我に弓引いたも同然じゃ。構うことはない。逆らうようなら殺してしまえ」

「阿麻和利は兵を挙げるやも知れませぬ」

「琉球全土より兵を集めろ」

「それでは」

「謀反人は討伐せねばなるまい」

密室で語りあった通りに王が言い放った。

「かしこまりました」

騒然とする高官たちのなか、金丸は一人頭をさげる。うつむいた顔に宿る笑みを見た者は一人もいなかった。

＊

氷角たちは中城の川辺で、大城の乗っていた馬を見つけたが二人の姿はなかった。見失った。

「皆で手分けして探せ！」

馬上から赤が叫ぶと、男たちが方々に散ってゆく。川べりに三頭の馬が残された。赤と氷角、そして朱舛である。三人は鞍を並べるようにして川を見おろした。

「闇に紛れて逃げてる奴らを見つけるのは難しい」

朱舛が力なくつぶやく。闇のなかでもなおうねる川の流れに目を落とし、赤は口を開いた。

「やるしかねぇんだ」

口調にいつもの余裕がない。

「なにがあっても見つけるんだ。お前ぇもぼけっとしてねぇで、さっさと行け！」

怒鳴りつけられた朱紼が、下唇を突きだした。子供のようにふてくされながら、馬を走らせる。その後ろ姿をにらみつけた赤の口から溜息が漏れた。

「俺たちは嵌《は》められたのかもしれねぇ」

氷角に背をむけ赤がつぶやく。

「やっぱり護佐丸様は謀反なんか企んでなかったんだ。今回の大城と、あの時の中城の従者。状況があまりにも似通ってんだろ」

「だとしたら尚泰久王は」

「阿麻和利を謀反人として討つつもりだ」

赤が肩越しに氷角を見た。

睫毛の下の大きな瞳に殺気が宿っている。

「俺は大城が勝連に来た頃から疑ってた」

氷角にも覚えがあった。護佐丸が勝連城を訪れた時だ。赤が大城に詰め寄り、踏揚が激昂したことがある。

「なんで大城はわざわざ門番を四人も殺して派手に叫んで逃げたんだ。それがずっと引っかかってんだ」

赤の言う通りだ。姫という足手纏いがいるのだから、密かに城を抜けるのが当たり前に思える。これから首里にむかうなどと大声で叫ぶ必要はない。

まさか……。

不意に胸に沸いた疑念を、氷角は言葉にして赤にぶつけた。

「追手が必要だった。だから大城はわざと城門で叫んだ。それも阿麻和利様が謀反を企んでいるなどという、王に聞かれては絶対にまずいことを」

「王に聞かせちゃならねぇってんで、俺たちが慌てて飛び出してくる。それをあいつは望んでいた」

「そう考えたら筋は通りますね」

「だとしたら俺たちはまんまと、奴の策に嵌まっちまったってわけか」

「お頭ぁっ！」

赤がつぶやくのと、朱舛の叫び声はほぼ同時に氷角の耳に届いた。

「どうした」

駆け寄って来る朱舛に、赤が問う。

「南のほうから」

朱舛がそこで一度言葉を切って、肩で大きく息をする。苛立ちをあらわにした赤の手が、広い朱舛の胸を叩いた。

「物凄ぇ数の松明が、こっちにむかってくる」

「南っていや」

「首里城」

氷角がつぶやくと、それまで朱舛を見ていた赤の目がこちらにむいた。

「おい氷角」

赤の言葉の続きを黙して待つ。

「どうやらお前ぇの言う通りだったようだぜ」

「首里城の兵に襲わせるために」

「朱舛！」

赤が手綱を絞って叫ぶ。

「すぐに皆を集めろ。勝連に戻るぞ！」

「でっ、でもこのままじゃ、大城たちが」

「呑気に捜してて、皆殺しになったたなんて間抜けな話はねぇ！」

馬腹を蹴った赤が、氷角に近づく。

「お前も朱舛と一緒に皆を集めろ」

赤が南へと馬を走らせる。

「どこに行くんですか」

「もう少し先まで見て来る。全員が集まったら、俺にかまわず皆で先に城に帰れ！」

叫んだ赤の背中が闇に溶けた。

*

「踏揚様と大城殿でございますか」

両手を広げながら駆け寄ってきた鎧姿の男が叫ぶ。男の背後には大勢の兵が従っている。どうやら男は、この一団の長であるようだった。これだけの兵を預かっているのだから、名のある者であろう。しかし男の顔を大城は知らない。

「その方たちは首里から」

「左様！」

男が力強く己の胸を叩いた。

「姫、もう安心です」

踏揚は大城の背で疲れ果てていた。走ることに慣れていない踏揚に、敵に怯えながらの逃走は厳しいものであった。

「王が姫のために用意なされた兵にござりまするぞ！」

大城の肩に顎を預けていた姫が、わずかに顔をあげた。

「た、助かったのですね大城」

「はい」

「よかった」

　ふたたび姫の頭が、肩に沈む。

「済まぬが、姫を首里へと届けていただけませぬか」

　長に頼む。すると男は、背後に控える兵に声をかけた。身分の高そうな数名の兵士が、大城の面前で片膝立ちになり頭をさげる。

「あなたが連れて行ってくれるのではないのですか大城」

「私にはまだやることがございます」

　心配そうにつぶやく踏揚に答えた。

　姫を馬から下ろす。

「必ず王の元まで届けてもらいたい」

「承知いたしました」

　兵たちが力強くうなずいた。

「私をこの一団にお加えいただきたい」

　長が驚きの声をあげたが、構わず大城は続けた。

「奴らは我が手で始末する」

＊

百度踏揚が帰ってきたが、大城は戻らなかった。

「よう来た、よう来た踏揚」

姫を力強く抱きしめながら、尚泰久が頰擦りをした。家臣たちの目など気にも留めず父の顔を見せる王の放埒《ほうらつ》ぶりに、金丸は溜息を吐く。戦が迫っているのだ。愛娘の帰還などを喜んでいる暇はない。踏揚が首里へ到達した。これで謀反の報せが王府に届いたという大義名分は立つ。大軍を動かすならば、今しかない。

「近隣の按司たちに使者を立てまする。二日後には兵が揃いましょう」

すでに阿麻和利に叛意ありという噂は各地に流している。報せを受ければ、按司たちもすぐに動くはずだ。

「その方に任せる」

疲れ果てて目も虚ろな姫を抱きしめたまま、尚泰久が言った。

「父上」

力なくつぶやく娘に王が耳を傾ける。

「あの男を討ってください」

曲がりなりにも二年ものあいだ夫であった男のことを、踏揚は怨嗟の情を込めた声で吐き捨てた。

「わかっておる」

「大城が行ってしまいました」

「あの従者か」

「大城は私の恩人です。死なせてはなりません。お願いです、大城を助けてください」

「踏揚様」

親子の会話に、金丸は割って入った。父の腕から逃れた踏揚が、階の袂に立つ金丸に目を落とす。

路傍の石を見るような薄情な視線が、金丸の鼻先を貫く。女の浅はかな我欲をみなぎらせる瞳を見あげながら、金丸は口の端に笑みを張りつかせた。

「大城は武人にござります」

「だからなんだというのです」

「敵と戦い死ぬことが、武人の本懐です」

姫の瞳の奥に嫌悪の情が揺らめいていたが、金丸は構わず続けた。

「あのような者にお心を傾けてはなりませぬ」

「差し出がましいことを申すでない」

白い肌に怒りの皺が走る。この女は大城に惚れている。世間知らずの小娘にとって、従者と姫などという身分の差など関係ないのだ。その浅はかさが、尚泰久の娘らしいと思う。

「首里より遣わした五百は、追手を討ち払い戻ってくるように命じております。大城の生死は明日には判明いたしまする」

「必ず生きて帰すようにと命じなさい」

「それはできませぬ」

愚昧な姫に付き合うのは面倒だとばかりに、金丸は玉座に目をむけた。

「出兵の支度に取り掛かりまする」

「すべてお主に任せる」

王の返答を受け、金丸は続けた。

「勝連城には私も行きまする」

「何故、お主が行かねばならぬのだ」

当然の問いである。

たしかに金丸が行くことはない。がさつな武人どもに任せておけば済む話だ。

しかし行く。

見届けたかった。

阿麻和利の死を。

「阿麻和利は奸智に長けた男にございます。私が直接赴き、全軍に目を光らせまする」

尚泰久がなにかを考えている。足りない頭で判断しようとしているのだ。金丸が己の手元にあることと、勝連の兵たちを指揮することを天秤《てんびん》にかけている。

「お主の願いを無碍《むげ》にすることはできぬ。ならば約束しろ。必ず阿麻和利を討つのじゃ」

「承知いたしました」

愚昧な親子に背を向け、金丸は修羅の地平に踏み出した。

*

赤の馬が駆けてくる。

「退け！　退くんだっ！」

叫ぶ赤の背後に土埃《つちぼこり》が舞っている。大軍に追われていた。氷角は赤へと馬を走らせる。白先と朱舛も続く。

「姫はどうでしたか」

横に並び、馬を反転させながら氷角は問うた。赤は無言のまま首を振る。四頭の馬が並びながら走りだす。背後に大軍が迫り、目の前では仲間たちが駆けていた。

むかう先に勝連城がそびえている。城までは数里はあろうか。敵の主力は騎馬、こちらは徒歩と馬が半々だ。追いつかれたらひとたまりもない。

「首里の兵でありましょうか」

白先が赤に問う。

「そうとしか考えられねぇ」

「だとしたらあまりにも手際が良すぎる」

白先のつぶやきに、赤が舌打ちをした。

「最初から仕組まれてたんだよ」

「どういうこってすかい！」

たまらぬといった様子で朱丼が叫んだ。

「あらかじめ姫が逃げることを、首里王府は知ってたんだ。じゃなけりゃ、こんな数の兵が待ち受けてるはずがねぇだろ」

赤の言葉を聞いた朱丼が、背後に迫る騎馬の一団をにらんだ。

「このままじゃ追いつかれちまいますぜ」

「わかってんならさっさと走れっ！」

苛立ちをあらわにする赤の言葉を聞き、朱丼が行く手を走る仲間に目をむけた。

「止まれ！　屋慶名の莫迦どもっ！」

胴間声が荒くれ者たちの背中を打った。半数以上の者が立ち止まる。徒歩も騎馬もいた。

「なに考えてんだ走れ。さっさと走れっ」

「走るなっ！」

赤の命を覆すように朱舛が叫んだ。

「敵をここで押し留める！」

朱舛の叫びを聞いた男たちが、わずかに戸惑いを見せた。しかしそれも束の間、皆が一様に笑みを浮かべ、朱舛にうなずいた。

その姿に赤が罵声を浴びせる。

「走れっていってんだろ！」

「俺たちが走んのは城じゃねぇ。わかってんだろうなっ、莫迦ども！」

朱舛が叫ぶと、いっせいに喚声があがった。

「屋慶名の者以外は、赤のお頭を守れっ！　かならず全員で城まで戻れ。わかったな！」

朱舛が氷角と白先を交互に見た。

「お前たちもだ」

「朱舛、あんた……」

白先が悲痛な声を吐く。立ち止まった男たちが敵にむかって駆けだした。

「莫迦野郎っ、そっちじゃ」

赤の頰を朱舛の拳が打った。太い腕が赤の襟をつかんで引き寄せる。

「もうわかってんだろ、お頭っ。ここで全員が助かるなんてこたぁねぇ。だったら誰が生き残るべきだ。言ってみろよ」

「うるせぇ、なに格好つけてんだよっ」

「護佐丸様を殺してから、ほとほと嫌になっちまったんだ。ここらで降ろさせてくれよ」

「朱舛、手前《てめ》ぇ」

襟首をつかんだまま朱舛が赤をにらむ。その赤銅色の頰を、涙が濡らしている。

「ここで死のうが生きようが、俺はもうあんたのところにゃ戻らねぇ」

「なに言ってんだよ」

「俺のことは忘れて、勝連城に戻るんだ。そして阿麻和利様と一緒に、この面倒臭ぇ世の中を少しは面白《おもしれ》ぇもんに変えてくれ」

男たちが氷角の脇をすり抜けて行く。どれも見知った顔だ。屋慶名にいた頃は、昼も夜もなく酒を酌み交わしていた仲間たちである。

「楽しかったぜ。お頭」

朱舛が馬首をひるがえした。

「まだ話は終わってねぇだろが！」

反転しようとした赤を、白先が両手で押し留めている。氷角は赤の背に手を伸ばした。

「行きましょう」

「朱舛！」

叫ぶ赤の馬に鞭《むち》を打って無理矢理走らせる。屋慶名の男たち以外の者たちが、行く手に待ち受けていた。

「走るぞ！」

男たちにむかって氷角が叫ぶと、皆が城を目指して走りだした。その群れのなかに赤とともに潜りこんだ。一個の塊となって城へ駆ける。

肩越しに背後を見た。

朱舛の姿は乱戦のなかに消えていた。

「俺たちは嵌められたんだ！　大城にっ！　踏揚にっ！　尚泰久王にっ！」

叫んだ赤の拳が卓を叩いた。並べられた盃が一度跳ねて転がり、石畳の上でいっせいに砕けた。誰一人それを片づけもせず、うなだれる赤を見つめている。

加那の居室。狭い部屋のなかに設えられた卓の周囲に六つの椅子が置かれている。今そこに座しているのは四人。加那と赤、そして白先と氷角である。真呉は一人立ったまま、壁にもたれかかっていた。赤を囲んでいる四人の顔は、どれも一様に暗い。

「朱舛はどうした」

「もうあいつぁ帰って来ねぇ」

加那の問いに赤が答える。卓に置いたまま震える己の拳をにらみつけ、赤は友を見ようともしない。

「大城を見失ってから、王府の兵に気づくまでの間は半刻くれぇだった。敵は勝連城を見張ってやがったんだよ」

「城での騒ぎを狼煙《のろし》で首里まで伝え、すぐに兵を差しむけた。そういうことか」

「そう考えなけりゃ、こんなに都合良く襲われるわけがねぇだろ」

「首里からの兵はどうなった」

加那が白先を見た。

「まだ中城のあたりに留まっている様子。松明の明かりがこの城の石垣からでも見えます」

「そうか」

「こっちも兵を集めねぇと」

赤が加那を見た。壁に背をつけ瞑目していた真呉が、かっと目を開き赤に顔をむけた。

「王に刃をむけるのですか」

「仕掛けてきたのは奴らのほうだ」

「だからといってここで我らが兵を起こせば、護佐丸殿と同じことになりましょう」

「じゃあお前ぇは黙って奴らが襲って来るのを待ってろって言うのか」

赤が椅子を蹴り上げ、真呉の面前に立った。そして、今にも斬りかからんばかりの勢いでにらみつける。

「お前ぇはいってぇどっちの味方なんだ」

「私は阿麻和利様の家臣にございます」

「だったら水を注《さ》すようなことを言うんじゃねぇ」

「阿麻和利様のこと、この城のことを思うておるからこそ、余計な熱に浮かされぬよう気を配っておるのです」

「阿麻和利が戦うと言えば戦うんだな」

「愚問」

真呉の答えを聞いた赤が加那を見る。

「尚泰久は、最初から俺たちを嵌めるつもりだったんだ。でなけりゃ、今日のこの事態は説明が付かねぇ。護佐丸の従者がこの城に逃げてきたことと、大城が首里を目指して逃亡したことを考えてみろ。王は二度も同じ手を使ったんだ。だとしたら、今度の敵は誰だ」

「そう熱くなるな」

加那が笑った。椅子に落ち着けていた躰をゆっくりと持ち上げ、軽やかな動きで赤の元へと進む。荒ぶる友の肩に手を置き、清々しい笑みを浮かべた。

「ここらが潮時じゃないのか」

「なに言ってんだよ」

「まぁ聞け」

加那は、赤の肩に手を置いたまままもう一方の手で椅子を持った。いつもは朱鉾が座っていた椅子だ。主を失った椅子を友の前に置く。にこやかな表情のまま勧める友に、赤も断わり切れず渋々といった様子で腰をおろした。それを確かめると、さっきまで赤が座っていた椅子を起こし、加那はそれに座った。

「俺は魂の焔に突き動かされるようにして、これまで生きてきた。しかしいつの頃からか、胸の奥にあったはずの熱を感じなくなった」

「そりゃ、あの病弱な姫を嫁にした時だよ」

まるで加那の心を見透かすように、赤が皮肉めいた言葉を吐いた。

「お前の言う通りかもしれぬ。あの女を妻にして、俺は王の親族という立場を得た。尚家の一員であると錯覚し、王府のために何を為すべきかを考えるようになった」

「だから護佐丸様も殺したんだろ」

赤が卓を叩く。真っ赤になった目で加那をにらむ。

「お前はそこまでして尽くそうと思っていた王に裏切られたんだぞ。潮時ってどういう意味だよ。こんなところで終わるつもりかよ」

赤の叱責に加那はいっこうに動じない。口の端に微笑をたたえ、赤を見つめ返す。

「たしかにお前の言う通り、俺は王の親族なんてものに縛られ、熱を奪われた。王家だ、琉球だ、そんなちっぽけな枠に縛られてしまった」

「だからさっきからなに言ってんだよ」

「済まん」

加那が頭をさげた。

「なんだそれ」

見おろしながら赤が恨めしげにつぶやく。加那は頭をさげたまま、言葉を吐いた。

「按司だとか王だとか、そんなことでいがみ合うのはもうたくさんだ」

「いまさらなに言ってんだよっ！」

襟をつかんで赤が友の顔を引きずり上げる。

「いがみ合うのはもうたくさんだと。朱舛みてぇなこと言ってんじゃねぇよ。お前ぇは俺の主だろうがっ！　勝連の按司だろうがっ！　天から降ってきた肝高《きむたか》の男だろうがっ！」

赤の咆哮を浴びながら、加那はじっと耐えていた。

「お前ぇが王になるために、俺は踏揚との縁談に納得したんだ。あん時のお前ぇには、王になる野心があった。そうじゃねぇのかよ。王とか琉球がちっぽけな物だと。なに言ってんだよ。お前ぇはなにをしてぇんだよ」

「按司とか琉球とかそんな物は捨てて、俺と一緒に海に出ないか」

加那が笑みを浮かべる。その顔に氷角は、懐かしさを覚えた。

まだ加那も赤も何者でもなかった頃。屋慶名で夢を語り合っていた頃の、清々しい加那の笑顔が目の前にあった。

「お、お前ぇ、逃げるつもりか」

赤が涙目になっている。総身を震わせているのは怒りなのか。それとも、悲しみなのか。氷角にはわからない。

「海の外には大きな国がある。琉球だけが国じゃない。海の外には明国や倭国とは違う別の国がたくさんあるんだろ。そいつを巡りながら、ろおまで行ってみないか」

「な、なに夢みてぇなこと言ってんだよ」

赤が身を乗り出して、加那の襟首をつかんだ。

「餓鬼みてぇなこと言ってんじゃねぇよ。お前ぇがここまで来るのに、どんだけの命を犠牲にしてきたと思ってんだ。茂知附。星歌。護佐丸様。お前ぇが殺したんだ。そいつらだけじゃねぇ。朱舛も死んだんだぞ。お前ぇのために朱舛は俺たちを逃がしたんだ。それを忘れて、なにもかも投げ出して海に出ようだと。冗談じゃねぇ。そんなこと、死んでも許さねぇ」

「赤……」

食いしばった赤の歯が鈍い音を立てた。薄く開いた唇の端から紅い物が流れ出している。

「お前ぇには戦う以外に道は残されてねぇんだよ。戦って、尚泰久をぶっ殺して王になるか、ここで俺と刃を交えるか。どっちか選べ」

「俺が勝ったらどうする」

「どんな卑怯《ひきょう》な手を使っても殺す」

「赤……。俺はもう後戻りはできないのか」

「お前ぇだけじゃねぇ。俺たちはもう、来るところまで来ちまってんだよ」

赤の言葉が心に染みる。たしかにすべてを投げ出して逃げるには、加那や氷角たちはあまりにも余人の血を流しすぎた。すべてを忘れて笑うことは、できそうもない。

不意に口から主の名がこぼれでた。

「阿麻和利様」

「なんだ氷角」

加那の声にうながされるようにして、氷角は己が想いを言葉にした。

「海に出るのなら、笑って出ましょうよ。このまま逃げたんじゃ、俺たちはいったいなんのために……。なんのために」

笑おうとしたのに、目尻から熱いものがこぼれ落ちるのを止めることができなかった。それだけ言うのが精一杯。氷角はうつむいて加那から目を逸らす。

「こいつの言う通りだ」

赤が言葉を継いだ。

「阿麻和利。お前には戦う責任がある。すべてに決着をつけたら、海にでもなんでも出るがいいさ。そん時は俺がお前に代わって王になってやる」

「お前らしい言葉だな」

目を閉じた加那がそのまま顔を天井にむけた。鼻から息を吸い、ゆっくりと吐き出す。顔を戻した時には、見開かれた目が仲間たちをとらえていた。

「今になって、あの時の護佐丸様の気持ちがよくわかる。あの時、護佐丸様は本気で俺に勝とうとしていた。しかし時が足りなかった。十分な兵を用意することもできぬまま城を囲まれてしまったため、満足に戦うこともできなかったんだな」

「阿麻和利」

「嵌められたのなら勝つしか道はない。そうなんだろ」

笑みのまま加那が、赤の胸を拳で突く。

「俺たちには時がある」

「そうゆっくりしている暇はねぇぞ」

「なぜ大城が俺の叛意を王に注進するなどと大門で叫んだと思う」

「そういうことをしそうな奴だ」

「違う」

断言した加那の目に、覇気が満ちている。これほど精悍な主の顔を見るのは、久しぶりだと氷角は思った。

「俺たちに追手を出させたかったんだ。お前たちが首里の兵に襲われたことすらも、王の」

そこまで言って加那が口籠った。

「いや、恐らく金丸という男の策であろう」

「あの厭らしい目つきの役人か」

赤の言葉で、氷角も思いだした。

加那の供として首里城を訪れた際に、一度目にしている。人を品定めするような嫌な目つきをした男だ。

「王の背後にはつねにあの男がいる。踏揚を俺の元に嫁がせたのも恐らく金丸であろうと俺は思っている」

「なんでだ」

「今日を見越してだ。王からの戦勝祝いの品々が勝連に着いた日に姫が逃げた。それもまた首里と姫が繋がっていた証だ。最初から姫は首里に戻るはずだった。その時のために大城を従者として城に潜り込ませたんだ」

「やっぱり奴は首里の間者だったたってわけか」

「王や金丸の頭に、俺たちと仲良くやろうという気は最初からなかったんだ」

「くそったれがっ」

赤が吐き捨てる。

「ならば我らは護佐丸様を討つために体よく使われたというのですか」

真呉が問う。加那は無念を嚙み殺すように硬く口を結んでうなずいた。

「護佐丸様が」

氷角の口から今は亡き英雄の名がこぼれた。皆の目が集中する。また泣きそうになるのを堪えつつ、氷角はつぶやく。

「護佐丸様が生きていたら、俺たちと一緒に戦ってくれたでしょうね」

「今さらそんなこと考えたって仕方がねぇだろ。あの人を殺したのは俺たちなんだ」

赤が屹然《きつぜん》と言い放つ。

「護佐丸殿を失い、みずからも策に嵌まらなければ、首里の真意に気づけなかった己の愚かしさを呪う。が、今はそれを悔やんでおっても始まらぬ。そうだな赤」

加那が友を見た。照れくさそうに笑ってから、赤が小さくうなずく。

「俺らしいやりかたでやらせてもらう」

按司の瞳が輝いている。

「すぐに勝連中より男たちを集めろ」

赤がうなずく。阿麻和利は続ける。

「俺たちは護佐丸様との戦いに勝ったんだ。そこいらの腰抜けどもが束になってかかってきても敗けはせぬ。勝って勝って勝ちまくり、首里まで攻め寄せ、王府を倒す。それが俺の、勝連の生きる道だ」

「やっとお前らしくなってきたじゃねぇか」

「そのかわり約束しろ」

友を見る加那の目に真剣な光が宿る。

「この戦が終わり、王と金丸を討ったら、俺はこの国を出る」

今度は赤が加那の胸を打った。

「そん時は俺が王様だ」

＊

城を取り囲んで十日あまり。

大城は疲弊していた。

勝連城を正面に見据える格好で設えられた本陣で、つねに金丸に見張られている。総大将という大役を与えられてはいるが、実際の策はすべて、王の命によって金丸に一任されていた。大城は金丸の命じるままに、兵たちに命を出し、その結果をまた金丸に伝えるためだけに存在している。唯一、己が有益だと思えるのは、勝連城の詳細を金丸に問われた時だけ。城のどこが弱いか、どこを攻めれば落とし易いか。勝連城の内情に金丸が耳を傾けている時だけ、己が必要とされているという実感がある。

勝連中から集まった敵は千人あまりだと大城は見ていた。短期間のうちに集められるとすれば、この程度であろう。

こちらは四倍以上の数で攻めている。だが、敵の士気は高い。こちらは各地の按司から遣わされた寄せ集め。固く結束した勝連の男たちの敵ではなかった。城壁を登ることすらままならず、さんざんに矢を打ちかけられて潰走を余儀なくされる。そんな毎日に、兵たちはいっそう鬱屈を抱えてゆく。

なのに無理な突撃をさせた張本人である金丸から、将兵たちは敗北を散々になじられるのだ。

これでは兵の士気も下がる。

ある時から大城は、金丸が直接将兵たちと接する機会をなくした。策はいったん大城が聞いて伝達する。それでなんとか金丸を納得させた。そうしなければ、兵たちの鬱憤は、逃走や離脱といった最悪な形で襲い掛かってくることになる。

結果、大城の心の負担は大きくなった。これまでは将兵たちにむけられていた叱責も、すべて大城が受けることになった。このままでは敵ではなく、金丸に責め殺されるのではないかと思えてくる。

「まだ落とせぬのか」

幾重にも張り巡らされた陣幕のなかで、金丸が苛立ちの声を吐いた。

「やはり敵に兵を集めさせる時を与えたのがまずかったようにござります」

「すべての用意が整うまでにはある程度の時は必要であった」

「意見しておるわけではござりませぬ」

あからさまに不機嫌な顔をした金丸がにらむような目つきで、立ったままの大城を見あげてくる。大城は努めて穏やかな口調で続けた。

「勝連城は硬く守られておりまする。いたずらに石垣を攻めずに、時をかけてゆっくりと攻めるが肝要かと存じまする」

「貴様……」

「大城様」

金丸が罵声を浴びせようと身構えたその時、陣幕の外から男の声がした。

「失礼いたしまする」

これ幸いと金丸に頭をさげ、大城は陣幕を抜けて声のほうへと急ぐ。片膝立ちになった伝令が大城を待っていた。

「どうした」

「城より討って出てまいりました」

腰に提げた直刀を確かめながら、大城は歩きだす。

阿麻和利は大人しく城に籠っているような玉ではなかった。一日に一度か二度、数百人単位で城から出て来る。そしてそれが恐ろしく強い。率いているのは赤であったり、真呉であったりとまちまちだが、血の気の多い勝連の男たちは、個々の力でこちらの兵を圧倒していた。

「誰か一人でも討てればよいのだ」

すでに伝令は去っている。本陣を抜け、己が馬へと急ぎながら大城はつぶやいた。

赤、真呉、白先、氷角、朱舛。このうちのいずれかを討つことができれば、こちらに弾みがつき、城内の兵たちの士気を削《そ》ぐことができるはずだ。これまでの突撃では、朱舛を除いた四人の誰かが出てきている。突撃という荒々しい行為を誰より好むはずの朱舛がいないことが不思議であった。どこかの時点で死んだのか、それとも病か。大城には知りうる由もない。

「今日は誰じゃ」

唐渡りの漆黒の馬にまたがりながらつぶやく。大将に任じられた時、踏揚が王に頼みこんで大城に与えられた馬だ。王の馬のなかでも特に優れたものらしい。たしかに実際、走らせてみると、どの馬よりも速い。

「行くぞ」

黒く反り返った駿馬《しゅんめ》の耳に語りかけ、大城は馬腹を蹴った。

赤だ。氷角を連れている。城の正門より堂々と躍りでた百人あまりの敵が、味方をさんざんに蹴散らしていた。大城は馬を駆り、戦場を一直線に走る。

赤の高笑いが戦場にこだまする。気後れしている兵たちに、彼を止めるだけの武勇を求めることはできない。

「道を開けぇい」

右往左往する味方を怒鳴りつけ馬を駆る。敵襲に怯《ひる》んでいる味方は、大城の怒号を背後から受け、我先にと道を譲ってゆく。

「来やがったな」

馬上で赤が笑う。尋常ではない太さの棍棒《こんぼう》を持っている。左右に一本ずつ。馬は股と尻だけで動かしていた。

大城は槍の柄を脇に挟み、手綱を握る手に力をこめる。

「邪魔をするな」

赤の前に立ちはだかった敵を薙《な》ぎ払う。五、六人がいっせいにはじけ飛んだ。

右へ左へと槍を振るう。

一頭の馬が行く手を阻んだ。鋭い閃光が、眼前で瞬く。

氷角だ。

鼻先に大和の刀の切っ先が迫る。

まだまだ幼さの残る氷角の瞳は、冷酷な殺気をはらみながら大城をとらえていた。無理矢理に槍を引きあげる。なんとか間に合った。けたたましい音をたてながら、氷角の刃が宙に舞う。凡百の兵なら、この一撃で刀を手放している。しかし、氷角は大きく躰を仰け反らせながら、しっかりと刀をつかんでいる。

振りあげた槍を戻す勢いのまま、あらわになった氷角の胴を真一文字に切り裂く。

「させるかよ莫迦！」

赤の棍棒が槍を阻んでいる。

二人同時に攻めてきた。阻むのが精一杯である。

「今のうちに攻めろ！」

周囲で慄く仲間の兵を叱咤《しった》する。赤と氷角は大城が引き受けている。数ではこちらが勝っているのだ。冷静になれば負けはしない。

「本当にしぶてぇ野郎だなお前ぇは！」

叫ぶ赤の口許に笑みが浮かんでいる。

氷角は無言で刀を振り続けていた。表情がないから、太刀筋が読みづらい。

良い連携だった。

しかし討たれるわけにはいかない。大城が死ねば形勢は一気に勝連に傾く。いかに金丸の知恵が回ろうと、槍を持って戦えない者には戦の趨勢《すうせい》は左右できない。

死ねぬ……。

大城の決意を悟ったかのように、味方が一個の塊となってじりじりと敵を押してゆく。

「退くぞ氷角」

赤が叫ぶと同時に馬をひるがえした。振りおろした大城の槍が、最前まで赤の背があった空を切り裂く。

すでに氷角は城へと馬を走らせている。

「深追いはするな」

逃げる敵を追おうとしている味方に叫ぶ。

先の見えない戦いに、大城の疲労は募ってゆくばかりだった。

*

「ふぅ」

閉じられた正門を背に、赤が深い溜息を吐いた。重い息を間近に感じながら、氷角は痺れる右手を持ちあげ刀を鞘に納める。

大城がこれほど精強だったとは思ってもみなかった。真呉や白先も加え、連日城の外へと出て戦っているが、大城の猛烈な武威に阻まれている。前線にほころびを作ることさえできれば、敵の陣深くへと斬りこむことができるのだが、大城が許してくれない。

「今日はこんくらいにしとくか」

馬を降りた赤が笑いながら言った。

棍棒を受け取る白先の顔が、いつもより青白いように見えた。皆、満足に寝ていないし、食べてもいない。

誰もが疲れていた。

「あの化け物はどうやりゃ死ぬんだ」

本丸へ戻りながら、赤がつぶやく。その目に宿る光が鈍い。城外では虚勢を張っているが、そのぶん城内に戻ると全身の気が抜けるようで、戦い終わると赤は、ひと回りほど小さく見える。

「あいつさえ討てりゃ、あとは楽なんだがな」

「今度は四人で出ましょうか」

氷角の申し出に、赤が首を左右に振る。

「こっちの内情は大城が嫌ってほど知ってらぁ。俺たちの誰かが討たれちまったら、こっちの士気はぐんと下がる。気を削がれりゃ、坂を下るように崩れていくだけだ」

「二人ずつ出るというのも討たれる危険が」

白先が語りかけるのに、赤は微笑みを返す。

「そうだな」

相槌を打った赤が、足を引きずるようにして本丸へむかう。その背を追う氷角の手が、胸の袋に伸びる。

勝つ。

外つ国の銭に願いを込める。銭を入れた袋が、願いの分だけ重くなった気がした。

＊

「いつまで勝手にさせておくつもりだ」

金丸は冷酷な殺気を込めた目で大城をにらんだ。

朴訥な武人は胸を張り、突き刺さる視線を受け止めた。金丸へとむける瞳に敵意はない。その愚直なまでの従順さが腹だたしい。なにもかもを唯々諾々と受け入れるのであれば、なぜ金丸の一番の望みを叶えないのか。阿麻和利を討てと何度も命じている。なのにいっこうに果たそうとしない。それどころか阿麻和利の腹心すら討てずにいる。

「お主は二年の間なにをしておったのだ」

大城は、冷酷な詰問のいっさいを、真摯な態度で受け止め続ける。その姿が、阿麻和利に重なって見え、それがまた金丸を苛立たせる。

「南方の集落へとつづく南風原御門と、北の西原御門。このうち西原御門のほうは」

「この期に及んで言い逃れか」

巨軀を小刻みに震わせながら、武人は真っ直ぐな眼差しで金丸を見つめている。

「勝連城は難攻不落にござります」

なんとかそれだけ大城が答えた。怒りを押し殺しているのは、震える声でわかった。

「まずは敵の心を折るが肝要かと存じまする」

「策はあるのか」

「敵の支柱を折りまする」

遠回しな物言いが癪に障る。

「毎日のように繰り返される敵の突出。明日、敵が討って出た時にすべてを賭けまする。今夜のうちに味方に触れを出しとうございます」

「どのような触れを出すつもりだ」

「城を囲んでおる兵を、敵に気取られぬほどの人数だけ正門へと集めまする」

「好きにいたせ」

＊

「浜川と内間から兵がむかっている」

「芳徳と幸迅殿だな」

赤の言葉に加那が答えるのを、氷角は広間で聞いた。

芳徳と幸迅の顔を頭に思い浮かべる。芳徳は浜川の漁師の頭目だ。幸迅も内間で漁師をしている。ともに土地の顔役である。

広間には真呉や白先だけでなく、高官たちが勢ぞろいしていた。

「さっき城の外から矢文が届いた。決起の報せは受けていたが兵を集めるのに手間取っていたそうだ。遅くなったことを許してくれと、書いてあった」

「有難い」

加那がしみじみとつぶやいた。微笑んだ目尻に皺が寄る。幾分、老いたように見えた。

「外から、この囲みを攻めるのは危ういな」

赤の言葉に、家臣たちが賛同のうなずきを返す。

「どこかで連携できればいいのだが」

「明日の突撃に合わせ、動いてもらおう」

加那の言葉に赤が答える。

「報せることはできるか」

「矢文を返してみて、返答があるのを待つしかないだろう」

「敵に知られる恐れはないのでしょうか」

おそるおそる高官が問う。皆の視線が男に集中するなか、加那が答えた。

「その方の申す通りだ。敵に矢文を奪われることになれば、芳徳殿らの存在が敵に知られる」

「敵も莫迦じゃねぇ。各地に斥候は出してるはずだ。すでに奴らは敵に知られてると見ていいだろう。今さらそんなことを恐れている場合じゃねぇ」

　赤の反論に男が肩をすくめた。

「そんなに怖《こえ》ぇのなら、俺が出て行ってもいいぜ」

「いや矢文を放つ」

　加那の言葉がすべてを決した。

＊

　いつものように城から敵が飛び出してくるのを、大城は自陣から眺めていた。

　今日は真呉と氷角だ。

　正門付近の者たちには昨夜のうちから触れを出している。

　この数日、兵たちは敵に恐れ慄きながらも必死に戦っていた。つまり敵の進攻を阻むことだけに務めていたのである。雑兵たちが命を犠牲にして敵を正門付近に足止めしている間に大城が本陣から駆けつけ、城内へと押し戻すというのが連日の戦いの流れだった。

　今日は違う。

　夜のうちに城の周囲から、密かに正門に兵が集められている。日頃の三倍以上の人数が、城からは見えない窪地や家並みの影に隠されていた。大城が合図をすれば彼らが敵にむかって殺到する手筈《てはず》となっている。

こちらの意図を知られ素早く城に戻られるわけにはいかない。そのため今日はある程度、敵を陣中深くにおびき寄せる必要がある。

いつものように戦いながら徐々に敵の道を開いてゆけと、正門付近の兵たちに触れを出している。

真呉と氷角を中心とした敵が、正門からなだらかにつづく坂を下って来た。兵たちが敵に薙ぎ倒されてゆく。殺される者まで含め、皆が良い動きをしている。真呉と氷角は誘われるように突き進む。

このまま本陣前まで……。

「来い」

大城は願うようにつぶやいた。

*

今日の突撃はこれまでとは違う。丘を下り、そのまま本陣へとむかうのだ。氷角はいつもよりも気を引き締める。

矢文の返答が来た。

正門で騒ぎが起こったのを合図に、芳徳たちが包囲の外から本陣の背後に突撃をかける。混乱を知った大城が背を見せた所で、城で控えている赤と白先、総大将の加那までもが飛び出し、金丸を討つ。

そろそろ芳徳と幸迅が動きだす頃だ。

「どけぇぇ！」

氷角は雄叫びを上げながら刀を振るう。

敵がいつも以上に脆《もろ》いように思う。刃の先で倒れて行く敵の顔の強張りに、不吉なものを感じる。

「なにかがおかしい」

そばで戦っている真呉がつぶやいた。どうやら氷角が感じた違和を、真呉も抱いているらしい。巨大な薙刀《なぎなた》を振るい、真呉は周囲を睥睨する。仲間たちが決死の力で敵本陣への道を切り開いてゆく。

本陣が面白いように近づいてくる。

「芳徳殿と幸迅殿はまだか」

敵を斬り飛ばしながら真呉がつぶやく。

その時である。

本陣の背後から喊声が起こった。

敵だ。

いつの間に集めていたのか、正門に攻め寄せる兵の倍以上の兵が、本陣の背後に現れた。

*

奥底から湧き起こる震えに、金丸は身をまかせた。突如として現れた大軍勢に、敵が震えている。

「頼りにしておった者たちは、来ぬぞ」

馬上の将らしき二人の男を見つめて、語りかけた。一人は大城に負けぬほどの体軀の男である。手にした重そうな薙刀を、軽々と振り回す化け物じみた武人だ。もう一人は、まだ大人になりきれていない少年である。

昨夜、攻城戦のために集めようとしていた兵たちと、包囲の外からこちらを攻めようとしていた新手の敵が遭遇した。

そのまま戦いとなり、数で勝る王府軍が完膚なきまでに叩き潰した。戦いが起こったのは本陣よりも丘を下ったむこう。城内からは気取られることのない場所だった。

「さぁ、行け大城」

二人の将へと駆ける大城の背中を押すように、金丸は言葉を投げた。

＊

速やかに動く味方に、大城は満足していた。
伏せていた兵たちは、本陣間際まで攻め込んでいた氷角と真呉を一気に取り囲んだ。
ここで二人を殺すことができれば、戦局は変わる。
槍を構え、ひときわ目を引く敵へと駆けた。
「真呉っ！」
大城の槍が煌めく。
刃と刃が虚空で激突した。
視界の端で氷角の焦った顔がちらつく。
真呉に目をむけたままわずかに顔を傾ける。
頬をかすめ、氷角の刀が走り抜けた。
「ぬうえい！」
真呉の気迫が薙刀に宿る。大城は眼前に槍を掲げ、防御の体勢を整えた。刃が襲ってこない。何故だ。いつの間にか真呉が背を見せていた。薙刀を片手に、もう一方の手に氷角の馬の手綱をつかんでいる。

逃がすか。

＊

「お前は死んではならぬ！」

真呉が氷角の馬の手綱を握りながら叫ぶ。

「逃げるなら一緒だ」

氷角の言葉に真呉が首を左右に振った。

「退路だ。皆で退路を確保しろ」

囲まれている味方めがけて真呉が叫ぶ。薙刀を振るい道を開く。

伏兵に取り囲まれた時点で、真呉は撤退を決断した。あまりにも遅い芳徳と幸迅たちは、すでに討たれたのだと判断したのだろう。

「とにかく今は目の前の敵だけに集中しろっ」

真呉の叫びを耳にしつつ氷角は無心で刀を振るう。

敵が飛ぶ。

薙刀が少しでも躰に触れた敵は、面白いように宙に舞う。刃が触れれば血飛沫をあげ、柄ならば骨を砕き、とにかく真呉の薙刀に触れる物は、暴風の餌食となった。

真呉の前に退路が開ける。

「城だ！」

叫んだ真呉が振り返る。敵が割れたその先に、城の正門が見えた。真呉が馬を止め、氷角の馬の手綱を握る。

「俺が大城を止める。お前は走れ。城の中に入るまで決して振り返るな」

凄まじい力で手綱を引っ張られる。氷角の四方を味方の馬が取り囲む。

「なんとしても城まで送り届けろっ！」

真呉の命に男たちがうなずく。

「阿麻和利様のことは任せたぞ」

薙刀が氷角の馬の尻を叩いた。甲高い嘶きを発した馬が、城にむかって走りだした。

＊

「この男を逃すなっ！」

大城は真呉をにらみつけて叫ぶ。

氷角は包囲を抜け、城にむかって走りだしている。追っても捕らえきれない。狙いを真呉に絞る。

勝連城に背をむけ馬を降りた真呉は、両手で薙刀を構え敵と相対していた。喩《たと》えなどではなく、斬り飛ばしている。

「なりふり構うな！　この男を仕留めることだけを考えろ！　この男を討てば、戦の終わりは見えてくる！」

味方に叫びながら、大城はみずからを奮いたたせた。

槍を小脇に手挟み、馬腹を蹴る。

真呉がこちらを見ていた。槍を振りおろしながら、真呉の脇を抜ける。と、見ているものすべてが斜めに傾いた。

斬られた。

痛みはない。

全身に衝撃を受ける。

斬られたのは馬の胴だ。

生臭い腸《はらわた》を浴びながら、槍の石突を地面に刺して立ちあがろうと身を起こす。

雄叫びが天から降ってくる。

真呉だ。

「化け物が」

つぶやくと同時に槍を支えにして立ちあがった。飛ぶような格好になった大城の鼻先を刀が駆け抜ける。

地面を深々と切り裂いた真呉の薙刀が、そのまませりあがってきた。

大城は伸びきった腰を深く落とした。それと同時に槍を真っ直ぐに振りおろす。ちょうど、せりあがってくる薙刀を叩き落とすような格好である。

「ぬお！」

大城は宙を舞っていた。振りあげられた薙刀の勢いに敗けたのだ。

悪鬼のように笑う真呉が、薙刀を掲げる。

万事休す。

その時、真呉が止まった。

着地すると同時に、素早く立ちあがった大城の眼前に真呉の姿がある。

額に矢が突き立っていた。顔を深紅に濡らしたまま、真呉は肩を微かに揺らしながら大城をにらむ。

すでに戦う力が残されていないのは明らかだった。

一歩。

二歩。

額を貫かれたまま真呉が歩む。震える手が薙刀を掲げた。

狙いは眼前に立つ大城。

あまりのことに大城は動けない。額を貫かれてなお、人は歩むことができるのか。薙刀を振りあげることができるのか。

真呉の瞳が上の瞼に半分以上隠れた。

「あまわ……」

薙刀を振りあげた姿のまま真呉が倒れる。大城は震える体を抑えることができなかった。

*

城を包囲されて一ヶ月。

膠着《こうちゃく》した戦場は、崩壊へと至る緩やかな坂を少しずつだが確実に下っている。真呉が死んだあの日、けっきょく芳徳たちは来なかった。敵に迎撃されたのは明らかだった。そんな氷角の推測を裏づけるように、約束の日から二日が経過した早朝、敵の前線に芳徳と幸迅の首が晒された。城外で討ち取られた真呉の首を挟むようにして並んだふたつの首は、いずれも無念の形相のまま固まっていた。半月以上の時を経て、三つの首からは肉が崩れ落ち、半ば骨と化している。黒ずんで乾いた塊は、それでもなお城にむけて晒され続けていた。無言の首が、じきに皆こうなるのだと、城内の同胞に訴えている。敵へと目をむければ首は嫌でも目に入った。物言わぬ骸骨を目の当たりにした誰もが、己の行く末に恐怖し、震えた。

真呉が死んだ日から、加那と赤は城外への突出を止めた。

これまで皆の支柱となって戦っていた男の凄絶な死に様は、仲間たちを鼓舞することはなかった。あれほどの男でも無残に殺されるという現実に、誰もが押し潰された。

食い物は尽きかけている。氷角はもう五日ほど、ろくな物を食べていない。米の研ぎ汁同然の白湯を日に一度飲めればましなほうだった。

屈服か飢え死にか。

答えはふたつにひとつ。

なにをするでもないのに広間にいる。

飢えて疲れた高官たちを呼び寄せる必要などどこにもなかった。この場に皆で集まることは、突出を止めた頃からなくなっている。

それでも加那は昼になると広間に来た。按司の椅子の背板に疲れた躰を預け、日が落ちるのをただただ待っている。護衛である氷角も、そんな加那に従い毎日広間に顔を出す。長い間立っていることすらできぬほどに弱っているから、階に腰をおろして加那と言葉を交わし暇をつぶした。

だだっ広いだけの石の部屋に投げだされていると、不意に叫びたくなる。しかし叫ぶだけの力は残っていない。

「よお!」

陽気な声が広間に響きわたった。

「赤か」

加那が声の主を呼んだ。階に半ば倒れるように座していた氷角は、重い頭をあげて声のしたほうを見た。両開きの扉の前に赤が立っている。脇には白先が控えていた。

「死人みてぇだな、お前ら」

明るい口調で喋る赤が歩を進める。満面に笑みを浮かべているが、その顔からは肉が削げ落ちていた。笑っているせいで下顎が落ち、頬骨と顎が開かれたため、頬の皮が引っ張られて窮屈そうである。

「飯だ」

白先の背後に数人の男たちが従っていた。彼らは大きな皿を持ちながら、静々とこちらに歩いてくる。掲げた大皿の上には、山盛りの飯や焼かれた豚の肉が並べられていた。

「どうした」

加那が席を立った。

「ここに並べろ」

加那の問いに答えぬ赤が、階の袂に目をむけて男たちに命じた。

「ご苦労だった。残りの分は城の皆で分けろ。今日は宴だ。何も考えずに思いっきり食え」

男たちの一人がうなずいた。その目にうっすらと涙が滲んでいる。男たちは加那に深々と礼をすると、広間を後にした。

赤と白先、そして氷角と加那。昔からの仲間だけが広間に残った。

「さてと」

並べられた皿の前に赤が座った。加那が、むかいあうようにして腰をおろす。氷角も重い躰を起こして階を降り、赤と加那の間に落ち着いた。

「少しだが酒もある」

赤の言葉にうながされるように、白先が手にしていた徳利を大皿の脇に置く。そして懐から盃を四つ取りだし手渡してゆく。

赤が徳利を手に取って、加那に捧げた。

「どういうことだ」

「とにかくまずは呑もうぜ」

納得はしていないようだが、赤に勧められるままに加那が盃に酒を満たす。そして友の手から徳利を奪うと、赤の盃に傾けた。

「氷角」

加那が徳利を差し出す。

「いや俺は」

「いいから」

強硬な声に促され、酒を注いでもらう。

「白先」

皆の盃に酒を満たすと、加那は徳利を膝元に置いた。

加那が盃を大きく掲げると、三人がそれに続く。そして一緒に口へと運ぶ。

「骨身に染みるぜ」

一気に飲み干した赤が景気良く笑った。

飢えと疲労で躰はぼろぼろなはずなのに、今日の赤の笑顔は、平穏だった頃を彷彿《ほうふつ》させる。

「食い物を差配している奴らに出させたんだ。俺たちにひと月もあんな飯を食わせといて、こんだけ溜めこんでたんだ。大したもんだぜあいつらは」

「何を考えている」

真剣な面持ちで加那が問う。

「まぁ食おうぜ。こんだけの飯だ。冷えちまったら勿体ねぇ」

赤が肉を指で摘《つま》んでそのまま口に運んだ。

「美味い」

心からの声である。赤の言葉が氷角の箍を外した。気づいた時には、眼前に盛られた飯を手づかみで口に運んでいた。

「行儀悪《わり》ぃなお前ぇは」

赤の苦言も耳に入らない。

「でも、その姿を見てると、お前を拾った時のことを思いだすぜ」

赤の笑い声が昔を思いださせる。

この男に拾われた時、今日と同じように飢えていた。

親を亡くし、頼る当てもなく、琉球中を彷徨い歩き、屋慶名の地で赤に出会った。飢え死に寸前だった氷角に、赤は食い物をくれた。好きなだけ食え。そう言いながら、一心不乱に食い物を口に運ぶ幼い氷角を微笑みながら見ていた。あの時の笑顔を、今でもはっきりと覚えている。

あの時のようにひたすら食う。しかし今日は一人ではない。加那も赤も白先もいる。

「泣くな」

むかいあうようにして座っていた白先が言った。

「泣くほど美味かったか」

笑みを浮かべる加那が問う。答えることができない。

「飯くれぇで泣くなよ」

赤の悪態を受け、顔を逸らす。

両親が死んだ時、己も死のうと思った。下人同然の貧しい暮らしだったのだ。頼れる親類など一人もいない。彷徨って彷徨って彷徨い歩き、疲れ果てたら死ねばいいと思った。

生きていてよかった。

今は心の底からそう思う。

「そろそろ話してもらおうか」

酒で食い物を腹の底へ流しこんだ加那が言った。盃を傾けていた赤は、面倒臭そうに肩を竦めて見せる。そして一度、小さな息の塊を吐いてから、加那と正対した。それに合わせて、白先も膝に手を置き背筋を伸ばす。

「明日、俺は敵の本陣を攻める」

言い切った赤を見つめたまま、加那は口を開こうとしない。仕方がないといった様子で、赤が言葉を接いだ。

「このままじゃあ先は見えてる。勝ち目はねぇ。本当に皆が弱っちまう前に、最後の勝負をかける」

友の言葉を受け、加那が力強くうなずいた。

「俺も行こう」

「駄目だ」

やつれて青ざめた赤が清々しく笑った。

加那が身を乗り出し、友に語る。

「今さら按司だ家臣だなど言ってはおれぬ。俺も共に戦う。我らが先頭に立ち本陣を攻めれば、きっと大城と金丸を討てる」

「そこで終わりだ」

加那の言葉を割った赤が続ける。

「金丸を討っても、首里には届かねぇ。首里から新手が差しむけられて俺たちは全滅だ。だから、明日は俺と白先が行く」

己の名がなかった。

問いたい衝動に駆られたが、とても二人の間に割って入れるような雰囲気ではない。

「お前たちが討って出て、俺がこの城で兵たちを温存させていたとしても、結果は変わらん。だったら」

「兵は温存しねぇよ。明日は戦える者は皆城から出て戦う」

またも加那の言葉を遮った赤が、身を乗りだして友の肩に手を置いた。

「明日、本陣を攻めねぇのは二人だ。お前と」

赤の目が氷角にむけられた。

「お前だ」

加那と氷角は城に残るとは、どういうことなのか。赤の意図が一向に見えない。

「俺たちが本陣を攻めれば、敵は対処に追われる。その機を逃さず、お前たちは密かに城を出ろ」

「逃げろというのか」

「そうだ」

「お前たちを置いて、俺たちだけで」

「逃げろ阿麻和利。お前がいれば何度でもやり直せる。俺が金丸を殺してやるから、お前はもう一度立ちあがれ。その時には金丸はいねぇ。お前と氷角で王を殺して新たな国を作れ。いや、違うな」

目を細める赤の額の痣が震えている。

「この国を出ろ阿麻和利」

赤は爽やかな笑みを浮かべて友を見つめている。加那は友の申し出を承服しかねていた。

「俺だけが」

「いや」

加那の抗弁を止めて、赤が笑う。

「明日のためだ」

赤の目が氷角にむく。

友の視線につられるようにして加那も氷角を見た。二人の視線に氷角が気づいた時には、すでに加那と赤は互いを見つめている。無言のまま加那がうなずくと、大きく身を乗り出した赤の手が友の肩を揺すった。

「お前とだからここまで来れた。本当に楽しかったぜ」

加那は答える言葉が見つからないようだった。ただうなずくばかり。涙は流していないが、目は紅く染まっていた。

「お前の行く手を遮る壁を、俺が砕いてやる」

つぶやいた赤の声に、揺らぎは微塵もなかった。

＊

朝日に照らされる勝連城を本陣から見つめながら、大城は腹の底に気をこめた。

来る。

昨夜、金丸が言った。

たしかに昨夜の城内は妙に騒がしかった。飯を炊く煙も長い間のぼっていた。敵の襲来に怯え、息を潜めて夜を明かしていた城内の男たちが、昨晩は笑い声をあげていた。

城門付近の備えを固めろ。

真呉を討ち取った日以来口数が少なくなった金丸が、久しぶりに命を下した。大城はすぐに兵たちを城門付近に集めた。

たしかに限界は近い。

こちらは琉球全土より兵も食い物も集めて来ることができる。急がずとも城内の者たちは飢えて死ぬ。城を囲んでからひと月。城内の食い物も底を尽き始めているはず。戦いを仕掛けるなら今しかない。

「なんだ」

忘我のうちに大城はつぶやいていた。

一瞬、城が揺れたように見えたのだ。形にならない物が膨れあがり、器である城を裡から揺らしたように見えた。

馬に飛び乗る。

「敵が来るぞ。全軍備えさせろ」

喊声が上がった。

城からだ。

城門がゆっくりと開く。

敵が出てきた。

真呉が死ぬまで続けられていた百人程度の突撃ではない。次から次へと出てくる。まるで中の者すべてが城から逃げだすかのように人が溢れだしてくる。

「押しこめ」

駆けながら兵たちに叫ぶ。

前線ではもう戦いが始まっていた。城門から出てきた兵たちは、一直線にこちらの包囲にぶつかっている。巨大な切っ先と化した敵は、愚直に前へ前へと進んでいた。あまりの勢いに、味方が押されている。

「包囲している兵どもに命じよっ！　今すぐ城門付近に集まれとな。本陣を守るのだ。左右から挟みこみ、奴らを押し潰すのだ！」

数名の騎兵が、大城の言葉を聞いて駆けだしてゆく。

敵は死に物狂いで一直線に突き進む。この一戦のために空いた腹に飯を詰め、仲間たちと談笑し、末期の別れを終えたのだ。

敵はすでに死人。全力でかからねば危うい。

激戦の渦中に大城は馬ごと乱入した。

誰よりも前に進み、誰よりも猛烈に戦う。そういう将の背中に、味方は奮いたつ。目に入る敵を槍で貫きまくる。

勝連の男たちは、笑みを浮かべて死んでゆく。やはり死人である。魂が何処へ行くかなど、すでに彼らにとってはどうでも良いことなのだ。

「鬼大城っ！」

紅の焔がこちらにむかって来る。

「赤っ！」

焔の名を呼ぶ。

鎧を着けず紅の衣をはためかせながら、阿麻和利の一の腹心が馬を駆る。進行を阻もうとする敵を、二本の棍棒で叩き伏せながら、大城へとむかって来る。そのかたわらに、純白の騎兵が影のように従っていた。

白先だ。

赤が焔ならば、白き鎧に身を包んだ白先は、地獄の業火のなかに咲く一輪の華である。

赤を先頭に、敵は一直線に本陣を目指していた。敵の猛攻を防ぐべく城の周囲から兵が集っている。敵を阻む分厚い壁が出来あがるまで、大城は踏ん張らなければならない。

槍の間合いに赤が入った。棍棒は短い。まだ敵の攻撃が届く位置にはない。

気合を込め、腹を突く。

にやけ面が馬から落ちた。

いや。

槍が虚空を突くと同時に、赤の躰がせりあがって来る。股の力だけで馬の胴に貼りつき、躰を横に傾けたのだ。

柄を握った腕を引く。棍棒の間合いだ。白先が来た。細身の刃を、槍を傾け防ぐ。一瞬、赤のことが頭から消えた。

不覚。

棍棒を受けるわけには行かない。大城は躰を馬の首に貼りつけた。来ない。何処だ。身を起こした大城の視界に、敵の群れが映る。赤も白先も何処にもいない。

振り返った。

紅白の疾風が本陣めがけて駆けている。

「ぬかった！」

己が不明を恥じる暇などなかった。赤の背中めがけて槍を放る。

血飛沫が舞う。

赤を庇った白先の背に槍が突き立った。

肩越しに大城を見る顔を覆う純白の布に、血の染みが広がっている。白先の左手が槍をつかむ。鎧に包まれた細い躰を柄が滑ってゆく。槍が鳩尾から離れた刹那、白先の躰から紅の花弁が散った。それでもなお、血に染まった華は止まらない。

美しい……。

大城はひと時、ここが戦場であることを忘れた。

我に返ると同時に直刀を鞘から抜き放ち、馬を走らせる。

むかう先は本陣。

金丸が危ない。

＊

なにかが迫ってくる。

野卑な声をあげる兵を引き連れながら、紅い衣を着た男が馬を走らせているのを金丸は見た。

「わ、我を守れ！」

金丸の叫びが兵を急かす。眼前にはすぐに人の壁が幾重にも出来た。

悲鳴があがった。壁が一枚一枚はがされてゆく。胸の奥で心の臓が騒いでいる。死という言葉が脳裏を幾度もかすめる。

ここは戦場。金丸がいるべき場所ではない。

脚が震えている。何故、脚は伸びているのかと疑問に思う。立っているのだ。椅子から腰を浮かせていることにさえ、金丸は気づかなかった。震えが全身に伝播してゆく。己の命を守るために死んでゆく兵たちの姿が、震えの所為で激しく揺れていた。

「まだ死ぬなよ白先っ！」

戦っている兵の隙間から、紅い衣を着た男が叫ぶのが見えた。

左手に持っていた棍棒を投げ、かたわらに従っている白い鎧を着た味方の腕を取る。そのまま己の馬の背に乗せた。白い鎧の敵には、もう戦う力は残っていない。

「邪魔だ！」

紅の衣の男が叫んだ。

鈍い音が身辺で聞こえた。

「ひっ」

足元に棍棒が突き立っている。奴が放ったのだ。

「金丸ぅぅっ！」

名を呼ばれた。

顔をあげる。

宙を舞う紅の衣。

迫って来る馬にあるのは、鞍を抱くようにして倒れる白い鎧の敵のみ。

「金丸殿っ！」

大城の声だ。

紅の衣の男が降りて来る。そのむこうに馬を走らせる大城の姿が見えた。

何かが光る。

刃だ。

男の名を思いだした。

「赤」

目の前で刃が閃く。

「ひゃあぁっ！」

情けない声が口から漏れた。

腰が砕ける。

頬が熱い。

顔の隣に刀がある。尻をついた躰にまたがり、赤が立っていた。

「くそ……。毒塗っときゃよかったぜ……」

見おろしながら笑う赤の胸から、大城の直刀が飛びだしていた。

＊

戦いは終結した。

間一髪、赤を止めることができたからよかったが、金丸を殺されていたらと思うと、大城は寒気を覚える。

一時は本陣深くまで攻めこまれはしたが、赤と白先が死ぬのと同時に、城の周囲から味方が集まってきた。

数で圧倒し、押し潰すようにして多くの敵を討ち取った。

紅く染まった陽光が、多くの同胞たちの死を見届けた勝連城を照らしている。静けさを取り戻した本陣に立ち、大城は暮れゆく空を見あげていた。

金丸は震えている。

赤の骸が取り払われても、その場から動けずにいる。尻に根が生えたのか、家臣たちが抱き起こそうとしても、手をだすなと怒鳴って動こうとしない。

金丸は赤に敗けたのだ。生死の勝負ではない。魂の勝負である。男としての魂の量で、金丸は赤に敗れた。初めての敗北。敗けたことを認めたくないという男としての最後の矜持が、助け起こされることを拒んでいる。

こういう男は嫌いではない。

味方の兵が城のほうから近づいてくる。そして、大城の前にひざまずき、深々と頭をさげた。

「城に残っておった女や老人どもを集め終わりました」

大城が命じた。

すでに城は落ちたが、阿麻和利の姿がどこにもなかった。赤との戦いにこちらが集中している間に、城を抜けだしたらしい。

「なんだ」

抑揚のない声で金丸が問う。その目は虚ろを見つめたまま動かない。

「城に残っておった者から、阿麻和利の居所を聞こうと思います」

「連れてこい」

金丸が命じると、男は速やかに立ち去った。

しばしの静寂の後、男は戻ってきた。

若い女に翁と老婆。数十人を連れている。

大城と金丸の前に、女と老人たちが並べられた。金丸はだらしなく座ったままだ。

顔を伏せる者たちの前に、大城は立った。

「阿麻和利は何処に消えた」

大声で問う。

誰も答えない。あの男が民に慕われていたことは十分に承知している。

「言わねば皆殺しだ」

背後の金丸をちらりと見た。怯える民を、虚ろな目で眺めている。

「答えろ！」

躰を激しく震わせた翁を、大城は目の端に捉えた。歩み、翁の前に立つ。

「俺は嘘は言わん。殺すと言ったら殺す」

腰の刀を抜く。

「何処だ」

大城は翁に殺気を注ぎ続ける。この男は知っていると、勘が告げていた。

「浜川か」

翁は震えながら固まっている。

「平敷屋《へしきや》、安勢理、平安名《へんな》、内間、饒辺《のへん》」

思いつくままに勝連の地名を口にしてゆく。

「屋慶名か」

赤の本拠だ。阿麻和利が逃げるならば、そこだと大城は見当をつけていた。しかし翁に変化はない。民にも目をやるが、答える者は一人もいなかった。

「大城」

とつぜん金丸の声が聞こえた。大城は、しおれた文官を肩越しに見た。

「皆殺しにせよ」

「おっ、お待ちをっ！」

翁が悲鳴じみた声で言った。

「言うか」

ふたたび翁に目をむけて、大城は問う。

その時。

ある地名が不意に頭に過《よぎ》った。

「屋良……」

阿麻和利の生まれた地だ。大城が屋良と言った瞬間、翁の目が激しく上下に動いた。

間違いない。

「屋良なのだな」

顔を伏せた翁の顎がかくりと上下した。

振り返り金丸を見た。

「阿麻和利は屋良に逃げたようです」

ゆらりと金丸が立ちあがった。

「行くぞ大城」

腑抜けていた金丸の声に、暗い力がみなぎっている。

「金丸殿が」

「儂が行かなくてどうする」

金丸の目に光が戻っている。

「屋良にむかう。兵を集めろ」

金丸の復活に大城は息を呑み、ただ静々と頭を垂れた。

＊

なにも残っていなかった。友が死に、兄が死に、仲間が死んだ。

それでも氷角は生きている。

「外つ国だ」

隣に座る加那が言った。目の前に広がる海を見つめる瞳は、希望に満ち溢れている。

城を棄《す》て、友や仲間を犠牲にして逃げてきたというのに、それでも行く末を想える加那のことが、氷角はわからなくなっていた。

「二人で一から始めるぞ。この島にこだわる必要はない。海のむこうには琉球など比べものにならぬ大国があるんだ。そこで、やり直せばいい」

どう答えればいいのかわからない。人目を避け、追手を恐れ二日歩き通し、精も魂も尽き果て、なにも考えられなかった。

「嫌か」

「いえ」

やっとのことで答えた時、焼けた砂のむこうに馬影が見えた。多い。

「隠れろ」

虚脱する氷角を抱きかかえるようにして、加那が洞窟へ身を隠す。太い根の影に屈みこむようにして、二人で息を潜めた。目の前を騎兵たちが通り過ぎてゆく。氷角はその中に、見慣れた顔を見つけた。

「大城だ」

囁きは無数の蹄の音に掻き消されたはずだった。

しかし。

「止まれ」

大城が洞窟の前で馬を止めた。

「調べろ」

馬上から伸ばされた指が、穴をさした。五人ほどの兵が馬を降り、氷角たちの潜む場所へと近づいてくる。

「用心は怠るなよ」

馬上から大城が告げると、皆が一様に手にしていた長柄の得物を構えた。槍や薙刀などさまざまである。

穴は浅い。

「さすがに大城だ。抜け目がない」

氷角の顔の近くで加那がつぶやいた。

「奴らが去るまで、ここを動くな」

「そ、そん……」

加那が氷角の口を掌で塞いだ。

「赤は俺を希望だと言ってくれた。その俺の希望はお前だ氷角」

抵抗しようとするが、強く口を塞がれて言葉が吐けない。

洞窟の中に槍が差し込まれた。

穂先が加那の肩口を抉《えぐ》る。口を塞ぐ掌が一瞬、激しく震えた。

「良い漢《おとこ》になるのだぞ」

首を強く打たれ、氷角の意識は途切れた。

＊

「阿麻和利ぃっ！」

獣じみた声で金丸が叫ぶのを、大城は馬上で端然と聞いた。

砂浜に阿麻和利が立っている。

全身に絡みつく肉には無駄な脂はいっさいない。異様なほどに盛りあがった肩から伸びる腕は、どうすればこれほど太くなるのかというほどに逞しい。

真一文字に引き結んだ口に固い意志がみなぎり、輝く瞳には気高い志が宿っている。敵に取り囲まれ逃げ場をなくしながら、まるで無人の野にあるかのごとくに二本の足で屹立する姿は、武人として、一人の男として、羨ましいとさえ思える。

「探したぞ」

大城の隣で金丸が語りかける。阿麻和利は唇の端を吊りあげて不敵な笑みを浮かべた。

「勝連按司であったお主が、一人でこのような所を彷徨っているとは哀れだな」

「元から俺は一人だ」

「お主はここで終わりだ」

「それはわからぬ」

「尚泰久様への謀反を企てたお主の罪は重い」

「忠臣面して国に巣食うお主には敗けるがな」

阿麻和利は動じない。

金丸の右手が高々とあがり、真っ直ぐに伸びた指が、不敵に笑う叛逆者の顔を指した。

「死罪を申し渡す」

「それほど俺が怖いか金丸」

不遜な物言いに王の懐刀が面の皮を震わせた。赤から受けた傷が上下に揺れ、縫い目から血が吹きだす。頬を濡らす血をぬぐいもせず、金丸は大城へと視線をむけた。

「殺れ」

「何故」

大城の言葉に金丸は血走った目を引《ひ》き攣《つ》らせる。

「何故、それほどまで阿麻和利殿を憎まれるのです」

「此奴は謀反人だ。叛逆者だ。王に仇なす者は死なねばならぬが道理」

「ここで死ぬ気はない！」

阿麻和利が叫んだ。

金丸から目を背け、声のしたほうを見る。

勝連按司が太刀を抜いていた。すでにそばにいた男の首が斬り飛ばされている。頭をなくした骸が鞍から転がり落ちるのと、阿麻和利が主を失った馬に飛び乗るのは同時だった。

「逃がすな」

「誰が逃げると言った！」

金丸の言葉に、阿麻和利が嬉々とした声で答える。軽やかに馬を駆る阿麻和利の太刀が、目の前の兵の腕を華麗に刎ね飛ばす。阿麻和利の得物は、刀と呼ぶにはあまりにも太くて長い大和の拵えの太刀だ。

「大城！」

馬を後ずさりさせながら金丸が叫んだ。大城は、迫り来る阿麻和利の前に立ちはだかった。

血に濡れた太刀を掲げながら馬を駆る叛逆者が吠える。

「この裏切り者めが！」

「某は首里王府の臣にござる。一度として阿麻和利殿に従ったつもりはござらぬ！」

太刀が来る。槍で受けた。馬と馬がぶつかり、押し合う。

「俺にはこっちのほうが性に合っている」

不敵な笑みを浮かべたまま、阿麻和利がつぶやいた。

同感である。

この男に按司などという立場は似合わない。戦場で駆け巡る姿のほうが様になる。

太刀が槍を押してくる。一瞬だけ得物が離れた。斬り上げ。狙いは脇腹。胸のあたりに掲げていた槍を引き寄せ、真っ直ぐに立てて躰に添わせる。大城の予測した軌道をなぞるように、太刀がせり上がってきた。脇腹に触れるように構えた柄に、刃が激突する。

阿麻和利の肩口があらわになっていた。

太刀を弾くようにして槍を回転させつつ、穂先で阿麻和利の頭を狙う。捉えた。頭がない。阿麻和利の姿が馬上から消えていた。

陽光を遮るように阿麻和利が宙を舞った。その姿は天から降って来るかのようである。

「阿麻和利」

大城は完全に槍を振りおろしている。阿麻和利に無防備な頭を晒している。

敗北の二字が頭を過る。

間に合わないのを覚悟したうえで槍を振りあげた。

太陽を貫くように無数の槍が天にむかって伸びていた。その中央にあるのは阿麻和利の躰だ。腹から槍を何本も生やしながら、阿麻和利は宙に留まっていた。

「でかした！」

金丸が背後で叫んでいる。

いったいなにが起こったのだ。

武人同士の命を懸けた戦いであった。こんな決着など認めない。

ゆるゆると振り返る。

金丸が笑っていた。

湿った何かが砂浜に落ちる音が、背後で聞こえる。

阿麻和利だ。

「なにを……」

大城は馬を歩ませる。

「討ったぞ大城。阿麻和利を討った！　人は支配から逃れることはできぬのだっ！　阿麻和利っ！　お主もそうじゃっ！」

骸を罵倒している金丸を、血走った目でにらむ。

「なにをしたんだお主はっ！」

思わず殴りつけると、目の前で金丸の顔が歪んだ。縫い合わされていた傷がふたたび開き血飛沫が舞った。

「我らの戦いを穢しおって！」

「なにが我らの戦いだ」

血が噴き出す頰を抑えながら金丸が声を吐いた。瞳に邪悪な光を宿らせ大城をにらみ、殴られたことに動じる素振りすらない。

「これはお主だけの戦いではない。我の戦いでもある。此奴らの戦いでもある！」

細い指が阿麻和利を仕留めた男たちを指す。

「阿麻和利が死ぬことで、この国はひとつになるのだ。お主の武人としての矜持など知ったことではない」

本当にこれで終わったのか。

琉球は阿麻和利の死によってひとつになるのか。

大城には琉球の行く末など、なにひとつ見えなかった。

*

波の音だ。

静謐《せいひつ》な闇のなか、水に流された砂が触れ合う音が聞こえてくる。

氷角は閉じたままの瞼に力をこめた。

暗闇に切れ目が走り、徐々に広がってゆく。漆黒から解き放たれた視界は、それでもなお暗かった。日が暮れようとしている。起き上がり、手足で砂を掻いて出口を目指した。

「阿麻和利様」

手足をばたつかせながら洞窟を這いだす。

空と海の狭間で陽が紅く染まっている。空にはうっすらと星が輝き、陽を呑み込まんとする海面には無数の小さな光が煌めいていた。昼と夜の境に一人投げ出され、氷角は呆然と立ち尽くした。

加那はどうなったのか。

大城たちはどこへ行ったのか。

なにも覚えていない。

首筋を打たれて倒れた。薄れゆく意識のなか、最後に聞いた加那の声を思いだす。

〝良い漢になるのだぞ〟

橙《だいだい》に染まった砂に目を転じる。遥か彼方まで続く浜に、黒い染みを見つけた。駆け寄ってひざまずき、染みを確かめる。

砂が濡れて黒く染まっていた。

生臭い。

「阿麻和利様」

濡れた砂を両手で救い、頬に擦りつける。細かい砂の粒が頬を刺す痒さと、粘ついた感触。しかし温もりはない。乾きかけた血からは、すでに加那の熱は感じられなかった。

何故、加那は己を庇ったのか。

ともに戦いたかった。結果、死んだとしてもそれで良かった。赤も白先も真呉も朱舛もいない。そのうえ加那までいなくなった。

己一人でどうすれば良いというのか。

夕闇に一人、氷角は立ち尽くす。

「この島にこだわる必要はない。海のむこうには琉球など比べものにならぬ大国がある」

忘我のうちに加那の言葉を口にしていた。

胸元に触れる。襟を掻き分け、目当ての物を探す。首から下げた袋を取り出し、中身を右の掌に乗せた。読むこともできない奇妙な文字が刻まれた銀の銭だ。

「ろおま……」

この銭を使う国の名だ。

どこにあるのか知らない。海を越え、ただとにかくうんざりするほど西に行くと、その国があると加那は言っていた。

琉球や首里王家など、海の上に出てしまえばちっぽけな存在でしかない。加那は海のむこうに夢を見ていた。赤の希望が己であったと加那は言った。そして、その加那の希望が氷角であるとも言った。

託されたのだ。

立ち止まっているわけにはいかない。彷徨い歩くわけにもいかない。やるべきことはわかっている。良い漢になるのだ。誰のためでもない。己のために。

血溜りに目を落とす。

氷角は立ちあがり、陽の沈む彼方を目指した。

《了》

解　説

澤田瞳子

作家・矢野隆氏を語る際、もっとも端的な表現として用いられるべき言葉は「好漢《こうかん》」である。しかもそれは作品のみならず、矢野氏その人についても当てはまる語に違いない――わたしはかねがねそう思っている。

わたしが矢野隆氏を知ったのは、今から十四年前。二〇〇八年、第二十一回小説すばる新人賞を受賞なさった『蛇衆《じゃしゅう》』を拝読した時だ。時は室町末期。主人公は誰にも屈さずに諸国を渡り歩く傭兵《ようへい》集団・蛇衆。体術に弓、槍《やり》などそれぞれの特技を有した七人の戦いと絆《きずな》を描いたこの上なくかっこよく、そしてハイテンションの歴史小説に、まだ小説家になる前のわたしは文字通り仰天した。個性的な登場人物たちと迫力ある合戦シーンに、「言葉でここまで描けるのか！」と目を覚まされた思いがした。

「ともかく、おもしろくて恰好《かっこう》いいところを、たとえ剣が折れてもどんどん繰り出していこう」

とは、『蛇衆』刊行の際に行われた宮部《みやべ》みゆき氏との対談における矢野氏の言葉であるが、これはその後、次々と刊行される氏の作品すべてに見られる共通点とも言える。

実際、本作『琉球建国記』においても、まず目を惹《ひ》かれるのは登場人物たちの「恰好」よさ。視点人物である氷角自身はまだ覚束《おぼつか》ない点も多々あれど、兄貴分たちの思いを全身で受け止める真摯さは眩《まぶ》しいほどであるし、主人公たる阿麻和利（加那）の清々《すがすが》しいまでの直向《ひたむ》きさには百人が百人惚《ほ》れ込むに違いない。更にそんな阿麻和利を支える赤・真呉・朱舛の三人はもちろん、彼らの敵となる鬼大城や老武人・護佐丸（真牛）など、本書に登場する人々はいずれも己の道を突き進む好漢揃《ぞろ》いときている。

しかも忘れてはならぬのは本作が十五世紀沖縄の史実を背景に描かれている事実で、歴史を血湧き肉躍る物語に換骨奪胎する矢野氏の巧みさには、改めて脱帽せずにはいられない。実際、本作の主たる舞台、阿麻和利が按司《あじ》として統治した勝連城は、現在でも沖縄県うるま市に史跡として残っている。自然の断崖を利用し、高台に曲輪《くるわ》と石垣が優美に重なる美しい城址《じょうし》で、二〇〇〇年にはユネスコの世界遺産「琉球王国のグスク及び関連遺産群」の一つとして登録された。城址にたたずめば眼下には美しい沖縄の海が広がり、阿麻和利が行った貿易の活発さを地形からも偲《しの》び得るはずだ。

琉球王国の正史である『中山世鑑《ちゅうざんせいかん》』（一六五〇年成立）においては、阿麻和利は首里城の主《あるじ》とならんとする野心溢《あふ》れる男で、叛意《はんい》を持たぬ忠臣・護佐丸を討ち取り、更に尚泰久を滅ぼそうとした悪逆者と記されている。江戸後期に活躍した戯作者《げさくしゃ》・曲亭馬琴《きょくていばきん》